全民阅读 经典小丛书

包公案

[明]安遇时◎著
冯慧娟◎编

吉林出版集团股份有限公司

图书在版编目（CIP）数据

包公案 / (明) 安遇时著；冯慧娟编．—长春：吉林出版集团股份有限公司，2016.1（2025.1 重印）
（全民阅读·经典小丛书）
ISBN 978-7-5534-6972-0

Ⅰ．①包… Ⅱ．①安… ②冯… Ⅲ．①侠义小说－中国－明代 Ⅳ．① I242.4

中国版本图书馆 CIP 数据核字 (2016) 第 031427 号

BAOGONG AN

包公案

作　　者：［明］安遇时　著　冯慧娟　编
出版策划：崔文辉
选题策划：冯子龙
责任编辑：杨　蕊
排　　版：新华智品
出　　版：吉林出版集团股份有限公司
（长春市福祉大路 5788 号，邮政编码：130118）
发　　行：吉林出版集团译文图书经营有限公司
（http://shop34896900.taobao.com）
电　　话：总编办 0431-81629909　营销部 0431-81629880 / 81629881
印　　刷：吉林省金昇印务有限公司
开　　本：640mm × 940mm 1/16
印　　张：10
字　　数：130 千字
版　　次：2016 年 7 月第 1 版
印　　次：2025 年 1 月第 4 次印刷
书　　号：ISBN 978-7-5534-6972-0
定　　价：48.00 元

印装错误请与承印厂联系　电话：18604312011

前言

国学是以先秦的经典及诸子学说为根基，涵盖了两汉经学、魏晋玄学、宋明理学和同时期的汉赋、六朝骈文、唐宋诗词、元曲与明清小说并历代史学等一套特有而完整的文化、学术体系。

丹书漫启，剪烛夜读。古老的文化犹如一杯香茗，穿过时间的阻隔散发出无尽的幽香；那些动人心怀的文字如一阵微风，掠过亘古的光阴拂面而来：诗之旷达放逸，抒怀明志；词之幽怨雅丽，感怀述心；文之微言大义，镂心刻骨……千年华彩，数载风流。前秦时代的百家争鸣，奠定了中国传统文化的基石，那些宗师先贤的睿智和风骨各具风采，“儒”有仁爱之德，“道”有和谐之法，“法”有治世之能，“史”有察今之用……

纵观五千年浩瀚历史，国学是中华文化之魂，是滋养精神生命的甘泉。它以强大的活力和恒久的魅力创造着一个又一个奇迹，演绎了一代又一代文明盛世。

学国学，魅在领悟，工在体味，效在吸纳。读国学经典，能助今人修身怡心，达到“腹有诗书气自华”之境界；品国学经典，能让今人以圣人为师，汲取历经岁月沉淀的人生哲理。

目录

目录

阿弥陀佛讲和

话说德安府孝感县有一秀才，姓许名献忠，年方十八，生得眉清目秀，丰神俊雅。对门有一屠户萧辅汉，有一女儿名淑玉，年十七岁，甚有姿色。每日在楼上绣花，其楼近路，常见许生行过，两下相看，各有相爱的心意。时日积久，遂私通言笑。许生以言挑之，女即微笑道肯。其夜，许生以楼梯暗引上去，与女携手兰房，情交意美。及至鸡鸣，许生欲归，暗约夜间又来。淑玉道："倚梯在楼，恐夜间有人经过，看见不便。我今备一圆木在楼枋上，将白布一匹，半挂圆木，半垂楼下，汝夜间只将手紧抱白布，我在楼上吊扯上来，岂不甚便？"许生喜悦不胜，至夜果依计而行。如此往来半年，邻舍颇知，只瞒得萧辅汉一人。

忽一夜，许生因朋友请酒，夜深未来。有一和尚明修，夜间叫街，见楼上垂下白布到地，只道其家晒布未收，思偷其布。停住木鱼，寂然过去手扯其布，忽然楼上有人吊扯上去。和尚心下明白，必是养汉婆娘垂此接奸夫者。任他吊上去，果见一女子。和尚心中大喜，便道："小僧与娘子有缘，今日肯舍我宿一宵，福田似海，恩大如天！"淑玉慌了道："我是鸾交凤配，怎肯失身于你？我宁将银簪一根舍你，你快下楼去！"僧道："是你吊我上来，今夜来得去不得了。"即强去搂抱求欢。女甚怒，高声叫道："有贼在此！"那时父母睡去不闻，僧恐人知觉，即拔刀将女子杀死，取其簪[①]、珥[②]、戒指下楼去。

次日早饭后，其母见女儿不起，走去看时，见杀死在楼，竟不知何人所谋。其时邻舍有不平许生事者与萧辅汉道："你女平素与许献忠来往有半年余，昨夜许生在友家饮酒，必定乘醉误杀，是他无疑。"萧辅汉闻知包公神明，即具状赴告：

告为强奸杀命事：学恶许献忠，心邪狐媚，行丑鹑奔。觇[③]女淑玉艾色，百计营谋，千思污辱。昨夜，带酒佩刀，潜入卧室，搂抱强奸，女贞不从，拔刀刺死。遗下簪珥，乘危盗去。邻右可证。托迹黉门，桃李陡变而为荆榛；驾称泮水，龙蛇忽转而为鲸鳄。法律实类鸿毛，伦风今且涂地。急控填偿，哀哀上告。

是时包公为官极清，识见无差。当日准了此状，即差人拘原、被告、干证人等听审。

包公先问干证，左邻萧美、右邻吴范俱供：萧淑玉在沿街楼上宿，与许献忠有奸已经半载，只瞒过父母不知。此奸是有的，并非强奸，其杀死缘由，夜深之事众人实在不知。许生道："通奸之情瞒不过众人，我亦甘心肯认。若以此拟罪，死亦无辞；但杀死事实非是我。"萧辅汉道："他认轻罪而辞重罪，情可灼见。女房只有他到，非他杀死，是谁杀之？必是女要绝他勿奸，因怀怒杀之。且后生轻狂性子，岂顾女子与他有情？老爷若非用刑究问，安肯招认？"包公看许生貌美性和，似非凶恶之徒，因问道："汝与淑玉往来时曾有人楼下过否？"答道："往日无人，只本月有叫街和尚夜间敲木鱼经过。"包公因发怒道："此必是你杀死的。今问你罪，你甘心否？"献忠心慌，答道："甘心。"遂打四十收监。包公密召公差王忠、李义问道："近日叫街和尚在何处居住？"王忠道："在玩月桥观音座前歇。"包公吩咐二人可密去如此施行，讨出赏你。

其夜，僧明修复敲木鱼叫街，约三更时分，将归桥宿，只听得桥下三鬼一声叫上，一声叫下，又低声啼哭，甚是凄切怕人。僧在桥打坐，口念弥陀。后一鬼似妇人之声，且哭且叫道："明修明修，你要来奸我，我不从罢了，我阳数未终，你无杀我道理。无故杀我，又抢我钗珥，我已告过阎王，命二鬼使伴我来取命，你反念阿弥陀佛讲和。今宜讨财帛与我并打发鬼使，方与私休，不然再奏天曹，定来取命。念诸佛难保你命。"明修乃手执弥陀珠佛掌答道："我一时欲火要奸你，见你不从又要喊叫，恐人来捉我，故一时误杀你。今钗、环、戒指尚在，明日买财帛并念经卷超度你，千万勿奏天曹。"女鬼又哭，二鬼又叫一番，更觉凄惨。僧又念经，再许明日超度。忽然，两个公差走出来，将铁链锁住。僧惊慌："是鬼！"王忠道："包公命我捉你，我非鬼也。"吓得僧如泥块，只说看佛面求赦。王忠道："真好个谋人佛，强奸佛。"遂锁将去。李义收取禅担、蒲团等物同行。原来包公早命二公差雇一娼妇，在桥下作鬼声，吓出此情。

次日，锁了明修，并带娼妇见包公，叙桥下做鬼吓出明修要强奸不从因致杀死情由。包公命取库银赏了娼家并二公差去讫。又搜出明修破衲袄内钗、珥、戒指，辅汉认过，确是伊女插戴之物。明修无词抵饰，一款供招，认承死罪。

包公乃问许献忠道："杀死淑玉是此贼秃，理该抵命；但你做秀才奸人室女，亦该去衣衿。今有一件，你尚未娶，淑玉未嫁，虽则两下私通，亦是结发夫妻一般。今此女为你垂布，误引此僧，又守节致死，亦无玷[④]名节，何愧于妇？今汝若愿再娶，须去衣衿；若欲留前程，将淑玉为你正妻，你收埋供养，不许再娶。此二路何从？"献忠道："我稔知淑玉素性贤良，只为我牵引故有私情，我别无外交，昔相通时曾嘱我娶她，我亦许她发科时定媒完娶。不意遇此贼僧，彼又死节明白，我心岂忍再娶？今日只愿收埋淑玉，认为正妻，以不负她死节之意，决不敢再娶也。其衣衿留否，唯凭天台所赐，本意亦不敢欺心。”包公喜道：“汝心合乎天理，我当为你力保前程。”即作文书，申详学道：

审得生员许献忠，青年未婚；邻女淑玉，在室未嫁。两少相宜，静夜会佳期于月下；一心合契，半载赴私约于楼中。方期缘结乎百年，不意变生于一旦。恶僧明修，心猿意马，黉夜直上重楼；狗幸狼贪，粪土将污白璧。谋而不遂，袖中抽出钢刀。死者含冤，暗里剥去钗珥。伤哉淑玉，遭凶僧断丧香魂；义矣献忠，念情妻誓不再娶。今拟僧抵命，庶[5]雪节妇之冤；留许前程，少奖义夫之概。未敢擅便，伏候断裁。

学道随即依拟。

后许献忠得中乡试，归来谢包公道：“不有老师，献忠已作囹圄之鬼，岂有今日！”包公道：“今思娶否？”许生道：“死不敢矣。”包公道：“不孝有三，无后为大。”许生道：“吾今全义，不能全孝矣。”包公道：“贤友今日成名，则萧夫人在天之灵必喜悦无穷；就使若在，亦必令贤友置妾。今但以萧夫人为正，再娶第二房令阃[6]何妨？”献忠坚执不从。包公乃令其同年举人田在懋为媒，强其再娶霍氏女为侧室。献忠乃以纳妾礼成亲，其同年录只填萧氏，不以霍氏参入，可谓妇节夫义，两尽其道。而包公雪冤之德，继嗣之恩，山高海深矣。

【注释】

①簪（zān）：用来别住发髻的一种条状饰物。

②珥（ěr）：古代的珠玉耳饰。

③觇（chān）：偷偷地察看。

④玷（diàn）：白玉上面的斑点，比喻人的缺点、过失。

⑤庶（shù）：旧指人民群众。

⑥阃（kǔn）：内室，借指妇女。

观音菩萨托梦

话说贵州道程番府有一秀才丁日中，常在安福寺读书，与僧性慧朝夕交接。

性慧一日往日中家相访，适日中外出，其妻邓氏闻夫常说在寺读书，多得性慧汤饮，因此出来见之，留他一饭。性慧见邓氏容貌华丽，言词清雅，心中不胜喜慕。后日中复往寺读书月余未回，性慧遂心生一计，将银雇二道士假扮轿夫，半午后到邓氏家道："你相公在寺读书，劳神太过，忽然中风死去，得僧性慧救醒，尚奄奄在床，生死未保。今叫我二人接娘子去看他。"邓氏道："何不借眠轿送他回来？"二轿夫道："本要送他回来，奈[①]程途有十余里，恐路上冒风，症候加重，恐难救治。娘子可自去看来，临时主意或接回，或在彼处医治，有个亲人在旁，也好服侍病人。"邓氏听得即登轿去。

天晚到寺，直抬入僧房深处，却已排整酒筵[②]，僧欲与邓饮酒。那邓氏即问道："我官人在哪里？领我去看。"性慧道："你官人因众友相邀去游城外新寺，适有人来报他中风，小僧去看，幸已清安。此去有路五里，天色已晚，可暂在此歇，明日早行。或要即去，亦待轿夫吃饭，娘子亦吃些点心，然后讨火把去。"邓氏遂心生疑，然又进退无路。饮酒数杯，又催轿夫去。性慧道："轿夫不肯夜行，各回去了。娘子可宽饮数杯，不要性急。"又令侍者小心奉劝，酒已微醉，乃照入禅房去睡。邓氏见锦衾[③]绣褥，罗帐花枕，件件精美。以灯照之，四边皆密，乃留灯合衣而寝，心中疑虑不寐[④]。

及钟声定后，性慧从背地进来，近床抱住，邓氏喊声："有贼！"性慧道："你就喊到天明，也无人来捉贼。我为你费了多少心机，今日乃得到此，亦是前生夙缘注定，不由你不肯。"邓氏骂道："野僧何得无耻，我宁死决不受辱！"性慧道："娘子肯行方便一宵，明日送你见夫；若不怜悯，小僧定断送你的性命！"邓氏喊骂闹至半夜，被性慧强行剥去衣服，将手足绑缚，恣行淫污。次日午朝方起。性慧谓邓氏道："你被我设计骗来，事已至此，可削发为僧，藏在寺中，衣食受用都不亏你，又有老公陪。你若使昨夜性子，有麻绳、剃刀、毒药在此，凭你死吧！"邓氏暗思身已受辱，死则永无见天的日子，此冤难报；不如忍耐受辱，倘得见夫，报了此冤，然后就死。乃从其披剃。

过了月余，丁日中来寺拜访性慧，邓氏认得是夫声音，挺身先出，性慧即赶出来。日中方与邓氏作揖，邓氏哭道："官人不认得我了？我被性慧拐骗在此，日夜望你来救我。"日中大怒，扭住性慧便打。性慧呼集众僧将日中锁住，取出刀来将杀之。邓氏来夺刀道："可先杀我，然后杀我夫。"性慧乃收起刀，强扯邓氏入房吊住，再出来杀日中。日中道："我妻被你拐，夫又被你杀，到阴司也不肯放你。若要杀，可容我夫妻相见，作一处死罢。"性慧道："你死则邓氏无所望，便终身是我妻，安肯与你同死！”日中道：“然则全我身体，容我自死罢。”性慧道：“我且积些阴功。方丈后有一大钟，将你盖在钟下，与你自死。”遂将日中盖入钟下。邓氏日夜啼哭，拜祷观音菩萨，愿有人来救她丈夫。

过了三日，适值包公巡行其地，夜梦观音引至安福寺方丈中，见钟下覆一黑龙。初亦不以为意，至第二、第三夜，连梦此事，心始疑异。乃使手下径往安福寺中，试看何如。到得方丈坐定，果见方丈身后有一大钟，即令手下抬开来看，只见一人饿得将死，但气未绝。包公知是被人所困，即令以粥汤灌下，一饭时稍醒，乃道：“僧性慧既拐我妻削发为僧，又将我盖在钟下。”包公遂将性慧拿下，但四处搜觅并无妇人。包公便命密搜，乃入复壁中，有铺地木板，公差揭起木板，有梯入地，从梯下去，乃是地室，点灯明亮，一少年和尚在坐。公差叫他上来，报见包公。此和尚即是邓氏，见夫已放出，性慧已锁住，邓氏乃从头叙其拐骗情由，害夫根源。性慧不能辩，只磕头道：“死罪甘受。”包公随即判道：

审得淫僧性慧，稔恶贯盈，与生员丁日中交游，常以酒食征逐。见其妻邓氏美貌，不觉巧计横生。骗其入寺背夫，强行淫玷；劫其披缁[5]削发，混作僧徒。虽抑郁而何言，将待机而图报；偶日中之来寺，幸邓氏之闻声。相见泣诉，未尽衷肠之话；群僧拘执，欲行刃杀之凶。恳求身体之全，得盖大钟之下。乃感黑龙之被盖，梦入三更；因至方丈而开钟，饿经五日。丁日中从危得活，后必亨通；邓氏女求死得生，终当完聚；性慧拐人妻，坑人命，合枭首以何疑；群僧党一恶害一生，皆充军于远卫。

判讫，将性慧斩首示众，其助恶众僧皆发充军。

包公又责邓氏道：“你当日被拐便当一死，则身洁名荣，亦不累夫有钟盖之难。若非我感观音托梦而来，汝夫岂不为你而饿死乎？”邓氏道：“我先未死者，以不得见夫，未报恶僧之仇，将图见夫而死。今夫已救出，僧已就诛，妾身既辱，不可为人，固当一死决矣！”即以头击柱，流血满地。包公乃命人扶住，血出晕倒，以药医好，死而复生。包公谓丁日中道：“依邓氏之言，其始之从也，势非得已；其不死者，因欲得以报仇也。今击柱甘死，可以明志，汝其收之。”丁日中道：“吾向者正恨其不死，以图后报仇之言为假；今见其撞柱，非真偷生无耻可知。今幸而不死，吾待之如初，只当来世重会也。”日中夫妇拜谢而归，以木刻包公之像，朝夕侍奉不懈。其后日中亦登科第，官至同知。

【注释】

①奈：奈何。

②酒筵（yán）：酒席。

③衾（qīn）：被子。

④寐（mèi）：入睡。

⑤披缁（zī）：出家为僧尼。

嚼舌吐血

话说西安府乜崇贵，家业巨万，妻汤氏，生子四人：长名克孝，次名克悌，三名克忠，四名克信。克孝治家任事，克悌在外为商。克忠读书进学，早负文名，屡期高捷，亲教幼弟克信，殷勤友爱，出入相随。克忠不幸下第，染病卧床不起。克信时时入房看望，见嫂淑贞花貌惊人，恐兄病体不安，或贪美色，伤损日深，决不能起，欲兄移居书房，静养身心，或可保其残喘。淑贞爱夫心切，不肯与他出房，道："病者不可移，且书斋无人伏侍，只在房中时刻好进汤药。"此皆真心相爱，原非为淫欲之计，克信心中怏然。亲朋来问疾者，人人嗟叹克忠苦学伤神。克信叹道："家兄不起，非因苦学。自古几多英雄豪杰皆死于妇人之手，何独家兄？"话毕，两泪双垂。亲朋闻之骇然，须臾罢去。克忠疾革，蒋淑贞急呼叔来。克信大怒道："前日不听我言移入书房养病，今必来呼我为何？"淑贞悄然。克信近床，克忠泣道："我不济事矣，汝好生读书，要发科第，莫负我叮咛。寡嫂贞洁，又在少年，幸善待之。"语罢，遂气绝。克信哀痛弗胜，执丧礼一毫无缺，殡葬俱各尽道，事奉寡嫂淑贞十分恭敬。自克忠死后，长幼共怜悯之。七七追荐，请僧道做功果，淑贞哀号极苦，汤水不入口者半月，形骸[①]瘦弱，忧戚不堪。及至百日后，父母慰之，家庭长者妯娌眷属亦各劝慰，微微饮食舒畅，容貌逐日复旧，虽不戴珠翠，不施脂粉，自然美容动人，十分窈窕。但其性甚介，守甚坚，言甚简静，行甚光明，无一尘可染。

倏尔一周年将近，淑贞之父蒋光国安排礼仪，亲来祭奠女婿，用族侄蒋嘉言出家紫云观为道士者作高功，亦领徒子蒋大亨，徒孙蒋时化、严华元同治法事。克信心不甚喜，乃对光国道："多承老亲厚情，其实无益。"光国怫然不悦，遂入内谓淑贞道："我来荐汝丈夫本是好心，你幼叔大不欢喜。薄兄如此，宁不薄汝？”淑贞道：“他当日要移兄到书房，我留在房伏侍。及至兄死时，他极恼我不是。到今一载，并不相见，待我如此，岂可谓善。”光国听了此言，益憾克信。及至功果将完，追荐亡魂之际，光国复呼淑贞道：“道人皆家庭子侄，可出拜灵前无妨。”淑贞哀心不胜，遂拜哭灵前，悲哀已极，人人惨伤。

独有臊道严华元，一见淑贞，心中想道：“人言淑贞乃绝色佳人，今观其居忧素服之时，尚且如此标致；若无愁无闷而相欢相乐，真个好煞人也。”遂起淫奸之心。迨至夜深，道场圆满之后，道士皆拜谢而去。光国道：“嘉言、大亨与时化三人，皆吾家亲，礼薄些谅不较量；唯严先生乃异姓人物，当从厚谢之。”淑贞复加封一礼。岂知华元立心不良，阳言一谢先行，阴实藏形高阁之上，少俟[②]人静，作鼠耗声。淑贞秉[③]烛视之，华元即以求阳媾合邪药弹上其身。淑贞一染邪药，心中即时淫乱，遂抱华元交欢恣乐。俄而天明，药气既消，始知被人迷奸，有玷名节，嚼舌吐血，登时闷死。华元得遂淫心，遂潜逃而去，乃以淑贞加赐礼银一封，贻于淑贞怀中，盖冀其复生而为之谢也。

日晏之时，晨炊已熟，婢女菊香携水入房，呼淑贞梳洗，不见行踪。乃登阁上寻觅，但见淑贞死于毡褥之上。菊香大惊，即报克孝、克信道：“三娘子死于阁上。”克孝、克信上阁看之，果然气绝。大家俱惊慌，乃呼众婢女抬淑贞出堂停柩。下阁之时遗落胸前银包，菊香在后拾取而藏之。此时光国宿于女婿书房，一闻淑贞之死，即道：“此必为克信叔害死。”忙入后堂哭之，甚哀甚忿，乃厉声道：“我女天性刚烈，并无疾病，黑夜猝死，必有缘故。你既恨我女留住女婿在房身死，又恨我领道人做追荐女婿功果，必是乘风肆恶，强奸我女，我女咬恨，故嚼舌吐血而死。”遂作状告到包公道：

告为灭伦杀嫂事：风俗先维风教，人生首重人伦。男女授受不亲，嫂溺手援非正。女嫁生员乜克忠为妻，不幸夫亡，甘心守节。兽恶克信，素窥嫂氏姿色，淫凶无隙可加；机乘斋醮完功，意料嫂倦酣卧，突入房帷，恣抱奸污。女羞咬恨，嚼舌吐血，登时闷死。狐绥绥，犬靡靡，每痛恨此贱行；鹑奔奔，鹊强强，何堪闻此丑声。家庭偶语，将有丘陵之歌；外众聚谈，岂无墙茨之句。在女申雪无由，不殉身不足以明节；在恶奸杀有据，不填命不足以明冤。哀求三尺，早正五刑。上告。

此时，乜克信闻得蒋光国告己强奸服嫂，羞惭无地，抚兄之灵痛哭伤心，呕血数升，顷刻立死。魂归阴府，得遇克忠，叩头哀诉。克忠泣而语之道：“致汝嫂于死地者，严道人也。有银一封在菊香手可证，汝嫂存日已登簿上。可执之见官，冤情自然明白，与汝全不相干。我的阴灵决在衙门来辅汝，汝速速还阳，事后可荐拔汝嫂。切记切记！”克信苏转，已过一日。包公拘提甚紧，只得忙具状申诉道：

诉为生者暴死，死者不明；死者复生，生者不愧事：寡嫂被强奸而死，不得不死，但死非其时；嫂父见女死而告，不得不告，但告非其人。何谓死非其时？寡嫂被污，只宜当时指陈明白，不宜死之太早；嫂父控冤，会须访确强暴是谁，不应枉及无干。痛身拜兄为师，事嫂如母，语言不通，礼节尤谨，毫不敢亵，岂敢加淫？污嫂致死，实出严道；嫂父不察，飘空诬陷。兔爰得计，雉罹实出无辜；鱼网高悬，鸿离难甘代死。泣诉。

包公亦准乜克信诉词，即唤原告蒋光国对理。光国道：“女婿病时，克信欲移入书房服药养病，我女不从，留在房中伏侍。后来女婿不幸身亡，克信深怒我女致兄死地，故强逼成奸，因而致死，以消忿怒。”克信道：“辱吾嫂之身以致吾嫂之死者，皆严道人。”光国道：“严道人仅做一日功果，安敢起奸淫之心，入我女房，逼她上阁？且功果完成之时，严道人齐齐出门去了，大众皆见其行。此全是虚词。”包公道：“道人非一，单单说严道人，有何为凭为证？”克信泣道：“前日光国诬告的时节，小的闻得丑恶难当，即刻抚兄之灵痛哭伤心，呕血满地，闷死归阴。一见先兄，叩头哀诉，先兄慰小人道，严道人致死吾嫂，有银在菊香处为证，吾嫂有登记在簿上。乞老爷详情。”

包公怒道：“此是鬼话，安敢对官长乱谈！”遂将克信打三十板。克信受刑苦楚，泣叫道：“先兄阴灵尚许来辅我出官，岂敢乱谈！”包公大骂道：“汝兄既有阴灵来辅你，何不报应于我？”忽然间包公困倦，曲肱而枕于案上，梦见已故生员乜克忠泣道：“大人素称神明，今日为何昏昧？污辱吾妻而致之死者，严道人也，与我弟全不相干。菊香获银一封，原是大人季考赏赐生员的，吾妻赏赐道人，登注簿上，字迹显然。幸大人详察，急治道人的罪，释放我弟。”包公梦醒，抚然叹曰：“有是哉！鬼神之来临也。”遂对克信道：“汝言诚非谬谈，汝兄已明白告我，我必为汝辨此冤诬。”遂即差人速拿菊香拶[④]起，究出银一封，果是给赏之银。问菊香道：“汝何由得此？”菊香道：“此银在娘子身上，众人抬他下阁时，我从后面拾得。”又差人同菊香入房取淑贞日记簿查阅，果有用银五钱加赐严道人字迹。包公遂急拿严道人来，才一夹棍，便直招认，不合擅用邪药强奸淑贞致死，谬以原赐赏银一封纳其胸中是实，情愿甘罪，与克信全无干涉。包公判道：

审得严华元，紊迹玄门，情迷欲海，滥[5]叨羽衣之列，窃思红粉之娇。受赏出门，阳播先归之语；贪淫登阁，阴为下贱之行。弹药染贞妇之身，清修安在？贪花杀服妇之命，大道已忘。淫污何敢对天尊，冤业几能逃地狱？淑贞含冤，丧娇容于泉下；克忠托梦，作对头于阳间。一封之银足证，数行之字可稽。在老君既不容徐身之好色，而王法又岂容华元之横奸？填命有律，断首难逃。克信无干，从省发还家之例；光国不合，拟诬告死罪之刑。

【注释】

①形骸（hái）：人的躯体。

②少俟（sì）：等一会儿。

③秉（bǐng）：拿着。

④拶（zǎn）：压紧。

⑤滥（làn）：不加选择。

咬舌扣喉

话说山东兖州府曲阜县，有姓吕名毓仁者，生子名如芳，十岁就学，颖异非常。时本邑陈邦谟副使闻知，凭其子业师傅文学即毓仁之表兄为媒，将女月英以妻如芳。冰议一定，六礼遂成。

越及数年，毓仁敬请表兄傅文学约日完娶，陈乃备妆奁送女过门，国色天姿，人人称羡。学中朋友俱来庆新房，内有吏部尚书公子朱弘史，是个风情浇友。自夫妇合卺之后，陈氏奉姑至孝，顺夫无违[1]。岂期喜事方成，灾祸突至，毓仁夫妇双亡，如芳不胜哀痛。守孝三年，考入黉宫，联捷秋闱，又产麟儿，陈氏因留在家看顾。如芳功名念切，竟别妻赴试。陡遇倭警，中途被执，唯仆程二逃回，报知陈氏，陈氏痛夫几绝，父与兄弟劝慰乃止。其父因道：“我如今赴任去急，虑汝一人在家，莫若携甥同往。”陈氏道：“爷爷严命本不该违，奈你女婿鸿雁分飞，今被掳去，存亡未知，只有这点骨血，路上倘有疏虞，绝却吕氏之后。且家中无主，不好远去。”副使道：“汝言亦是。但我今全家俱去，只汝二位嫂嫂在家，汝可常往，勿在家忧闷成疾。”

副使别去。陈氏凡家中大小事务，尽付与程二夫妻照管，身旁唯七岁婢女叫作秋桂服侍，闺门不出，内外凛然。不意程二之妻春香，与邻居张茂七私通，日夜偷情。茂七因谓春香道：“你主母青年，情欲正炽，你可为我成就此姻缘。”春香道：“我主母素性正大，毫不敢犯，轻易不出中堂，此必不可得。”茂七复戏道：“你是私心，怕我冷落你的情意，故此不肯。”春香道：“事知难图。”自此，两人把此事亦丢开不提。

且说那公子朱弘史，因庆新房而感动春心，无由得入。得知如芳被掳，遂卜馆与吕门相近，结交附近的人，常常套问内外诸事，倒像真实怜悯如芳的意思。不意有一人告诉：“吕家世代积德，今反被执，是天无眼睛。其娘子陈氏执守妇道，出入无三尺之童，身旁唯七岁之婢，家务支持尽付与程二夫妻，程二毫无私意，可羡[②]可羡。”弘史见他独夸程二，其妇必有出处，遂以言套那人道：“我闻得程妻与人有通，终累陈氏美德。”其人道：“相公何由得知？我此处有个张茂七，极好风月，与程二嫂朝夕偷情。其家与吕门连屋，或此妇在他家眠，或此汉在彼家睡，只待丈夫在庄上去，就是这等。”弘史心生计道：“我当年在他家庆新房时，记得是里外房间，其后有私路可入中间。待我打听程二不在家时，趁便藏入里房，强抱奸宿，岂不美哉！”计谋已定。次日傍晚，知程二出去，遂从后藏入已定。其妇在堂唤秋桂看小官，进房将门扣上，脱衣将洗，忽记起里房透中间的门未关，遂赤身进去，关讫[③]就洗。

此时弘史见雪白身躯，已按捺不住，陈氏浴完复进，忽被紧抱，把口紧紧掩住，弘史把舌舔入口内，令彼不能发声。陈氏猝然[④]遇此，举手无措，心下自思道：“身已被污，不如咬断其舌，死亦不迟。”遂将弘史舌尖紧咬。弘史舌不得出，将手扣其咽喉，陈氏遂死。弘史潜迹走脱，并无人知。

移时，小儿啼哭，秋桂喊声不应，推门不开，遂叫出春香，提灯进来。外门紧闭，从中间进去，见陈氏已死，口中出血，喉管血荫，袒身露体，不知从何致死。乃惊喊，族众见其妇如此形状，竟不知何故。内有吴十四、吴兆升说道：“此妇自来正大，此必是强奸已完，其妇叫喊，遂扣喉而死。我想此不是别人，春香与茂七有通，必定是春香同谋强奸致死。”就将春香锁扣伴死，将陈氏幼子送往母家哺乳。

次日，程二从庄上回来，见此大变，究问缘由，众人将春香通奸同谋事情说知。程二即具状告县：

告为强奸杀命事：极恶张茂七，迷曲蘖为好友，指花柳为神仙。贪妻春香姿色，乘身出外调奸，恣意横行，往来无忌。本月某日，潜入卧房，强抱主母行奸，主母发喊，扣喉杀命。身妻喊惊邻甲共证。满口血凝，任挽天河莫洗；裸形床上，忍看被垢尸骸。痛恨初奸某妻，再奸主母；奸妻事小，杀主事大。恳准正法填命，除恶伸冤。上告。

当时知县即行相验，只见那妇人尸喉管血荫，口中血出。令仆将棺盛之。带春香、茂七等人犯拘问。即同程二道："你主母被强奸致死，你妻子与茂七通奸同谋，你岂不知情弊？"程二道："小的数日往庄上收割，昨日回来，见此大变，询问邻族吴十四、吴兆升说，妻子与张茂七通奸，同谋强奸主母，主母发喊，扣喉绝命。小的即告爷爷台下。小的不知情由，望爷爷究问小的妻子，便知明白。"县官问春香道："你与张茂七同谋，强奸致死主母，好好从实招来。"春香道："小妇人与茂七通奸事真，若同谋强奸主母，并不曾有。"知县道："你主母为何死了？"春香道："不知。"官令拶起，春香当不起刑法，道："爷爷，同谋委实没有，只茂七曾说过，你主母青年貌美，教小妇人去做脚。小妇人道，我主母平日正大，此事毕竟不做。想来必定张茂七私自去行也未见得。"官将茂七夹起问道："你好好招来，免受刑法。"茂七道："没有。"

官又问道："必然是你有心叫春香做脚，怎说没有此事？"当时吴十四、吴兆升道："爷爷是青天，既一事真，假事也是真了。"茂七道："这是反奸计。爷爷，分明是他两个强奸，他改做小的与春香事情，诬陷小的。"官将二人亦加刑法，各自争辩。官复问春香道："你既未同谋，你主母死时你在何处？"春香道："小妇人在厨房照顾做工人，只见秋桂来说，小官在那里啼哭，喊叫三四声不应，推门又不开，小妇人方才提灯去看，只见主母已死。小妇人方喊叫邻族来看，那时吴十四、吴兆升就把小妇人锁了。小妇人想来，毕竟是他二人强奸扣死出去，故意来看，诬陷小妇人。"官令俱各收监，待明日再审。次日，又拿秋桂到后堂，官以好言诱道："你家主母是怎么死了？"秋桂道："我也不晓得。只是傍晚叫我打水洗浴，叫我看小官，她自进去把前后门关了。后来听得脚声乱响，口内又像是说不出，过了半时，便无声息，小官才啼，我去叫时她不应，门又闭了。我去叫春香姐姐拿灯来看，只见衣服也未穿，死了。"官又问："吴十四、吴兆升常在你家来么？"秋桂道："并不曾来。"又问："茂七来否？"秋桂道："常在我家来，与春香姐姐言笑。"官审问详细，取出一干人犯到堂道："吴某二人事已明白，与他们无干。茂七，我知道你当初叫春香做脚不遂，后来你在他家稔熟[⑤]，晓得陈氏在外房洗浴，你先从中间藏在里房，俟陈氏进来，你掩口强奸，陈氏必然喊叫，你恐怕人来，将咽喉扣住死了。不然，她家又无杂人来往，哪个这等稔熟？后来春香见事难出脱，只得喊叫，此乃掩耳盗铃的意思。你二人的死罪定了。”遂令程二将棺埋讫，开豁邻族等众，即将行文申明上司。程二忠心看顾小主不提。

越至三年时，包公巡行山东曲阜县，那茂七的父亲学六具状进上：

诉为天劈奇冤事：民有枉官为申理，子受冤父为代白。枭恶程二，主母身故，陷男茂七奸杀，告县惨刑屈招。泣思奸无捉获，指奸恶妻为据；杀不喊明，驾将平日推原。伊妻奸不择主，是夜未知张谁李谁；主母死无证据，当下何不扭住截住？恶欲指鹿而为马，法岂易牛而以羊。乞天镜，照飞霜。详情不雨，盆下衔恩。哀哀上诉。

包公准状。次日，夜阅各犯罪案，至强奸杀命一案，不觉精神疲倦，蒙眬睡去。忽梦见一女子似有诉冤之状。包公道：“你有冤只管诉来。”其妇未言所以，口吟数句而去道：一史立口阝人士，八厶还夸一了居。舌尖留口含幽怨，蜘蛛横死恨方除。包公醒来，甚是疑惑，又见一大蜘蛛，口开舌断，死于卷上。包公辗转寻思，莫得其解。复自想道：“陈氏的冤，非姓史者即姓朱也。”次日，审问各罪案明白，审到此事，又问道：“我看起秋桂口词，她家又无闲人来往，你在她家稔熟，你又预托春香去谋奸，到如今还诉什么冤？”茂七道：“小的实没有此事，只是当初县官认定，小的有口难分。今幸喜青天爷爷到此，望爷爷斩断冤根。”包公复问春香，亦道：“并无此事，只是主母既死，小妇人分该死了。”包公乃命带春香出外听候，单问张茂七道：“你当初知陈氏洗浴，藏在房中，你将房中物件一一报来。”茂七道：“小的无此事，怎么报得来？”

包公道：“你死已定，何不报来？”茂七想道：也是前世冤债，只得妄报几件。“她房中锦被、纱帐、箱笼俱放在床头。”包公令带春香进来，问道：“你将主母房中使用物件逐一报来。”春香不知其意，报道：“主母家虽富足，又出自宦门，平生只爱淡薄，福生帐、布被、箱笼俱在楼上，里房别无他物。”包公又问：“你家亲眷并你主人朋友，有姓朱名史的没有？”春香道：“我主人在家日，有个朱吏部公子相交，自相公被掳，并不曾来，只常年与黄国材相公在附近读书。”包公发付收监。

次日观风，取弘史作案首，取黄国材第二。是夜阅其卷，复又梦前诗，遂自悟道：“一史立口阝人士，一史乃是吏字，立口阝是个部字，人士乃语词也。八厶乃公字，一了是子字，此分明是吏部公子。舌尖留口含幽怨，这一句不会其意。蜘蛛横死恨方除，此公子姓朱，分明是蜘蛛也。他学名弘史，又与此横死声同律。恨方除，必定要问他填命方能泄其妇之恨。”次日，朱弘史来谢考。包公道：“贤契好文字。”弘史语话不明，舌不叶律。包公疑惑，送出去。黄国材同四名、五名来谢。包公问黄生道：“列位贤契好文字。”众答道：“不敢。”因问道：“朱友的相貌魁昂，文才俊拔，只舌不叶律，可为此友惜之。不知他是幼年生成，还是长成致疾？”国材道：“此友与门生四年同在崇峰里攻书，忽六月初八日夜间去其舌尖，故此对答不便。”诸生辞去。包公想道：我看案状是六月初八日奸杀，此生亦是此日去舌，年月已同；兼相单上载口中血出，此必是弘史近境探知门路去向，故预藏在里房，俟其洗浴已完，强奸恣欲，将舌入其口以防发喊。陈氏烈性，将口咬其舌，弘史不得脱身，扣咽绝命逃去。试思此生去舌之日与陈氏被奸杀之日相符，此正应“舌尖留口含幽怨”也，强奸杀命更无疑矣。

随即差人去请弘史。及至，以重刑鞫问，弘史一一承认。遂落审语道：

审得朱弘史，宦门辱子，黉序禽徒。当年与如芳相善，因庆新房，包藏淫欲。瞰夫被掳，于四年六月初八夜，藏入卧房，探听陈氏洗浴，恣意强奸，畏喊扣咽绝命。含舌诉冤于梦寐，飞霜落怨于台前。年月既侔，招详亦合。合拟大辟之诛，难逃枭首之律。其茂七、春香，填命虽谓无事，然私谋密策，终成祸胎，亦合发遣问流，以振风化。

【注释】

①违：违反；不遵守。

②羡：羡慕。

③关讫（qì）：关闭。

④猝（cù）然：出乎意料。

⑤稔（rěn）熟：熟悉。

锁　匙

话说潮州府邹士龙、刘伯廉、王之臣三人相善，情同管鲍[1]，义重分金。后臣、龙二人同登乡荐，共船往京会试。邹士龙到船，心中悒怏。王之臣慰解道：“大丈夫所志在功名，离别何足叹？”士龙道：“我非为此。贱内怀有七月之娠，屈指正月临盆，故不放心。”之臣道：“贱内亦然。想天相吉人，谅获平安，不必挂虑。”龙道：“你我二人自幼同学从师，稍长同进黉宫，前日同登龙虎，今又彼此内眷有孕，事岂偶然。兄若不弃，他日若生者皆男，呼为兄弟；生者皆女，呼为姊妹；倘是一男一女，结为夫妻。兄意何如？”臣道：“斯言先得我心。”命仆取酒，尽欢而饮。后益相亲爱。至京会试，龙获联登，臣落孙山。臣遂先辞回家，龙乃送至郊外嘱道：“今家书一封劳兄带回，家中事务乞兄代为兼摄一二。”臣道：“家中事自当效力，不必挂念，唯努力殿试[2]，决与前三名争胜。”

遂掩泪而别。臣抵家见妻魏氏产一男，名朝栋。臣问是何日，魏氏道：“正月十五辰时。邹大人家同日酉时得一女，名琼玉。”臣心喜悦，遂送家书到龙家。龙妻李氏已先得联登捷报，又得平安家信，信中备述舟中指腹的事。李氏命婢设酒款臣，臣醉乃归。自后龙家外事臣遂悉为主持，毫无私意。数月后，龙受知县而回，择日请伯廉为二家交聘，臣以金镶玉如意表礼为聘，龙以碧玉鸾钗一对答之。及龙赴任，往来书启通问，每月无间。臣越数科不中，亦受教职，历任松江府同知。病重，遗书一纸于龙，中间别无所云，唯谆谆[3]嘱以扶持幼子。既而，卒于任所。龙偶历南京巡道，得书大恸，亲往吊奠。臣为官清廉，囊[4]无余剩，龙乃赠银百两，代为申明上司，给沿途夫马船只，奔柩归葬。丧事既毕，欲接朝栋来任攻书，朝栋辞道：“父丧未终，母寡家贫，为子者安敢远行？”龙闻言颇嘉其孝，常给赀以赡之，令之勤读，而家资日见颓败。十四岁补邑庠生，龙闻知甚喜，亦特遣贺。

自后，朝栋唯知读书，坐食山崩，遂至贫穷。而龙历任参政，以无子致仕回家。朝栋亦与伯廉往贺，衣衫褴褛。偶府县官俱来拜，龙自觉羞耻，心甚不悦。朝栋已十六岁，乃托刘伯廉去说，择日完娶。参政遂道：“彼父在日虽过小聘，未尝纳采。彼乃宦家子弟，我女千金小姐，两家亦非小可人家，既要完娶，必行六礼。”朝栋闻言乃道：“彼亦知我家贫无措，何故如此留难？我当发奋，倘然侥幸，再作理会。”竟不复言。

一日，参政谓夫人道：“女儿长成，分当该嫁。”夫人道：“前者王公子来议完亲，虽家贫，我只得此女，何不令其入赘我家，岂不两便，何必要他纳采？”参政道：“吾见朝栋将来恐只是个穷儒，我居此位，安用穷儒做门婿？谅他无银纳采，故而留难。且彼大言不惭，再过一年，我叫刘兄去说，既不纳采，叫他领银百两另娶，我将女别选名门宦宅，庶不致耽误我女。”夫人道：“彼即虽贫，喜好读书，将来必不落后。彼父虽亡，前言犹在，岂可因此改盟？”参政道：“非汝所知，我自有处。”不意琼玉在屏后听知。次日，与丹桂在后花园中观花，见朝栋过于墙外。婢指道：“这就是王公子。”各各相盼而去。琼玉见朝栋丰姿俊雅，但衣衫褴褛，心中暗喜。至第二日，乃又与丹桂往花园。朝栋因见女子星眸月貌，光彩动人，与婢观花，意其必是琼玉。次日又往园外经过，琼玉令丹桂呼道：“王公子！”朝栋恐被人见，不敢近前。婢又连呼。生见呼切，意必有说，竟近墙边。琼玉乃令婢开了小门，备以父言相告。朝栋道：“此亲原是先君所定，我今虽贫，银决不受，亲决不退。令尊欲将汝遣嫁，亦凭令尊。”琼玉道：“家君虽有此意，我决不从。你可用心读书，终久团圆。你晚上可在此来，我有事问你。此时恐有人来，今且别去。”

朝栋回去，候至人静更余，径去门边，见丹桂立候，乃道：“小姐请公子进去说话。”朝栋道：“恐你老爷知道，两下不雅。”丹桂道：“老爷、夫人已睡，进去无妨。”朝栋犹豫，丹桂促之乃入。但见备有酒肴，留公子对坐同饮。朝栋欲不能制，竟欲苟合。玉坚不许，乃道：“今日之会，盖悯君之贫耳，岂因私欲致此？倘今苟从，合卺之际将何为质？”朝栋道：“此事固不敢强，但令尊欲易盟将如之何？”玉道：“我父纵欲别选东床，我岂肯从！古云：一丝已定，岂容再易。”朝栋道：“你能如此，终恐令尊势不得已。”玉道：“我父若以势压，唯死而已。”遂牵生手，对天盟誓。既而又饮。时至三更，女年尚幼，饮酒未节，遂乃醉倦，忘辞生回，和衣而睡。生欲出，丹桂道：“小姐未辞，想有事说，少坐片时，俟小姐醒来。”生往视之，真若睡未足之海棠，生兴不能制，抱而同睡。玉略醒，乃道：“我一时醉倦，有失瞻顾。”生求合，玉意绸缪，亦不能拒，遂与同寝。鸡啼，二人同起。玉以丝绸三匹，金手镯一对，银钗数双授生。临别，又令次夜复入。生自后夜来晓出，两月有余。

一晚，朝栋偶因母病未去，丹桂候门良久，不见生来，忽闻有脚步响，连道：“公子来矣。”不意祝圣八惯做鼠窃，撞见冲入。丹桂见是贼来，慌忙走入。圣八遂乃赶进，丹桂欲喊，圣八拔刀杀死。陡然人来，琼玉于灯下见是贼至，开门走至堂上暗处躲之。圣八入房，尽掳其物而去。玉至天微明，乃叫母道：“房中被贼劫。”参政道：“如何不叫？”玉道：“我见杀了丹桂，只得开门走，躲藏于暗处，故不敢喊。”参政往看，见丹桂杀于后门。问玉道：“丹桂缘何杀于此？”女无言可答。参政心甚疑之。玉乃因此惊病不能起床。

参政欲去告官，又无赃证，乃令家人梅旺到各处探访。朝栋因母病无银讨药，将金手镯一个请银匠饶贵换银，贵乃应诺，未收，朝栋出铺。梅旺偶在铺门经过，望见银匠桌上有金手镯一个，走进问道："此谁家的物件？"银匠道："适才王相公拿来待我换银的。"梅旺道："既要换银，我拿去见老爷兑银与他就是。"匠人道："他说不要说出谁的，你也不必说，勿令他怪我。"遂付与梅旺拿去。旺回家告参政道："此物像我家的，可请夫人、小姐来认。"夫人出见乃认道："此是小姐的，从何处得来？"旺道："在饶银匠铺中得来的，他说是那王朝栋相公把来与他换银的。"参政道："原来此子因贫改节，遂至于此。"即去写状，令梅旺具告巡行衙门：

告为杀婢劫财事：狠恶王朝栋，系故同知王之臣孽子，不守本分，倾败家业。充肠嗟无饭，饿眩目花；蔽体怨无衣，寒生肌栗。因父相知，往来惯熟。突于本月某日二更时分，潜入身家，抱婢丹桂逼奸不从杀死，劫去家财一洗。次日，缉获原赃金镯一只，银匠饶贵现证。劫财杀命，藐无法纪。伏乞追赃偿命，除害安良。上告。

时巡行包公一清如水，明若秋蟾，即差兵赵胜、孙勇，即刻往拿朝栋。栋乃次早亦具状诉冤：

诉为烛奸止奸事：东家失帛，不得谬同西家争衣；越人沽酒，何故妄与秦人索价？身父业绍箕裘，教传诗礼。叨登乡荐，历任松江府佐；官居清节，仅遗四海空囊。鲰生樗栎，名列黉宫。岳父邹士龙曾为指腹之好，长女邹琼玉允谐伉俪之缘。如意聘仪，鸾钗为答。孰意家计渐微，难行六礼。琼玉仗义疏财，私遗镯钗缎匹；岳父爱富嗔贫，屡求退休另嫁。久设阱机，无由投发；偶因贼劫，飘祸计坑。欲绝旧缘思媾新缘；贼杀婢命坑害婿命。吁天查奸缉盗，断女毕姻，脱陷安良，哀哀上诉。

包公问道："既非你杀丹桂，此金镯何处得来？"朝栋道："金镯是他小姐与生员的。"包公道："事未必然。"朝栋道："可拘他小姐对证。"包公沉吟半晌，问道："你与琼玉有通乎？"朝栋道："不敢。"似欲有言而愧视众人。包公微会其意，即退二堂，带之同入，屏绝左右，问道："既非有通，安肯与你多物？"朝栋道："今日非此大冤，生员决不敢言以丧其德；今遭此事，不得不以直告。"遂将其事详述一遍。包公道："只恐此事不的。倘事果真，明日互对之时，你将此事一一详说，看他父亲如何处置，我必拘他女来对证。果实，必断完娶；如虚，必向你偿命。"朝栋再三叩头道："望大人周全。"

包公次日拘审，士龙亲出互对，谓包公道："此子不良，望大人看朝廷分上，执法断填。"包公道："理在则执法，法在何论情。朝栋亦宦家子弟，庠序后英，何分厚薄？"乃呼朝栋道："父为清官，子为贼寇，你心忍玷家谱？"朝栋道："生员素遵诗礼，居仁由义，安肯为此！"包公道："你既不为，赃从何出？"朝栋道："他女付我，岂劫得之。"邹士龙道："明明是他理亏，无言可对，又推在吾女身上。"包公道："伊女深闺何能得至？"朝栋道："事出有因。"包公道："有何因由，可细讲来。"朝栋道："春三月，因事过彼花园，小姐偶同婢女丹桂观花，相视良久而退。生员次日又过其地，小姐已先在矣。小姐令丹桂叫生员至花园，备言其父与母商议欲悔婚，要叫伯廉来说，与银一百退亲，只夫人不肯。小姐见生员衣衫褴褛，约生员夜来说话。生员依期而去，丹桂候门，延入命酒，遂付金镯一对，银钗数双，丝绸三匹。偶因手迫，无银为老母买药，故持金镯一个托饶银匠代换银应用，被伊家人梅旺哄去。其杀死丹桂一事，实不知情。望大人体好生之德，念先君只得生员一人，母亲在疾，乞台曲全姻事，缉访真贼，以正典刑，衔结有日。"包公道："既然如此，老先生亦钳束不严，安怪此生？"参政道："此皆浮谈。小女举止不乱，安得有此！"包公道："既无此，必要令爱出证，泾渭自分。"朝栋道："小姐若肯面对，如虚甘死。"士龙心中甚是疑惑：若说此事是虚，我对夫人说的话此生何以得知？倘或果真，一则不好说话，二则自觉无颜。心中犹豫不决。包公遂面激之道："老大人身系朝纲，何为不加细察？"士龙被激乃道："知子者莫若父。寒家有此，学生岂不知一二？"包公道："只恐有此事便不甚雅。既无此事，令爱出来一证何妨？"士龙一时不能回答，乃令梅旺讨轿接小姐来。梅旺即刻回家，对夫人将前事说了，夫人入室与女儿备说前事。小姐自思："此生非我出证，冤不能白。"旺又催道："包老爷专等小姐听审。"小姐无奈只得登轿而去。二门下轿，入见包公。包公道："此生说金镯是你与他的；令尊说是此生劫得之赃。泾渭在你，公道说来。"小姐害羞不答。朝栋道："既蒙相与，直说何妨！你安忍令致我于死地？"小姐年雏，终不敢答。包公连敲棋子厉声骂道："这生可恶！口谈孔孟，行同盗跖，为何将此许多虚话欺官罔上？重打四十，问你一个死罪！"朝栋婴儿之态复萌，乃睡于地下，大哭而言道："小姐，你有当初，何必有今日？当夜之盟今何在哉？我今受刑是你误我，我死固不足惜，家有老母，谁将事乎？"小姐亦低首含泪，乃道："金镯是我与此生的，杀丹桂者不是此生。其贼入房，灯影之下，我略见其人半老，有须的模样。"包公道："此言公道，饶你打罢。"生乃洋洋起来，跪在小姐旁边。小姐见生发皆散了，乃跪近为之挽发。参政见了心中怒起，乃道："这妮子吓得眼花，见不仔细，一发胡言。"小姐已明白说过，因见父发怒越不敢言。包公道："令爱既吓得眼花，见不仔细，想老先生见得仔细。莫若你自问此生一个死罪，何待学生千言万语？况丹桂为此生作待月的红娘，彼又安忍心杀之？"参政道："小女尚年幼，终不然有西厢故事么？"包公道："先前真情，已见于挽发时矣，何必苦苦争辩！"参政道："知罪知罪，凭老大人公断。"包公道："若依我处，你当时与彼父既有同窗之雅，又有指腹之盟，兼有男心女欲，何不令速完娶？"参政道："据彼之言，丹桂之死虽非彼杀，实彼累之也。必要他查出此贼，方能脱得彼罪。"包公道："贼易审出，俟七日后定然获之，然后择日毕姻。"参政忿忿而出，包公令生、女各回。

是夜，朝栋回家，燃香告于父道："男不幸误罹此祸，受此不美之名，奈无查出贼处，终不了事。我父有灵，详示报应。"祝毕就寝，梦见父坐于上，朝栋上前揖之，乃掷祝签一双于地，得圣签若八字形。朝栋趋而拾之，父乃出去，朝栋遂觉。却说包公退堂，心中思忖，将何策查出此贼。是夜，梦见一人，峨冠博带，近前揖谢道："小儿不肖，多叨培植。"掷竹签而去。包公视之，乃是圣签若八字形。觉而思道：贼非姓祝即名圣或名签。次早升堂，差人唤王相公到此有事商议。朝栋闻唤，即穿衣来见包公。包公将夜来梦见掷竹签事说知。朝栋道："此乃先父感大人之德，特至叩谢。门生是夜亦曾焚香祝父，乞报贼名，即梦见先父亦如此如此，梦相符合，想贼名必寓签中。"包公道："我三更细想，此贼非姓祝，即名圣，或名签；若八字形，或排第八。贤契思之，有此名否？"适有一门子在旁闻得，禀道："前任刘爷已捕得一名鼠窃祝圣八，后以初犯刺臂释放。"包公道："即此人无疑矣。"即升堂，朱笔标票，差二人快去拿来。公差至圣八门首，见圣八正出门来，二人近前，一手扭住，铁锁扣送。包公道："你这畜生，黑夜杀人劫财，好大的胆！"圣八道："小人素守法度，并无此事。"包公道："你素守法，如何前任刘爷捕获刺臂？"圣八道："刘爷误捉，审明释放。"包公道："以你初犯刺臂释放，今又不改，杀婢劫财。重打四十，从直招来！"圣八推托不招，令将夹起，并不肯认。包公见他腰间有锁匙二个，令左右取来，差二人径往他家，嘱咐道："依计而行，如有泄漏，每人重责四十，革役不用。"二人领了锁匙到其家，对他妻子道："你丈夫今日到官，承认劫了邹家财物，拿此锁匙来叫你开箱，照单取出原赃。"其妻信以为实，遂开箱依单取还。二人挑至府堂，圣八愕然，无词争辩，乃招道："小人是夜过他宅花园小门，偶听丹桂说道：公子来矣。小人冲入，彼欲喊叫，故而杀之，掳财是真。”包公即差人请参政到堂，认明色衣四十件，色裙三十件，金首饰一副，银妆盒一个，牙梳、铜镜，一一收领明白。包公判道：

审得祝圣八，素行窃诈，猖獗害民；犯刺不悛，恣行偷盗。杀侍婢劫掳财物以利己；误朝栋几陷缧绁[5]以离婚。原赃俱在，大辟攸宜。邹士龙枉列冠裳，不顾仁义；负心死友，欲悔前盟。钳束不严，以致怨女旷夫私相授受；防闲有弛，俾令戴月披星密自往来。侍女因而丧命，女婿几陷极刑。本宜按法，念尔官体年老，姑从减等。王朝栋非罪而受丛脞，合应免拟；邹琼玉永好而缔前盟，仍断成婚。使效唱随而偕老，俾令山海可同心。

王朝栋择日成婚，夫妇和谐，事亲至孝。次年科举，早膺鹗荐，赴京会试，黄榜联登，官授翰林之位。

【注释】

①管鲍：春秋时管仲和鲍叔牙的并称。两人相知最深。后常用以比喻交谊深厚的朋友。

②殿试：科举制度中最高一级的考试，在宫廷举行，皇帝亲临主持。

③谆（zhūn）谆：恳切教诲的样子。

④囊（náng）：口袋。

⑤缧绁（léi xiè）：捆绑犯人的绳索。借指监狱。

包袱

话说宁波府定海县佥事高科、侍郎夏正二人同乡，常相交厚。两家内眷俱有孕，因指腹为亲。后夏得男名昌时，高得女名季玉，正遂央媒议亲，将金钗二股为聘。高慨然受了，回他玉簪一对。但正为官清廉，家无羡余，一旦死在京城，高科助其资用奔柩[1]归丧。科寻亦罢官归家，资财巨万。昌时虽会读书，一贫如洗。十六岁以案首入学，托人去高岳丈家求亲，高嫌其贫，有退亲的意，故意作难道：“须备六礼，方可成婚。今空言完亲，吾不能许。彼若不能备礼，不如早早退亲，多送些礼银与他另娶则可。”又延过三年，其女尝谏父母不当负义，父辄道：“彼有百两聘礼，任汝去矣；不然，难为非礼之婚。”季玉乃窃取父之银两及己之镯、钿、宝钗、金粉盒等，颇有百余两，密令侍女秋香往约夏昌时道：“小姐命我拜上公子。我家老爷嫌公子家贫，意欲退亲，小姐坚不肯从，日与父母争辩。今老相公道，公子若有聘金百两，便与成亲。小姐已收拾银两钗钿约值百两以上，约汝明日夜间到后花园来，千万莫误。”

昌时闻言不胜欢喜，便与极相好友李善辅说知。善辅遂生一计道：“兄有此好事，我备一壶酒与兄作贺礼。”至晚，加毒酒中，将昌时昏倒。善辅抽身径往高佥事花园，见后门半开，至花亭果见侍女持一包袱在手。辅接道：“银子可与我。”侍女在月下认道：“汝非夏公子。”辅道：“正是。秋香密约我来。”侍女再又详认道：“汝果不是夏公子，是贼也。”辅遂拾起石头一块，将侍女劈头打死，急拿包袱回来。昌时尚未醒，辅亦佯睡其旁。少顷，昌时醒来对善辅道：“我今要去接那物矣。”辅道：“兄可谓不善饮酒，我等兄不醒，不觉亦睡。此时人静，可即去矣。”昌时直至高宅花园，回顾寂然，至花亭见侍女在地，道：“莫非睡去乎？”以手扶起，手足俱冷，呼之不应，细看又无余物，吃了一惊，逃回家去。

次日，高佥事家不见侍女，四下寻觅，见打死在后花园亭中，不知何故，一家惊异。季玉乃出认道：“秋香是我命送银两钗钿与夏昌时，令他备礼来聘我。岂料此人狠心将她打死，此必无娶我的心了。”高科闻言大怒，遂命家人往府急告：

告为谋财害命事：为盗者斩，难逃月中孤影；杀人者死，莫洗衣上血痕。狠恶夏昌时系故侍郎夏正孽子，因念年谊，曾经指腹；自伊父亡，从未行聘。岂恶串婢秋香，构盗钗钿；见财入手，杀婢灭迹。财帛事轻，人命情重。上告。

昌时亦即诉道：

诉为杀人图陷事：念身箕裘遗胤[②]，诗礼儒生。先君侍郎，清节在人耳目；岳父高科，感恩愿结婚姻。允以季玉长姬，许作昌时正室。金钗为聘，玉簪回仪。谁期家运衰微，二十年难全六礼；遂致岳父反复，千百计求得一休。先令侍女传言，赠我厚赂；自将秋香打死，陷我深坑。求天劈枉超冤。上告。

顾知府拘到各犯，即将两词细看审问。高科质称：“秋香偷银一百余两与他，我女季玉可证。彼若不打死秋香，我岂忍以亲女出官证他。且彼虽非我婿，亦非我仇，纵求与彼退亲，岂无别策，何必杀人命图赖他？”夏昌时质称：“前一日，汝令秋香到我家哄道，小姐有意于我，收拾金银首饰一百两零，叫我夜到花园来接。我痴心误信他，及至花园，见秋香已打死在地，并无银两。必此婢有罪犯，汝要将打死，故令她来哄我，思图赖我。若果我得她银两，人心合天理，何忍又打死她？”顾公遂叫季玉上来问道：“一是你父，一是你夫，汝是干证。从实招来，免受刑法。”季玉道：“妾父与夏侍郎同僚，先年指腹为婚，受金钗一对为聘，回他玉簪一双。后夏家贫淡，妾父与他退亲，妾不肯从，乃收拾金银钗钿有百余两，私命秋香去约夏昌时今夜到花园来接。竟不知何故将秋香打死，银物已尽取去。莫非有强奸秋香不从的事，故将打死；或怒我父要退亲，故打死侍婢泄愤。望青天详察。”顾公仰椅笑道：“此干证说得真实。”夏昌时道：“季玉所证前事极实，我死亦无怨；但说我得银打死秋香，死亦不服。然此想是前生冤业，今生填还，百口难辩。”遂自诬服。府公即判道：

审得夏昌时，仗剑狂徒，滥竽学校；破家荡子，玷辱家声。故外父高科弃葑菲而明告绝；乃笄妻季玉重盟誓而暗赠金银。胡为既利其财，且忍又杀其婢；此非强奸恐泄，必应黩货瞒心。赴约而来，花园其谁到也；淫欲以逞，暮夜岂无知乎？高科虽曰负盟，绝凶徒实知人则哲；季玉嫌于背父，念结发亦观过知仁。高女另行改嫁，昌时明正典刑。

昌时已成狱三年，适包公奉旨巡行天下。先巡历浙江，尚未到任，私行入定海县衙。胡知县疑是打点衙门者，收入监去。及在狱中，又说：“我会做状，汝众囚若有冤枉者，代汝作状申诉。”时夏昌时在狱，将冤枉从直告诉，包公悉记在心后，用一印令禁子送与胡知县。知县方知是巡行老爷，即忙跪请坐堂。及升堂，即吊昌时一案文卷来问，季玉坚执是伊杀侍婢，必无别人。包公不能决，再问昌时道：“汝曾泄漏与人否？”昌时道：“只与相好友李善辅说过，其夜在他家饮酒，醒来，辅只在旁未动。”包公猜道：“这等，情已真矣，不必再问。”遂考校宁波府生员，取李善辅批首，情好极密，所言无不听纳。至省后又召去相见，如此者近半年。一日，包公谓李善辅道：“吾为官拙清，今将嫁女，苦无妆资。汝在外看有好金子代我换些。异日倘有甚好关节，准你一件。汝是我得意门生，外面须为我缜密。”李善辅深信无疑，数日后送到古金钗一对，碧玉簪一对，金粉盒、金镜袋各一对，包公亦佯喜。即吊夏昌时一干人再问，取出金钗、玉簪、粉盒、金镜袋，尽排于桌上。季玉认道：“此尽是我以前送夏生者。”再叫李善辅来对，见高小姐认物件是她的，吓得魂不附体，只推是与过路客人换来的。此刻夏昌时方知前者为毒酒所迷，高声喝道：“好友！害人于死地。”善辅抵赖不得，遂供招承认。包公批道：

审得李善辅，贪黩害义，残忍丧心。毒药误昌时，几筵中暗藏机阱；顽石杀侍女，花亭上骤进虎狼。利归己，害归人，敢效郦寄卖友；杀一死，坑一生，犹甚蒯通误人。金盒宝钗，昔日真赃俱在；铁钺斧锧，今秋大辟何辞。高科厌贫求富，思背故友之姻盟；掩实弄虚，几陷佳婿于死地。若正伦法，应加重刑；惜在缙绅[3]，量从末减。夏昌时虽在缧绁之中，非其罪也；高季玉既怀念旧之志，永为好兮。昔结同心，曾山盟而海誓；仍断合卺，俾夫唱而妇随。

夏昌时罪既得释，又得成亲，二人恩爱甚笃[4]，乃画起包公图像，朝夕供养。后夏昌时亦登科甲，官至给事。

【注释】

①柩（jiù）：灵柩。

②遗胤（yìn）：后嗣。

③缙绅（jìn shēn）：古代称有官职的或做过官的人。

④笃（dǔ）：专心。

葛叶飘来

话说处州府云和县进士罗有文，知南丰县事有年。龙泉县举人鞠躬，与之系瓜葛之亲，带仆三人，贵十八、章三、富十，往谒有文，仅获百金。将银五十两买南丰铜镏金玩器、笼金篚子，用皮箱盛贮[1]，白铜锁钥[2]。又值包公巡行南京，躬与相知，欲往候见之。货齐，辞有文起身。数日，到了瑞洪，先令章三、富十二人起早往南京，探问包公巡历何府，约定芜湖相会。

次日换船，水手葛彩搬过行李上船，见其皮箱甚重，疑是金银，乃报与家长艾虎道："几只皮箱重得异常，想是金银，决非他物。"二人乃起谋心，议道："不可再搭别人，以便中途行事。"计排已定，乃佯谓躬道："我想相公是读书人，决然好静，恐搭做客杂人同船，打扰不便。今不搭别人，但求相公重赏些船钱。"躬道："如此更好，到芜湖时多与你些钱就是。"二人见说，愈疑银多。是日，开船过了九江。次晚，水手将船艄[3]在僻处，候至半夜时分，艾虎执刀向躬头一砍，葛彩执刀向贵十八头一砍，主仆二人死于非命，丢入江中。搜出钥匙将皮箱开了，见满箱皆是铜器，有香炉、花瓶、水壶、笔山，精致玩器，又有篚子，皆是笼金故事，止得银三十两。彩道："我说都是银子，二人一场富贵在眼下，原来是这些东西。”虎道：“有这样好货，愁无卖处？莫若再至芜湖，沿途发卖，即是银子。”二人商议而行。

章三、富十探得包公消息，巡视苏州。径转芜湖，候过半月，未见主来，乃讨船一路上来，并未曾有；又上九江，直抵瑞洪原店查问。店主道：“次日换船即行，何待如今？”二人愕然。又下南京，盘费用尽，只得典衣为路费，往苏州寻问。及于苏州寻访，并无消息。不意包公已起马往巡松江，二人又往松江去问，亦无消息。欲见包公，奈衙门整肃，商议莫若假做告状的人，乘放告日期带了状子进去禀知，必有好处。遂各进讫。包公见了大惊，问道：“你相公此中途如何相别？”章三道：“小人与相公同到南丰罗爷任上，买有镏金铜器、笼金篦等货，离南丰而抵瑞洪。小的二人起早先往南京，探问老爷巡历何府，以便进谒，约定芜湖相会。小人到京得知老爷在苏，复转，候主半月未来。小的二人直上九江，沿途寻觅，没有消息，疑恐来苏。小的盘缠已尽，典衣作费到苏，老爷发驾，遍觅皆无。今到此数日，老爷衙门整肃，不敢进见，故假告状为由，门上才肯放入，乞老爷代为清查。”包公道：“中途别后，或回家去了？”富十道：“来意的确，岂回家去。”包公道：“相公在南丰所得多少？”答道：“仅得百金。”又问：“买货多少？”答道：“买铜器、丰篦用银五十两。”包公道：“你相公最好驰逞，既未回家，非舟中被劫，即江上遭风。我给批文一张、银二两与你二人做盘费，沿途缉访，若被劫定有货卖，逢有卖铜器、丰篦的，来历不明者即给送官起解见我，自有分晓。”

二人领批而去，往各处捕缉[④]皆无。章三二人路费将尽，历至南京，见一铺有一副香炉，二人细看是真，问：“此货可卖否？”店主道：“自是卖的。”又问：“还有甚玩器否？”店主道：“有。”章三道：“有则借看。”店主抬出皮箱任拣。二人看得的确，问：“此货何处贩来的？”店主道：“芜湖来的。”富十一手扭结，店主不知其故，乃道：“你这二人无故结人，有何缘故？”两相厮打。适值兵马司朱天伦经过，问：“何人啰唣？”章三扭出，富十取出批文投下，带转司去，细问来历。章三一一详述，如此如此。朱公问道：“你何姓名？”其人道：“小人名金良，此货是妻舅由芜湖贩来的。”朱公道：“此非芜湖所出，安在此处贩来？中间必有缘故。”良道：“要知来历，拘得妻舅吴程方知明白。”朱公即将众人收监。次日，拿吴程到司。朱公问道：“你在何处贩此铜货来？”吴程道：“此货出自江西南丰，适有客人贩至芜湖，小人用价银四十两凭牙掇来。”朱公道：“这客人认得是何处人否？”吴程道：“萍水相逢，哪里识得！”朱公闻言，不敢擅决，只将四人一起解赴包公。

包公巡行至太平府，解人解至，正值审录考察，无暇勘问，发委董推官问明缴报。解人起批到，董推官坐堂，富十二人即具投状：

告为谋财杀命事：天网疏而不漏，人冤久而必伸。恩主鞠躬，往南丰谒戚，用价买得铜器、丰篦，来京叩院，中途别主，杳无踪影。岂料凶恶金良、吴程，利财谋命，今幸获原赃，投天正法。恳念缥缈之冤魂可悲，急追浮沉之白骨何在。泣告。

吴程亦即诉道：

诉为平地兴波事：冤头债主，各自有故相当；林木池鱼，亦非无因可及。念身守法经商，芜湖生意。偶因客带铜货，用价掇回，当凭牙侩段克己见证。岂恶等飘空冒认，无端坑杀。设使货自卸至，何敢开张明卖？纵有来历不明，定须详究根由。上诉。

那时推府受词，研审一遍收监。次日，牌拘段克己到，取出各犯听审。推府问段克己：“你做牙行，吴程称是凭你掇来，不知原客何名何姓？”克己道：“过来往去客多，安能久记姓名。”推府道：“此一案乃包爷发来，兼且人命重事，知而不报，必与同谋。吴程你明白招来，免受重刑。”程道：“古言：有眼牙人无眼客。当时货凭他买。”克己道：“是时你图他货贱，肯与他买，我不过为你解纷息争，以平其价，我岂与你盘诘奸细？”推府道：“因利而带货，人情也，倘不图利，安肯乘波抵险，奔走江湖？吴程你既知货贱卖，必是窃来的物。段克己你做牙行，延揽四方，岂不知此事？二人自相推阻，中间必有话说，从直招来。若是他人，速报名姓；若是自己，快快招明，免受刑拷。”二人不招，俱各打三十，夹敲三百，仍则推阻不招。自思道：二人受此苦刑竟不肯招，且权收监。但见忽有一片葛叶顺风吹来，将门上所挂之红彩一起带下，飘至克己身上，不知其故。及退堂自思：衙内并未栽葛，安有葛叶飞来？此事甚异，竟不能解。

次日又审，用刑不招，遂拟成疑狱，具申包公，倒文令着实查报，且委查盘仪征等县。推官起马，往芜湖讨船，官船皆答应上司去，临时差皂快捉船应用，偶尔捉艾虎船到。推府登舟问道：“你是何名？”答道：“小人名艾虎。”“彼是何名？”虎道：“水手名葛彩。”推府自思：“前疑已释，葛叶随彩而下，想谋人者即是葛彩。”遂不登舟，令手下擒捉二人，转公馆拷问，二人吓得魂飞魄散。推府道：“你谋害举人，前牙行段克己报是你，久缉未获。今既获之，招承成狱，不必多言。”艾虎道：“小人撑船，与克己无干，彼自谋人，何故乱扳我等？”推官怒其不认，即令各责四十，寄监芜湖县。乃往各县查盘回报，即行牌取二犯审勘。芜湖知县即将二犯起解到府，送入刑厅，推府即令重责四十迎风，二人毫不招承，乃取出吴程等一干人犯对审。吴程道：“你这贼谋人得货售银，累我等无辜受此苦楚，幸天有眼。”葛彩道：“你何昧心？我并未与你会面，何故妄扳？”吴程道：“铜货、丰蓖得我价银四十二两，克己可作证。”艾虎二人抵饰不招，又夹敲一百。艾虎招道：“事皆葛彩所起。当时鞠举人来船，彩为搬过皮箱三只上船，其重异常，疑是金银，故萌此心，不搭别人，待过湖口，以刀杀之，丢入江心。后开皮箱见是铜货，止得银三十余两，二人悔之不及。将货在芜湖发，卖得吴程银四十两。是时只要将货脱卸，故此贱卖，被段克己觉察，分去银一十五两。”克己低首无言。推官令各自招承。富十、章三二人叩谢道：“爷爷青天！恩主之冤一旦雪矣。”推府判了参语，申详包公。包公即面审，毫无异词。即批道：

据招：葛彩先试轻重，而起朵颐之想；艾虎后闻利言，而操害命之谋。驾言多赏船钱，以探囊中虚实；不搭客商啰唣，装成就里机关。艄船僻处，豫备人知。肆恶更阑[5]，操刀杀主仆于非命；行凶夜半，丢尸灭踪迹于江湖。欣幸满箱银两，可获贫儿暴富；谁知盈箧铜货，难以旦夕脱身。装至芜湖，牙侩知而分骗；贩来京铺，二仆认以获赃。贼不知名，飘葛叶而详显报应；犯难遽获，捉官船而吐真名。悟符前谶，非是风吹败叶；擒来拷鞠，果是谋害正凶。葛、艾二凶，利财谋命，合枭首以示众；吴、段二恶，和骗分赃，皆充配于远方。金良无辜，应皆省发。各如拟行。

遂将葛彩、艾虎秋季斩市，吴程、克己即行发配讫。

按：此断虽鞠躬之幽魂死不瞑目，实包公之英哲，委勘得人，乃能断出此冤。上则不致三纲解纽，次则不致奸凶漏网，是可见天理昭然而法纪大明矣。

【注释】

①盛贮（zhù）：储存；积存。

②锁钥：用以封闭的器具。

③艄（shāo）：船尾。

④捕缉：捉拿。

⑤阑（lán）：将尽。

招帖收去

话说广东有一客人，姓游名子华，本贯浙人。自祖父以来在广东发卖机布，财本巨万，即于本处讨娶一妾王氏。子华素性酗酒凶暴，若稍有一毫不中其意，遂即毒打，妾苦不胜。一夜更深人静，候子华睡去时走出，投井而死。次日，子华不知其妾投井而死，乃出招帖遍处贴之。贴过数月，并无消息。子华讨取货银已毕，即收拾回浙。

适有本府一人名林福，开一酒肉店，积得数块银两，娶妻方氏名春莲。岂知此妇性情好淫，常与人通奸。福之父母审知其故，详以语福。福怀怒气，逐日打骂，凌辱不堪。春莲乃伪怨其父母道："当初生我丑陋，何不将我淹死？今嫁此等心狠丈夫，贪花好色，嫌我貌丑，昼夜恼恨，轻则辱骂，重则敲打，料我终是死的。"父母劝其女道："既已嫁他，只可低头忍受，过得日子也罢，不可与他争闹。"那父母虽以好言抚慰，其女实疑林福为薄幸之徒。忽一日，春莲早起开门烧火，忽有棍徒许达汲水经过，看见春莲一人，悄无人在，乃挑之道："春莲，你今日起来这般早，你丈夫尚未起来，可到吾家吃一碗早汤。"春莲道："你家有人否？"许达道："并无一人，只我单身独处。"春莲本性淫贱，闻说家中无人，又想丈夫每日每时吵闹，遂跟许达同去。许达不胜欢喜，便开橱门取些果品与春莲吃了，又将银簪二根送与春莲，掩上柴门，二人遂即上床。云雨事散，众家俱起，不得回家，许达遂匿之于家中，将门锁上，竟出街上生意去了。直至黑晚回来，与春莲取乐。及林福起来，见妻子早起烧火开门不见回来，意想此妇每遭打骂，必逃走矣。乃遍处寻访无踪，亦写寻人招帖贴于各处，仍报岳父方礼知之。礼大怒道："我女素来失爱，尝在我面前说你屡行打骂，痛恨失所，每欲自尽。我夫妇常常劝慰，故未即死。今日必遭你打死，你把尸首藏灭，故诈言他逃走来哄骗我。我必告之于官，为女伸冤，方消此恨。"乃具状词，赴告本县汤公。其词道：

告为伦法大变事：婚娶论财，夷虏之道；夫妇嫌丑，禽兽不如。身女春莲，凭媒嫁与林福为妻。岂料福性贪淫，嫌女貌丑，日加打骂，凌辱不堪。今月日仍触恶毒，登时殴死。惧罪难逃，匿尸埋灭；驾言逃走，是谁见证？痛思人烟凑密，私奔岂无踪影；女步艰难，数日何无信音？明明是恶杀匿[①]。女魂遭陷黑天，父朽仰于白日。祈追尸抵偿。哀哀上告。

本县准状，即差役拘拿林福，林福亦具诉词，不在话下。

且说许达闻得方礼、林福两家告状，对春莲道："留你数日，不想你父母告状问夫家要人，在此不便，倘或寻出，如何是好？不若与你同走他乡，又作道理。"春莲闻言便道："事不可迟，即宜速行。"遂收拾行李，连夜逃走。直至云南省城住脚，盘费已尽。许达道："今日到此，举目无亲，食用欠缺，此事将何处之？"春莲本是淫妇，乃道："你不必以衣食为虑，我若舍身，尽你足用。"许达亦不得已从之。乃妆饰为娼[②]，趁钱度日，改名素娥。一时风流子弟，闻得新来一妓甚美，都来嫖耍，衣食果然充足。

且说当日春莲逃走之后，有耆民呈称：本坊井中有死人尸首在内。县官即命仵作检验，乃广东客人游子华之妾。方礼认为己女，遂抱尸哭道："此系我女身尸，果被恶婿林福打死，丢匿此井。"遂禀过县官，哀求拷问。县官提林福审问："汝将妻子打死，匿于井中，此事是实？"林福辩道："此尸虽系女人，然衣服、相貌俱与我妻不同。我妻年长，此妇年少；我妻身长，此妇身短；我妻发多而长，此妇发少而短。安得影射以害小人？万望爷爷详情。"方礼向前哀告道："此是林福抵饰的话，望老爷验伤便知打死情由。"县官严行刑法，林福受刑不过，只得屈招，申院未行在狱。

及至岁终，包公巡行天下，奉敕[③]来到此府，审问林福情由，即知其被诬。叹道："我奉旨搜检冤枉，今观林福这段事情，甚有可疑，安得不为伸理。"遂语众官道："方春莲既系淫妇，必不肯死，虽遭打骂，亦只潜逃，其被人拐去无疑。"乃令手下遍将各处招帖收去，一一查勘。内有一帖，原系广东客人游子华寻妇帖子，与死尸衣服、状貌相同，乃拘游子华来证，子华已去。包公日夜思想：林福这段冤枉，我明知之，安可不为伸雪？乃焚香告司土之神道："春莲逃走事情，胸中狐疑不决，伏望神祇大彰报应。"告祝已毕。次日，发遣人役往云南公干。

承行吏名汤琯，竟去云南省城，投下公文，宿于公馆，候领回文，不觉延迟数日。闻得新娼素娥风情出色，姿丽过人，亦往素娥家中去嫖耍。便问道："汝系何处女子为娼于此？"其妇道："我亦良家子女，被夫打骂，受苦不过，故而逃出。奈衣食无措，借此度日。"汤琯道："听你声音好似我同乡，看你相貌好似林福妻子。"其妇一惊，满面通红，不敢隐瞒，只得说出前事，如此如此，乃是邻右许达带我来，望乡人回府切勿露出此事，小妇加倍奉承，歇钱亦不敢受。汤琯佯应道："你们放心，只管在此接客，我明日还要来耍。我若归家，决不露出你们机关。"乃相别而回，至公馆中叹道："世间有此冤枉事！

林福与我切近邻舍，今落重狱。”恨不得即到家中报说此事。

次日，领了回文，作速起程归家，即以春莲被许达拐在云南省城为娼告知林福。林福状告于包爷台下。包公遂即差人同林福随汤琯径往云南省城，拘拿春莲、许达两人还家。包公鞫问明白，把春莲当官嫁卖，财礼悉付林福收领；拟许达徒罪；方礼反坐诬告；林福无辜放归；仍给官银三两赏赐汤琯。即判道：

审得方氏，水性漂流，风情淫荡。常赴桑中之约，屡经濮上之行。其夫闻知有污行，屡屡打骂，理所宜然。夫何顿生逃走之心，不念同衾之意。清早开门，遇见许达，遂匿他家，纵行淫佚。而许达乃奔走仆夫[4]，负贩[5]俗子。投甘言而引尤物，贵丽色而作生涯。将谓觅得爱卿，不愿封侯之贵；哪知拐骗逃妇，安免徙流之役。方礼不咎[6]闺门之有玷，反告女婿之不良。诬以打死，诳以匿尸，妄指他人之毙妾，认为系女之伤骸，告杀命而女犹生，控匿尸而女尚在。虚情可诳，实罪难逃。林福领财礼而另娶，汤琯受旌赏而奉公。取供存案。

包公判讫。百姓闻之，莫不醉心悦服。

【注释】

①匿（nì）：隐藏起来。

②娼（chāng）：妓女。

③敕（chì）：皇帝的诏令。

④仆（pú）夫：驾驭车马之人。

⑤负贩（fàn）：担货贩卖。

⑥咎（jiù）：过失。

夹底船

话说苏州府吴县船户单贵，水手叶新，即贵之妹丈，专谋客商。适有徽州商人宁龙，带仆季兴，来买缎绢千有余金，寻雇单贵船只，搬货上船。次日，登舟开船，径往江西而去。五日至漳湾艄船。是夜，单贵买酒买肉，四人盘桓[1]而饮，劝得宁龙主仆尽醉。候至二更人静，星月微明，单贵、叶新将船抽绑，潜出江心深处，将主仆二人丢入水中。季兴昏昏沉醉，不省人事，被水淹死。宁龙幼识水性，落水时随势钻下，偶得一木缘之，跟水直下，见一只大船悠悠而上，龙高声喊叫救命。船上有一人姓张名晋，乃是宁龙两姨表兄，闻其语系同乡，速令艄子救起，两人相见，各叙亲情。晋即取衣与换，问以何故落水。龙将前事备细说了一遍，晋乃取酒与他压惊。天明，二人另讨一船，知包公巡行吴地，即写状具告：

告为谋命谋财事：肆恶害人，船户若负隅之虎；离乡陷本，客商似涸水之鱼。身带银千两，一仆随行，来苏贩缎，往贸江西，寻牙雇船装载。不料舟子单贵、水手叶新等，揽身货载，行至漳湾，艄船设酒，苦苦劝醉，将身主仆推入江心。孤客月中来，一篙撑载菰蒲去；四顾人声静，双拳推落碧潭忙。人坠波心，命丧江鱼之腹；伊回渡口，财充饿虎之颐。无奈仆遭淹死，身幸张晋救援。恶喜夜无人知，不思天理可畏。乞准追货断填。上告。

包公接得此状，细审一番，随行牌捕捉，二人尚未回家。公差回禀，即拿单贵家小收监，又将宁龙同监。差捕快谢能、李隽二人即领批径巡水路挨访。岂知单贵二人是夜将货另载小船，扬言被劫，将船寄在漳湾，二人起货往南京发卖。既到南京，将缎绢总撥上铺，得银一千三百两，掉船而回。至漳湾取船，偶遇谢、李二公差，乃问道："既然回家，可搭我船而去。"谢、李二人毫不言动，同船直回苏州城下。谢、李取出扭锁，将单贵、叶新锁起。二人魂不附体，不知风从何来，乃道："你无故将我等锁起，有何罪名？"谢、李道："去见老爷就有分晓。"二人捉入城中，包公正值坐堂，公差将二人犯带进道："小的领钧旨挨拿单贵一起人犯，带来投到，乞金笔销批。"包公又差四人往船上，将所有尽搬入府来。问："单贵、叶新，你二人谋死宁龙主仆二人，得银多少？"单贵道："小人并未谋人，知甚宁龙？"包公道："方有人说凭他代宁龙雇船往江西。中途谋死，何故强争？"单贵道："宁龙雇船，中途被劫，小人之命险不能保，安顾得他？"包公怒道："以酒醉他，丢人波心，还这等口硬。可将各打四十！"叶新道："小人纵有亏心，今无人告发，无赃可证，缘何追风捕影，不审明白，将人重责，岂肯甘心？"包公道："今日到此，不怕你不甘心。从直招来，免受刑法；如不直招，取夹棍来夹起。"单贵二人身虽受刑，形色不变，口中争辩不已。俄而众兵搬出船上行李，一一陈于丹墀[②]之下。监中取出宁龙来认，中间动用之物一毫不是，银子一两没有，缎绢一匹也无。岂料其银并得宁龙的物件皆藏于船中夹底之下。单贵见陈之物无一样是的，乃道："宁龙你好负心。是夜你被贼劫，将你二人推入水中，缘何不告贼而诬告我等？你没天理！"龙道："是夜何尝被贼劫？你二人将酒劝醉，将船划入江中，丢我二人下水，将货寄在人家，故自口强。”包公见二人争辩，一时狐疑，乃思：“既谋宁龙，船中岂无一物？岂无银子？千两之货置于何地？”乃令放刑收监。

包公次早升堂，取单贵二人，令贵站立东廊，新站立西廊。先呼新问道：“是夜贼劫你船，贼人多少？穿何衣服？面貌若何？”新道：“三更时分，四人皆在船中沉睡，忽众贼将船抽出江心，一人七长八大，穿青衣，涂脸，先上船来，忽三只小船团团围住。宁龙主仆见贼入船，惊走船尾，跳入水中。那贼将小的来打，小的再三哀告道：‘我是船户。’他才放手，尽掳其货而去，今宁龙诬告法台，此乃瞒心昧己。”包公道：“你出站西廊。”又叫单贵问道：“贼劫你船，贼人多少？穿何衣服？面貌若何？”贵道：“三更时分，贼将船抽出江心，四面小船七八只俱来围住。有一后生身穿红衣，跳过船来将宁龙二人丢入水中，又要把小的丢去。小的道：‘我非客商，乃是船户。’方才放手。不然同入水中，命亦休矣。”包公见口词不一，将二人夹起，皆道：“既谋他财，小的并未回家，其财货藏于何处？”并不招认。无法可施，又令收监。亲乘轿往船上去看，船内皆空，细看其由，见船底有隙，皆无棱角，乃令左右启之，内有暗栓不能启，令取刀斧撬开，见内货物广多，衣服器具皆有，两皮箱皆是银子。验明，抬回衙来，取出宁龙认物。龙道：“前物不是，不敢冒认。此物皆是，只是此新箱不是。”包公令取单贵二人道：“这贼可恶不招，此物谁的？”贵道：“此物皆是客人寄的，何尝是他的？”龙道：“你说是他人寄的，皮箱簿帐谅你废去，此旧皮箱内左旁有一鼎[3]字号，难道没有？”包公令左右开看，果然有一鼎字号。乃将单贵二人重打六十，熬刑不过，乃招出其货皆在南京卖去，得银一千三百两，分作两箱，二人各得一箱。包公判道：

审得单贵、叶新，干没利源，驾扁舟而载货；贪财害客，因谋杀以成家。客人宁龙，误用其船。舟行数日，携酒频斟。杯中设饵，腹内藏刀。趁酒醉兮睡浓，一篙抽船离畔；俟更深兮人静，双手推客入江。自意主仆落江中，决定葬于鱼腹；深幸财货入私囊，得以遂其狼心。不幸暮夜无知，犹庆皇天有眼；虽然仆遭溺没，且喜主获救援。转行赴告，挨批诱捉于舟中；真赃未获，巧言争辩于公堂。船底中搜出器物银两，簧舌上招出谋命劫财。罪应大辟，以偿季兴冤命；赃还旧主，以给宁龙宁家。

判讫，拟二凶秋后斩首，余给省发。可谓民奸不终隐伏，而王法悉得其平矣。

【注释】

①盘桓（huán）：徘徊。

②墀（chí）：古代殿堂上经过涂饰的地面。

③鼎（dǐng）：古代煮东西用的器物。

接迹渡

话说徐隆乃剑州人，家甚贫窘[①]，父丧母存，日食不给。有弟徐清，雇[②]工供母。其母见隆不能任力，终日闲游，时常骂詈[③]，隆觉羞颜。一日，奋然相约知己冯仁，同往云南生意。一去十数余年，大获其利，满载而归。归至本地接迹渡头，天色将晚，只见昔年渡子张杰将船撑接。两人笑容拱手，问道："隆官你去多年不归，想获大利。"徐隆步行负银力倦，微微答道："钱虽积些，所得不多。"遂将雨伞、包袱丢入船舱，响声颇重。张知其云南远回，其包袱内必是有银，陡起枭心，将隆一篙打落水中淹死，天晚无人看见。

杰将包袱密藏归家，一时富贵，渐渐买田创屋。有子名曰张尤，年登七岁，杰单请一师训诂[④]。其师时常对杰称誉道："令郎善诗善对。"杰不深信。至端阳日请先生庆赏佳节，饮至中间，杰道："承先生常誉小儿能为对句，今乃端阳佳节，莫若将此佳节为题以试小儿何如？"先生道："令郎天资隽雅，联句何难。"随口占一联与之对道："黄丝系粽，汨罗江上吊忠魂。"张尤沉思半晌，不能答对。杰甚不悦，先生亦觉无颜。张尤亦羞颜无地，假意厕房出恭，那冤魂就变作一老人在厕房之旁，问张尤道："汝今日为何不悦？"张尤答道："我被父亲叫先生在席上出对考我，甚是难对，故此不悦。"冤魂问道："对句如何？"尤道："黄丝系粽，汨罗江上吊忠魂。"冤魂笑道："此对不难，我为汝对之。"尤道："这等极好。"冤魂对道："紫竹挑包，接迹渡头谋远客。"尤甚欢喜，慌忙奔入席间禀告先生道："先生所出之对，我今对得。"先生不胜欢悦："汝既对得，可速说来。"答道："紫竹挑包，接迹渡头谋远客。"其父骇然失色。先生道："对虽对得，不见甚美。"其父道："此对必是汝请人对的，好好直说出来，免受鞭笞[⑤]。"其子受逼不过，将那老人代对的事说出。其父问："这老人今还在厕房否？"尤道："不知。"杰慌忙奔看，不见，心中自疑：此必是渡头谋死冤魂出现。骇[⑥]得胆战心惊，胡言乱语，悉以谋死徐隆的事直告先生，不觉被堂侄张奔窃听。奔为昔年与杰争占有仇，次日遂具状出首。董侯准其状词，即差精兵五名密拿张杰赴台鞫问。张杰拿至台下，面无人色，手足无措。董侯知其谋害是实，将杰三拷六问，张杰受刑不过，将谋害徐隆事情一一供招。将杰枷锁[7]入监。次日申明上司，上司包公吊问填命，家业尽追入官，妻子逃走不究。

【注释】

①贫窘（jiǒng）：贫困窘迫。

②雇（gù）：出钱请人帮自己做事。

③詈（lì）：骂。

④训诂（gǔ）：对古书字句做解释。

⑤鞭笞（chī）：用鞭子或板子打。

⑥骇（hài）：惊吓。

⑦枷锁（jiā suǒ）：枷和锁，是古时的两种刑具。

黄菜叶

话说西京河南府，离城五里有一师家，弟兄两个，家道殷富。长的名官受，二的名马都，皆有志气。二郎现在扬州府当织造匠。师官受娶得妻刘都赛，是个美丽佳人，生下个儿子，取名金保，年已五岁。其年正月上元佳节，西京大放花灯。刘娘子禀过婆婆，梳妆齐备，打扮得十分俊俏，与梅香、张院公入城看灯。行到鳌山寺，不觉众人喧挤，梅香、院公各自分散。娘子正看灯时，回头不见了伙伴，心下慌张。忽然刮起一阵狂风，将逍遥宝架灯吹落，看灯的人都四下散走，只有刘娘子不识路径。正在惊慌之际，忽听得一声喝道，数十军人随着一个贵侯来到，灯笼无数，却是皇亲赵王。马上看见娘子美貌，心中暗喜，便问："你是谁家女子，半夜在此为何？"娘子诈道："妾是东京人氏，随丈夫到此看灯，适因吹折逍遥宝架灯，丈夫不知哪里去了，妾身在此等候。"赵王道："如今更深，可随我入府中，明日却来寻访。"娘子无奈，只得随赵王入府中来。赵遂着使女将娘子引到睡房，赵王随后进去，笑对娘子道："我是金枝玉叶，你肯为我妃子，享不尽富贵。"那娘子吓得低头无语，寻死无路，怎当得那赵王强横之势，只得顺从，宿却一宵。赵王次日设宴，不在话下。

且说张院公与梅香回去见师婆婆说知，娘子看灯失散，不知去向。婆婆与师郎烦恼无及，即着家人入城寻访。有人传说在赵王府里，亦不知虚实。

不觉将近一月。刘娘子虽在王府享富贵，朝夕思想婆婆、丈夫、儿子。忽有老鼠将刘娘子房中穿的那一套织成万象衣服咬得粉碎，娘子看见，眉头不展，面带忧容。适赵王看见，遂问道："娘子因甚烦恼？"娘子说知其故。赵王笑道："这有何难？召取西京织匠人来府中织造一件新的便了。"次日，赵王遂出告示。不想师家祖上会织此锦，师郎正要探听妻子消息，听了此语，即便辞了母亲来见赵王。赵王道："汝既会织，就在府中依样造成。"师郎承命而去。众梅香传与娘子，王爷着五个匠人在东廊下织锦。娘子自忖："西京只有师家会织，叔叔二郎现在扬州未回，此间莫非是我丈夫？"即抽身来看。那师郎认得是妻子，二人相抱而哭。旁边织匠人个个惊骇，不知其故。不道赵王酒醒，忽不见了刘都赛，因问侍女，知在看匠人织造，赵王忙来廊下看时，见刘娘子与师郎相抱不舍。赵王大怒，即令刀斧手押过五个匠人，前去法场处斩，可怜师郎与四个匠人无罪，一时死于非命。那赵王恐有后累，命五百刽子手将师家门首围了，将师家大小男女尽行杀戮，家财搬回府中，放起一把火来，将房屋烧个干净。当下只有张院公带得小主人师金保出街坊买糕，回来见杀死死尸无数，血流满地，房屋火烧尚未灭。张院公惊问邻居之人，乃知被赵王所害。张院公没奈何，抱着五岁主人，连夜逃走扬州报与二官人去了。

赵王回府思忖："我杀了师家满门，尚有师马都在扬州当匠，倘知此事，必去告御状。"心生一计，修书一封，差牌军往东京见监官孙文仪，说要除师二郎一事。孙文仪要奉承赵王，即差牌军往扬州寻捉师马都。是夜师马都梦见一家人身上带血，惊疑起来，去请着先生卜卦，占道："大凶，主合家有难。"师马都忧虑，即雇一匹快马，径离了扬州回西京来。行至马陵庄，恰遇着张院公抱着小主人，见了师马都大哭，说其来因。师二郎听罢，跌倒在地，移时方苏，即同院公来开封府告状。师马都进得城来，吩咐院公在茶坊边伺候，自往开封府告状，正遇着孙文仪喝道而过，牌军认得是师马都，禀知文仪。文仪即着人拿入府中，责以擅冲马头之罪，不由分说，登时打死。文仪令人搜捡，身上有告赵王之状。忖道："今日若非我遇见，险些误了赵王来书。"又虑包大尹知觉，乃密令四名牌军，将死尸放在篮底，上面用黄菜叶盖之，扛去丢在河里。正值包大尹出府来，行到西门坊，座马不进。包公唤过左右牌军道："这马有三不走：御驾上街不走，皇后、太子上街不走，有屈死冤魂不走。"便差张龙、赵虎去茶坊、酒店打听一遭。张、赵领命，回报："小巷有四个牌军抬一篮黄菜叶，在那里趋避。"包公令捉来问之。牌军禀道："适孙老爷出街，见我四人不合将黄菜叶堆在街上，每人责了十板，令我等抬去河里丢了。"包公疑有缘故，乃道："我夫人有病，正想黄菜叶吃，可抬入我府中来。"牌军惊惧，只得抬进府里，各赏牌军，吩咐："休使外人知道来取笑包公买黄菜叶与夫人吃。"牌军拜谢而去。包公令揭开菜叶视之，内有一死尸。因思："此人必被孙文仪所害。"令狱卒且停在西牢。

且说那张院公抱着师金保等师马都不来，径往府前去寻，见开封府门首有屈鼓，张院公遂上前连打三下，守军报知包爷。包公吩咐："不许惊他，可领进来。"守军领命，引张院公到厅前。包公问："所诉何事？"张院公逐一从头将师家受屈事情说得明白。包公又问："这五岁孩儿如何走脱？"张院公道："因为思母啼哭，领出买糕与他吃，逃得性命。"包公问："师马都何在？"张院公道："他清早来告状，并无消息。"包公知其故，便着张院公去西牢看验死尸，张院公看见是师马都，放声大哭。包公沉吟半晌，即令备马到城隍庙来，当神祝道："限今夜三更，要放师马都还魂。"祝罢而回。也是师马都命不该死，果是三更复苏。次日，狱卒报知包公，唤出厅前问之，师马都哭诉被孙文仪打死情由。包公吩咐只在府里伺候，思量要赚赵王来东京，心生一计，诈病在床，不出堂数日。

那日，仁宗知道了，即差御院医官来诊视。李夫人道："大尹病得昏沉，怕生人气，免见罢。"医官道："可将金针插在臂膊上，我在外面诊视，即知其症。"夫人将针插在屏风上，医官诊之，脉全不动，急离府奏知去了。包公与夫人议道："我便诈死了，待圣上问我临死时曾有甚事吩咐，只道：'唯荐西京赵王为官清正，可任开封府之职。'"次日，夫人将印绶[①]入朝，哭奏其事，文武尽皆叹息。仁宗道："既临死时荐御弟可任开封府之职，当遣使臣前往迎取赵王。"一面降敕差韩、王二大臣御祭包大尹。是时使命领敕旨前往河南，进赵王府宣读圣旨已毕，赵王听了，甚是欢喜，即点起船只，收拾上任。不觉数日，到东京入朝。仁宗道："包文拯临死荐汝，今朕重封官职，照依他的行事。"赵王谢恩而出。次日，与孙文仪摆列銮驾，十分整齐，进开封府上任。行过南街，百姓惧怕，各各关门。赵王在马上发怒道："汝这百姓好没道理，今随我来的牌军在路上日久，欠缺盘缠，人家各要出绫锦一匹。"家家户户抢夺一空。赵王到府，看见堂上立着长幡[②]。左右禀道："是包大尹棺木尚未出殡。"

赵王怒道："我选吉日上任，如何不出殡？"张龙、赵虎报与包公，包公吩咐二人准备刑具伺候，乃令夫人出堂见赵王说知，尚有半个月方出殡。赵王听了，怒骂包夫人不识方便。骂未绝口，旁边转过包公，大喝一声："认得包黑子否？"赵王愕然。包公即唤过张龙、赵虎，将府门关上，把赵王拿下，监于西牢，孙文仪监于东牢。

次日升堂，将棺木抬出焚了，东西牢取出赵王、孙文仪两个跪在阶下，两边列着二十四名无情汉，将出三十六般法物，挂起圣旨牌，当厅取过师马都来证，将状念与赵王听了。赵王尚不肯招，包公喝令极刑拷问，赵王受刑不过，只得招出谋夺刘都赛杀害师家满门情由。次及孙文仪，亦难抵讳，招出打死师马都情弊[③]。包公叠成文案，拟定罪名，亲领刽子手押出赵王、孙文仪到法场处斩。次日，上朝奏知。仁宗抚慰之道："朕闻卿死，忧闷累日。今知卿盖为此事诈死，御弟及孙文仪拟罪允当[④]，朕何疑焉。"包公既退，发遣师马都宁家；刘都赛仍转师家守服；将赵王家属发遣为民，金银器物，一半入库，一半给赏张院公，以其有义能报主冤也。

【注释】

①印绶（shòu）：印信和系印的丝带。

②幡（fān）：一种窄长的旗子，垂直悬挂。

③情弊：情况。

④允当：得当；适当。

石狮子

话说登州管下一个地名市头镇，居民稠密[①]，人家并靠河岸筑室。为恶者多，行善者少。唯有镇东崔长者好善布施，不与人争。娶妻张氏，性情温柔，治家勤俭。所生一子名崔庆，年十八岁，聪明颖达，父母惜如掌上之珠。

忽一日，有个老僧来家抄化道："贫僧是五台山云游僧家，闻府中长者好善，特来化斋饭一餐。"崔长者整衣冠出，延那僧人入中堂坐定，崔长者纳头便拜道："有失款迎，万勿见罪。"那僧人连忙扶起道："贫僧不识进退，特候员外见一面。"长者大悦，便令做斋款待僧人，极其丰厚。长者席上问其所来，僧人答以："云游到此，要见员外有一事禀知。”长者举手请道：“上人若要化缘或化斋，老拙不敢推阻。”僧人道：“足见长者善心。贫僧不为化缘而来。即日本处当有洪水之灾，员外可预备船只伺候走路。敬以此事告知，余无所言。”长者听罢，连连应诺。便问道：“洪水之灾何时当见？”僧人道：“但见东街宝积坊下那石狮子眼中流血，便要收拾走路。”长者道：“既有此大灾，当与乡里说知。”僧人道：“你乡皆为恶之徒，岂信此言；就是长者信我逃得此难，亦不免有苦厄累及。”长者问道：“苦厄能丧命否？”僧人道：“无妨。将纸笔来，我写几句与长者牢记之：天行洪水浪滔滔，遇物相援报亦饶。只有人来休顾问，恩成冤债苦监牢。”

长者看了不解其意。僧人道：“后当知之。”斋罢辞去，长者取过十两花银相赠。和尚道：“贫僧云游之人，纵有银两亦无用处。”竟不受而去。

长者对张氏说知，即令匠人于河边造十数只大船。人问其故，长者说有洪水之灾，造船逃避。众人大笑。长者任众人讥笑，每日令老妪前往东街探石狮子有血流出否。老妪看探日久，往来频数，坊下有二屠夫问其缘故，老妪直告其故。二屠待妪去，自相笑道：“世上有此等痴人。天旱若是，有甚么水灾？况那石狮子眼孔里哪讨血出？”一屠相约戏之，明日宰猪，用血洒在石狮眼中。是日，老妪看见，连忙走回报知，长者即吩咐家人，收拾动用器物，一齐搬上船。当下太阳正酷，热气蒸人。等待长者携得一家老幼登船已毕，黄昏左侧，黑云并集，大雨滂沱，三昼夜不息。河水涌入市头镇，一时间那人民居屋流荡无遗，溺死二万余人。正因乡民作孽太过，天以此劫数灭之，只有崔长者夫妇好善，预得神人救之。

那日长者数十大船随洪水流出河口，忽见山岩崩下，有一初养黑猿被溺不能起，长者即令家人取竹竿接之，那猿及岸得生而去。船正行间，又见一树木流来，有鸦巢在上，新乳数鸦飞不起，长者又令家童取船板托之，那鸦展开两翼各飞将去了。适有湾处，见一人被浪激流下来，口叫救命，长者令人接之。张氏道：“员外岂不记僧人所言遇人休顾之嘱？”长者道：“物类尚且救之，况人而不恤哉。”竟令家童取竹竿援之上船，遂取衣服与他换。忽次日雨止，长者乃令家童回去看时，只见洪水过处，尽成沙丘，唯有崔长者房屋，虽被浸损，未曾流荡。家童报知，长者令工人修整完备如前，携老幼回家。同乡邻里后归者，十有一二而已。长者问那所救之人愿回去否，那人哭道：“小人是宝积坊下刘屠之子，名刘英，今被水冲，父母不知存亡，家计尽空，情愿为长者随行执鞭之人，以报救命之恩。”长者道：“你既肯留我家下，就作养子看待。”刘英拜谢。

时光似箭，日月如梭，长者回家不觉又有半载。时东京国母张娘娘失去一玉印，不知下落。仁宗皇帝出下榜文，张挂诸州，但有知玉印下落者，官封高职。忽一夜崔长者梦见神人说：“今国母张娘娘失落玉印，在后宫八角琉璃井中。上帝以君有阴德，特来说与你，可着亲儿子去报知，以受高官。”长者醒来，将梦与妻子说知。忽家人来报，登州衙门首有榜文张挂，所说与长者梦中之言相同。长者甚喜，欲令崔庆前去奏知受职。张氏道：“只有一子，岂肯与他远离。富贵有命，员外莫望此事。”刘英近前见父母道：“小儿无恩报答，既是神人报说，我情愿代弟一行，前往京都报知。倘得一官半职，回来与弟承受。”长者欢然，准备银两，打点刘英起程。次日，刘英相辞，长者再三叮咛：“若有好事，休得负心。”刘英领诺而别，上路往东京进发。不一日来到京城，径来朝门外揭了榜文。守军捉见王丞相，刘英先通乡贯姓名，后以玉印下落说知，王丞相即令牌军送刘英于馆驿中伺候。次日，王丞相入朝奏知，仁宗召宫中嫔妃问之，娘娘方记得，因中秋赏月，夜阑，同宫女八角琉璃井边探手取水，误落井中。遂令宫监下井看取，果有之。仁宗宣刘英上殿，问其何知玉印之由。刘英不隐，直以神人梦中所报奏知。仁宗道：“想是你家积有阴德。”遂降敕封英为西厅驸马，以偏后黄娘娘第二公主招之。刘英谢恩，不胜欢喜。过数日，朝廷设立驸马府与刘英居住，当下刘英一时显达，权势无比，就不思量旧恩了。

却说崔长者，自刘英去后将两个月，日夜悬望消息。忽有人自东京来，传说刘英已招为驸马，极其贵显。长者遂吩咐家人小二同崔庆赴京。崔庆拜辞父母，往东京进发，不一日来到东京，寻店歇下。次日，正访问驸马府，那人道：“前面喝道，驸马来矣。”崔庆立在一边候过了道，恰好刘英在马上端坐，昂昂然来到。崔庆故意近前要与相认，刘英一见崔庆，喝声：“谁人冲我马头？”便令牌军捉下。崔庆惊道：“哥哥缘何见疏？”刘英怒道：“我有什么兄弟？”不由分说，拿进府中，重责三十棍。可怜崔庆，打得皮开肉绽，两腿血流，监入狱中。此时小二在店中得知主人被难，要来看时，不得进去。崔庆将其情哀告狱卒，狱卒怜而济之。崔庆原是富家，每日肉食不绝，一旦受此苦楚，怎生忍得？正在饥渴之际，思想肉食，忽墙外一猿攀树而入，手持一片熟羊肉来献。崔庆俄然记得，此猿好似我父昔日洪水中所救者，接而食之。猿去，过了数日又将物食送进来，如此者不绝。狱卒见了，知其来由，叹道：“物类尚有恩义，人反不如。”自是随其来往。又一日，墙外有十数乌鸦集于狱中，哀鸣不已。

崔庆亦疑莫非是父所救者，乃对鸦道："尔若怜念我，当代我带书一封寄回吾父。"那鸦识其意，都飞向前。庆即向狱卒借纸笔修了书，系于鸦足上，即飞去。不数日，已飞到其家，正值崔长者与张氏正在说儿子没音信之事，忽鸦飞下，立于身边。长者惊疑，看鸦足上系一封书，长者解下看之，却是崔庆笔迹，内具刘英失义及狱中受苦情由。长者看罢大哭。张氏问知其故，遂痛哭道："当初叫汝莫收留他人，果然恩将仇报，陷我儿子于缧绁之中，怎能得出？"长者道："鸟兽尚知仁义，彼有人心，岂得如此负恩之甚？我只得自往东京走一遭，探其虚实。"张氏道："儿受苦，作急而行。"

次日，崔长者准备行李，辞妻赴京。数日，已到东京，寻店安下。清早，正值出街访问消息，忽见家人小二，身穿破衣，乞食廊下，一见长者，遂抱之而哭。长者亦悲，问其备细，小二将前情诉了一遍。长者不信，要进府里见刘英一面，小二紧紧抱住，不放他去，恐遭毒手。忽报驸马来了，众人都回避，长者立廊下候之。刘英近前，长者叫道："刘英我儿，今日富贵不念我哉！"刘英看见，认得是崔长者，哪里肯顾盼他，只做不见。长者不肯休，一直随马后赶去，不料已闭上府门，不得进去。长者大恨道："不认我父子且由则可，又将吾儿监禁狱中受苦。"即投开封府告状。正值包公行香转衙，长者跪马头下告状，包公带入府中审问，长者哀诉前情，不胜悲感。包公令长者只在府廊下居止，即差公牌去狱中唤狱卒来问："有崔庆否？"狱卒复道："某月日监下，狱里饮食不给，极是狼狈。"包公遂令狱卒散诞拘之。

次日，即差人请刘驸马到府中饮酒。刘英闻包公请，即来赴席。包公延入后堂相待，吩咐牌军闭上府门，不许闲杂人走动。牌军领命，便将府门闭止，然后排过筵席。酒至半酣，包公怒道："缘何不添酒来？"厨下报道："酒已尽了。"包公笑道："酒既完了，就将水来斟亦好。"侍吏应诺，即提过一桶水来。包公令将大瓯[②]先斟一瓯与刘英道："驸马大人权饮一瓯。"刘英只道包公轻慢他，怒道："包大尹好欺人，朝廷官员谁敢不敬我？哪有相请用水当酒！"包公道："休怪休怪，众官要敬驸马，偏包某不敬。今年六月间尚饮一河之水，一瓯水难道就饮不得？"刘英听了，毛发悚然。忽崔长者走近前来，指定刘英骂道："负义之贼！今日负我，久后必负朝廷，望大人做主！"包公便令拿下，去了冠带，拖倒阶下，重责四十棍，令其供招。刘英自知不是，吐出实情，招认明白。包公命取长枷系于狱中。次日，具疏奏知。仁宗宣召崔长者至殿前审问，长者将前事奏知一遍。仁宗称羡道："君之重义如此，亲子当受爵禄，联明日有旨下。”长者谢恩而退。次日，旨下：刘英冒功忘义，残虐不仁，合问死罪；崔庆授武城县尉，即日走马赴任；崔长者平素好善，敕令有司起义坊旌之。包公依旨判讫，请出崔庆，换以冠带，领文凭赴任而去，长者同去任所。是冬将刘英处决。

【注释】

①稠（chóu）密：在此形容人多。

②瓯（ōu）：盆盂类瓦器。

偷 鞋

话说江州城东永宁寺有一和尚，俗姓吴名员城，其性风骚。因为檀越张德化娶南乡韩应宿之女兰英为妻，多年无子，情切，恳请求嗣续后，每遇三元圣诞，建设醮祠[①]；凡朔望[②]之日，专请员城在家里诵经。员城见兰英貌美，欲心常动，意图淫奸。晚转寺中，心生一计。次日，瞰德化往外，假讨斋粮为由来至张家，贿托婢女小梅，求韩氏睡鞋一双，小梅悄然窃出与之。员城得鞋，喜不自胜，回到寺中，每日捧着鞋沉吟无奈。适次日张檀越来寺议设醮事[③]，员城故将睡鞋一只丢在寺门，德化拾起，心甚惊疑。既与员城话毕，归家大怒，狠究睡鞋，遂将韩氏逐回母家，经官休退。员城闻知计就，潜计逃回西乡太平原，改姓名为冯仁，蓄发二年。值应宿将兰英改嫁，仁买求邻居汪钦，径往韩宅求姻。宿与钦素交好，遂允其姻，令择吉日过聘，克期毕姻。钦回复冯仁，即纳彩亲迎，竟成婚配。

倏忽韶光掣电，时光正值中秋佳节，月色腾辉，乐声鼎沸，夫妇对饮于亭，两情交畅。仁乐饮沉醉，携妻而笑道：“昔非小梅之功，安有今日之乐！”韩氏心疑，询其故，仁将前情一一说出。韩氏听了，敢怒而不敢言。身虽遭仁计袭，心恨冯仁刻骨，酒罢仁睡，时至三更，自缢而亡。次日，韩应宿闻知，正欲赴县伸冤告状，适遇包公出巡江州，应宿便写状呈告：

呈为灭节杀命事：痛女兰英嫁婿张德化为妻，久调琴瑟，无愧唱随。祸遭恶僧吴员城即今更名冯仁者，窥女艾色，买婢窃鞋，陷女私情。致婿坚执七出之条，念女实无一生之路。特原其素抱贞节，又见其事无实据，姑自狐疑，权为收养。岂恶蓄发改名，托邻求配；身实不知，误遭奸计。忽于昨夜威逼身亡，而冤不白。上祈秉三尺之威严，天网不漏；恶必万斩始甘心，哀哀上告。

那时冯仁亦捏虚情抵诉，包公即将两人收监。其夜，坐在后堂，忽然一阵黑风侵入。包公道："是何怨气？"既而有一女子跪在堂下，包公问道："汝是何处人氏？有甚冤屈？直对我说。"那女子即将前情诉说一遍，忽然不见。次日，包公坐堂，差张龙、薛霸去禁中取出韩、冯二人审问，即将冯仁捆打，追究睡鞋之事。冯仁心惊色变，俯首无词，只得直招。包公将冯仁家产入官，判断冯仁抵命。自此韩氏之冤得伸，远近快之。

【注释】

①醮（jiào）祠：斋醮祭祷。

②朔望：朔日与望日。即夏历每月初一和十五。

③醮事：道士所做斋醮祈祷之事。

烘　衣

话说东京离城二十里，地名新桥，有一富人姓秦名得，娶南村宋泽之女秀娘为妻。那秀娘性格温柔，幼年知书，年十九岁嫁到秦门，待人御下，调和中馈，甚称夫意。一日，秦得表兄有婚姻之期，着人来请秦得。秦得对宋氏道知，径赴约而去，一连留住数日。宋氏悬望不回，因出门首探望，忽见一僧人远远而来，行过秦宅门首，见宋氏立在帘子下，僧人只顾偷眼视之，不提防石路冻滑，一跤跌落于沼中。时冬月寒冻，僧人爬得起来，浑身是水，战栗不能当。秀娘见而怜之，叫他入来在外舍坐定，连忙到厨下烧着一盆火出来与僧人烘着，那僧人满口称谢，就将火烘焙衣服。秀娘又持一瓯热汤与僧人饮。秀娘问其从何而来，和尚道："贫僧居住城里西灵寺，日前师父往东院未回，特着小僧去接，行过娘子门首，不觉路上冰冻石滑，遭跌沼中。今日不是娘子施德，几丧性命。"秀娘道："你衣服既干，可就前去，倘夫主回来见了不便。"僧人允诺，正待辞别而行，恰遇秦得回来，见一和尚坐舍外向火，其妻亦在一边，心下大不乐。僧人怀惧，径抽身走去。秦得入问秀娘："僧人从何而来？"宋氏不隐其故。秦得听了怒道："妇人女子不出闺门，邻里间有许多人，若知尔取火与僧人，岂无议论？我秦得是个清白丈夫，如何容得汝不正之妇？即令速回母家，不许再入吾门。”宋氏低头不语，不能辩论，见夫决意要逐她，没奈何只得回归母家。母氏得知弃女之由，埋怨女身不谨，惹出丑声，甚轻贱之。虽是邻里亲族，亦疑其事，秀娘不能自明，悔之莫及，累日忧闷，静守闺门不出。

不觉光阴似箭，日月如梭，在母家有一年余。那僧人闻知宋氏被夫逐出，便生计较，离了西灵寺，还俗蓄发，改名刘意，要图娶宋氏。比发齐，遂投里妪来宋家议亲。里妪先见秀娘之父说道：“小娘子与秦官人不睦，故以丑事压之，弃逐离门，未过两月，便娶刘宅女为室。如此背恩负义之人，顾恋他甚么？老妾特来议亲，要与娘子再成一段好姻缘，未知尊意允否？”其父笑道：“小女不守名节，遭夫逐弃，今留我家也得安静，嫁与不嫁由她心意，我不做主张。”里妪遂入见其母亲，说知与小娘子议婚的事。其母欢悦，谓妪道：“我女儿被逐来家有一年余，闻得前夫已婚，往日嫌疑未息，既有人议婚，情愿劝我女出嫁，免得人再议论。”里妪见允，即回报刘意，刘意暗喜。次日，备重聘于宋家纳姻。秀娘闻知此事，悲哀终日，饮食俱废，怎奈被母所逼，推托不过，只得顺从。花烛之夜，刘意不胜欢喜，亲戚都来作贺，待客数日，刘意重谢里妪不提。

却说秀娘虽则被前夫所逐，自谓实无亏行，亦望久后仍得团圆，谁想已失身他人。刘意虽则爱恋秀娘，秀娘终日还思念前夫不忘。将有半载，一日，刘意为知己邀饮，甚醉而归，正值秀娘在窗下对镜而坐。刘意原是个僧人，淫心狂荡，一见秀娘，乘醉兴抱住，遂戏道：“汝能认得我否？”秀娘答道：“不能认。”刘意道：“独不记得被跌沼中，多得娘子取火来与之烘衣那个僧人乎？”秀娘惊问：“缘何却是俗家？”刘意道：“汝虽聪明，不料吾计。当日闻汝被夫弃归母家，我遂蓄发，遣里妪议亲，不意娘子已得在我枕边。”秀娘听了，大恨于心。过了数日，逃归见父说知此情。其父怒恨道：“我女儿施德于你，你反生不良。”遂具状径赴开封府衙呈告。包公差公牌拘得刘意、宋氏来证。刘意强辩不认，再拘西灵寺僧人勘问，确是寺中逃离之徒还俗是真。包公令取长枷监于狱中，遂判道：“失脚遭跌，已出有心；蓄发求亲，真大不法。”遂将刘意决杖刺配千里，宋氏断回母家。秦得知其事，再遣人议续前姻，秀娘亦绝念，不思归家。于是宋氏之名节方雪。

龟入废井

话说浙西有一人姓葛名洪，家世富贵，葛洪为人最是行善。一日，忽有田翁携得一篮生龟来卖，葛洪问田翁道："此龟从何得来？"田翁道："今日行过龙王庙前窟中，遇此龟在彼饮水，被我罩得来送与官人。"葛洪道："难得你送来卖与我。"便将钱打发田翁走去，令安童将龟蓄养[①]厨下，明日待客。是夜，葛洪持灯入厨下，忽听似有众人喧闹之声。葛洪怪疑道："家人各已出外房安歇去了，如何有喧闹之声不息？"遂向水缸边听之，其声出自缸中。洪揭开视之，却是一缸生龟在内喧闹。葛洪不忍烹煮，次日侵早，令安童将此龟放在龙王庙潭中去了。

不两月间，有葛洪之友，乃邑东陶兴，为人狠毒奸诈，独知奉承葛洪，以此葛洪亦不疏他。一日，葛洪令人请陶兴来家，设酒待之。饮至半酣，葛洪于席中对陶兴道："我承祖上之业，颇积余财，欲待收些货物前往西京走一遭，又虑程途险阻，当令贤弟相陪。"兴闻其言便欲起意，故作笑容答道："兄要往西京，水火之中亦所不避，即当奉陪。"洪道："如此甚好。但此去卢家渡有七日旱路[②]，方下船往水程而去。汝先于卢家渡等候，某日我装载便来。"陶兴应承[③]而去。比及葛洪妻孙氏知其事，欲坚阻之，而洪行货已发离本地了。临起身，孙氏以子年幼，犹欲劝之，葛洪道："吾意已决，多则一年，少则半载便回。汝只要谨慎门户，看顾幼子，别无所嘱。"言罢，径登程而别。

那陶兴先在卢家渡等了七日，方见葛洪来到，陶兴不胜之喜，将货物装于船上，对葛洪道："今天色渐晚，与长兄前往前村少饮几杯，再回渡口投宿，明早开船。"洪依其言，即随兴向前村黄家店买酒而饮。陶兴连劝几杯，不觉醉去。时已黄昏左侧，兴促回船中宿歇，葛洪饮得甚醉，同陶兴回至新兴驿，路旁有一口古井，深不见底，陶兴探视，四顾无人，用手一推，葛洪措手不及，跌落井中。可怜平素良善，今日死于非命。

陶兴既谋了葛洪，连忙回至船中，唤觅艄子，次日侵早开船去了。及兴到得西京，转卖其货时，值价腾涌，倍得利息而还，将银两留起一半，一半径送到葛家见嫂孙氏。孙氏一见陶兴回来，就问："叔叔，你兄为何不同回来？"陶兴道："葛兄且是好事，逢店饮酒，但闻胜境便去游玩，已同归至汴河，遇着相知，携之登临某寺。我不耐烦，着先令带银两回交，尊嫂收之，不多日便回。"孙氏信之，遂备酒待之而去。过二日，陶兴要遮掩其事，生一计较，密令土工死人坑内拾一死不多时之尸，丢在汴河口，将葛洪往常所系锦囊缚在腰间，自往葛宅见孙氏报知："尊兄连日不到，昨听得过来者道，汴河口有一人渡水溺死，暴尸沙上，莫非葛兄？可令人往视之。"孙氏听了大惊，忙令安童去看时，认其面貌不似，及见腰间系一锦囊，遂解下回报孙氏道："主人面貌腐烂难辨，唯腰间系一物，特解来与主母看。"孙氏一见锦囊悲泣道："此物吾母所制，夫出入常带不离，死者是我夫无疑了。"举家哀伤。乃令亲人前去用棺木盛贮讫。陶兴看得葛家作超度功果完满后，径来见孙氏抚慰道："死者不复生，尊嫂只小心看顾侄儿长大罢了。"孙氏深感其言。

将近一年余，陶兴谋得葛洪资本，置成大家，自料其事再无人知。不意包公因省风谣，经过浙西，到新兴驿歇马。正坐公厅，见一生龟两目睁视，似有告状之意。包公疑怪，遂唤军牌随龟行去。离公厅一里许，那龟遂跳入井中。军牌回报包公，包公道："井里必有缘故。"即唤里社命工人下井探取，见一死尸，吊上来验之，颜色未变。及勘问里人可认得此尸是哪里人，皆不能识。包公谅是枉死，令搜身上，有一纸新给路引，上写乡贯姓名明白。包公记之，即差李超、张昭二人径到其县拘得亲人来问，云是某日因过汴河口被水溺死。包公审问愈疑道："彼既溺于河，却又在井里，安得一人有两处死之理？"再唤其妻来问之，孙氏诉与前同。包公令认其尸，孙氏见之，抱而痛哭："这正是妾的真夫！"包公云："彼溺死者何人说是汝夫？"孙氏道："得夫锦囊认之，故不疑也。"包公令看身上有锦囊否，及孙氏寻取，不见锦囊。包公细询其来历，孙氏将那日同陶兴往西京买卖之情诉明。包公道："此必是陶兴谋杀，解锦囊系他人之尸，取信于汝，瞒了此事。"复差李、张前去拘得陶兴到公厅根勘[4]。陶兴初不肯招，包公令取死尸来证，兴惊惧难抵，只得供出谋杀之情。叠成文案，将陶兴偿命，追家财给还孙氏。将那龟代夫伸冤之事说知孙氏，孙氏乃告以其夫在日放龟之由。包公叹道："一念之善，得以报冤。"乃遣孙氏将夫骸骨安葬。后来葛洪之子登第，官至节度使。

【注释】

①蓄养：饲养。

②旱路：陆地上的交通路线。

③应承：承诺。

④根勘：彻底查究。

鸟唤孤客

话说江阴有一布客，姓谢名思泉，从巴州发布回家，打从捷路苦株地经过。一路崎岖，五里无人，山大无比。其山凹中有一人家姓谭，兄弟二人，假以讨柴营生。兄名贵一，弟名贵二，二人人面兽心，凡遇孤客经过，常常谋劫。思泉正欲借问路程，望见二人远远而来，忙近前唱个喏道："大哥休怪。此去江阴还有几日路程？"贵一答道："只有三日之遥。"贵二便问："客官从何处来？"泉答道："小弟巴州发布回，到此失路，望二兄相引。"二人指道："那山凹小路可去。"泉只道二人是樵子，不在意下。来到前途，又是峻岭难攀，只得等人问路。不觉贵一兄弟赶到，将刀挥中思泉后脑，鲜血淋漓，气绝而死。二人将尸埋在山旁，当得银千两，兄弟归家将银均分，半年未露。

包公出巡巴州，从苦株地经过，行至半路间，忽听鸟音连唤："孤客，孤客，苦株林中被人侵克！"包公遂转镇抚司安歇，差张龙、李虎寻到鸟叫之去所，看是甚么冤枉。张、李领命去到苦株林，仍见那鸟叫声如前，即看那鸟所在寻个踪迹，只见山凹土穴露出死人尸首。张、李回报，包公大惊。是夜，凭几而卧，梦见一人散发泣于案前，歌绝句云：

言身寸号是咱门，田心白水出江阴。流出巴州浪漂泊，砥柱中流见山凹。桂花有意逐流水，潭涯绝地起萧墙[①]。若非文曲星台照[②]，怎得鳌鱼上钓钩。

歌罢又诉道："小人银两俱编《千字文》号，大人可差人去他床下搜取，便见明白。"诉讫，乃含泪而去。包公遂会其意，待天明升堂，差张、李二人径往苦株林，牌拘贵一、贵二到堂审究，喝道："你兄弟假以砍柴为由，惯恶谋人，好生细招，免受重刑。"二人强辩不认。又差赵虎、李万往他家床下搜出白银若干，包公将银细看，果编得有字号，遂骂道："劫银在此，还不直招！"令左右将兄弟捆打一番。二人受刑不过，只得从实招认。于是唤张龙、李虎押贵一兄弟二人去法场斩首，首级悬挂巴州门，晓喻[③]示众，其家抄洗，银物入官。

【注释】

①萧墙：当门而立的小墙。

②台照：请对方鉴察的敬语，这里代指受到文曲星的照顾。

③晓喻：通"晓谕"，晓示，告知。

临江亭

话说开封府有一富家吴十二，为人好交结名士。娶妻谢氏，容貌风情极佟。吴十二有个知己韩满，是个轩昂丈夫，往来其家甚密。谢氏常以言挑之，韩满以与吴友交厚，敬之如嫂，不及于乱。一日冬残[1]，雪花飘扬，韩满来寻吴友赏雪。适吴十二庄上未回，谢氏闻知韩满来到，即出见之，笑容可掬，便邀入房中坐定，抽身入厨下，整备酒食进来与韩满吃，坐在下边相陪。酒至半酣[2]，谢氏道："叔叔，今日天气甚寒，婶婶在家亦等候叔回去同饮酒否？"韩满道："贱叔家贫，薄酌虽有，不能够如此丰美。"谢氏有意劝他，饮了数杯，淫兴勃然，斟起一杯起身送与韩满道："叔叔，先饮一口看滋味好否？"韩满大惊道："贤嫂休得如此！倘家人知之，则朋友伦义绝矣！从今休要这等。"说罢推席而起。走出门，正遇吴十二冒雪回来，见韩满就欲留住。韩满道："今日有事，不得与兄长叙话。"径辞而去。吴十二入见谢氏问："韩故人来家，如何不留待之？"谢氏怒道："汝结识得好朋友，知汝不在家故来相约，妾以其往日好意，备酒待之，反将言语戏妾，被我叱[3]几句，没意思走去。问他则甚？"吴十二半信半疑，不敢出口。

过了数日，雪霁[4]天晴，韩满入城来，恰遇吴友在街头过来，韩满近前邀入店中饮酒。满乃道："兄之尊嫂是个不良之妇，从今与兄不能相会于家，恐遭人有嫌疑之诮[5]。"吴十二道："贤弟何出此言？就是嫂有不周之言，当看我往日情分，休要见外。"韩满道："兄长门户自宜谨密，只此一言，余无所嘱。"饮罢，各散而去。次年春，韩满有舅吴兰在苏州贩货，有书来约他，满要去，欲见吴十二相辞，不遇径行，比及吴友知之，已离家四日矣。

吴十二有家人汪吉，人才出众，言语捷利，谢氏爱他，与之通奸，情意甚密。一日，吴十二着汪吉同往河口收讨账目，汪吉因恋谢氏之故，推不肯去，被吴十二痛责一番，只得准备行李。临起身，入房中见谢氏商议其事，谢氏道："但只要你有计较谋害了他，回来我自有主张。"汪吉欢喜领诺，同主人离家。在路行了数日，来到九江镇，问往日相识李二艄讨船，渡过黑龙潭，靠晚泊船龙王庙前，买香纸做了神福。汪吉于船上小心服侍，吴十二饮得甚醉。李艄都去歇息。半夜时，吴十二要起来小便，汪吉扶出船头，乘他宿酒未醒，一声响，推落在江中，故意惊叫道："主人落水！"比及李艄起来看时，那江水深不见底，又是夜里，如何救得！挨到天明，汪吉对李艄道："没奈何，只得回去报知。"李艄心中生疑，吴某死必不明。撑回渡船自去。汪吉忙走回家，见谢氏密道其事。

谢氏大喜，虚设下灵席，日夜与汪吉饮酒取乐。邻里颇有知者，隐而不言。

话分两头。再说韩满，因暮春时景，偶出镇口闲行，正过临江亭，远远望见吴十二来到，韩满认得，连忙近前携住手道："贤兄因何来此？"吴十二形容枯槁，皱了双眉，对韩满道："自贤弟别后，一向思慕。今有一事投托，万望勿阻。"韩满道："前面亭上少坐片时。"遂邀到亭上坐定，乃道："日前小弟因母舅书来相约，正待要见兄长一辞，不遇径行。今幸此会，为何沉闷不乐？"吴十二泣下道："当日不听贤弟之言，惹下终天之别，一言难尽。"韩满不知其死，乃道："兄长烈烈丈夫，为何出此言？"吴十二道："贤弟体谅。自那日相别之后，如此如此。"韩满听了，毛骨悚然，抱住吴十二道："贤兄此言是梦中耶？如果有此事情，必不敢负。且问，当夜落水之时可有人知否？"吴十二道："镇江口李艄颇知。吾与贤弟幽明之隔，再难会面，今且从此别矣！"道罢，韩满忽身便倒，昏迷半晌方醒。比寻故人，不见所在。连忙转苏州店中见母舅道："家下有信来催促，特来辞别，回去无事便来。"吴兰挽留不住。比及回到乡里访问，吴友已死过六十日矣。韩满备了香纸至灵前哭奠一番。谢氏恨之，不肯出见。

韩满回家，思量要去告状，又没有头绪，复来苏州见母舅，道知故人冤枉之事。吴兰道："此他人事，又无对证，莫惹连累。"韩满哭道："愚甥与吴友结交，有生死之誓，只因不良嫂在，以此疏阔，近日曾以幽灵托我，岂可负之！"吴兰道："既如此，即日包大尹往边关赏劳，才回东京。具状申诉，或能伸雪。"满依其言，连夜来东京，清早入府告状。包公审问的实，即差公牌拿得汪吉及谢氏当厅勘问。汪吉、谢氏争辩，不肯招认，究问数日，未能断决。包公思量通奸之弊的有，谋死主人未得证见，他如何肯招？乃密召韩满问道："汝故人既有所托，曾言当日渡艄是谁？"韩满道："镇江口李二艄也。"包公次日差黄兴到镇江口拘得李二艄来衙，问其情由。李艄道："某日夜深，落水之后，彼家人叫知，待起来时，救不及矣。"包公遂取出人犯当厅审究。汪吉见李艄在旁边，便有惧色，不用重刑拷究，只得从直招出，叠成案卷。将汪吉、谢氏押赴法场处斩；给了赏钱与李艄回去；韩满有故人之义，能代伸冤枉，访得吴十二有女年十四岁，嫁与韩满之子为妻，将家赀[6]器物尽与女儿承其家业，以不负异姓而骨肉云。

【注释】

①冬残：一年将尽的时候。

②酣（hān）：酒喝得很畅快。

③叱（chì）：大声责骂。

④雪霁：雨雪停止，云雾散，天放晴朗。

⑤诮（qiào）：嘲讽。

⑥赀（zī）：财物。

白塔巷

话说包公守东京之日，治下宁静，奸宄[1]敛迹，每以判断为心，案牍[2]不致留滞。皇佑元年正月十五日，包公同胥吏[3]去城隍庙行香毕，回到白塔前巷口经过，闻有妇人哭丈夫声，其声半悲半喜，并无哀痛之情，包公暗记在心。回衙即唤值堂公差郑强问道："适来白塔前巷口有一妇人哭着甚么人？"郑强告道："是谢家巷口刘十二日前死了，他妻吴氏在家中哭。"包公心上忖[4]道：这人定死得不明。莫非是吴氏谋了丈夫性命，不然哭声如何半悲半喜？便差人去拘吴氏来，问其夫因何身死？吴氏供道："妾身夫主刘十二以卖小菜为生，忽于前月气疾身死，埋在南门外五里牌后。因家中有小儿子全无倚赖，以此悲哭。"包公听了，看那妇人脸上似搽脂粉，想："她守服如何还整容颜？"随唤着土工陈尚押吴氏同去坟所，启棺检验丈夫有无伤痕。土工回报："刘十二身上并无伤痕，病死是实。"包公拍案怒道："陈尚隐匿情弊，故来我跟前遮掩，限三日内若不明白，决不轻恕。"陈尚回家忧愁，双眉不展。其妻杨氏问尚有何事忧愁，尚以此事告知。杨氏道："曾看死人鼻中否？"尚道："此人原是我收殓，鼻中未看。"杨氏道："闻得人曾用铁钉插入鼻中，坏了人性命。何不勘视此处？"尚亦狐疑，即依妻言再去看验，刘十二鼻中果有铁钉二个，从后脑发中插入。遂取钉来呈知。包公便将吴氏勘审，吴氏初不肯招，及上起刑具，只得招认为与张屠户通奸，恐丈夫知觉，不合谋害身死情由。案卷既成，遂判吴氏谋害亲夫，押赴市曹处斩；张屠户奸人妻小，因致人死，发问军罪。判断已定，司吏依令施行。

再说包公当下又究问陈尚："是谁人教你如此检验？"尚禀道："当日小

人领命前去检看，刘十二尸身并无伤痕。台前定要在小人身上根究，回家忧闷，不料小人妻子倒有见识，教我如此检验，果得明白。”包公道：“汝妻有如此见识，不是个等闲妇人，可唤来给赏。”不多时唤杨氏来到，赐以钱五贯，酒一瓶，杨氏欢喜拜受。方欲出衙，包公唤转问道：“当初陈尚与你是结发夫妻，还是半路夫妻？”杨氏道：“妾身前夫早亡，再嫁与陈尚为妻。”包公又问：“前夫姓甚名谁？”答道：“姓梅名小九。”包公道：“得何病身死？”杨氏见包公问得情切，不觉失色，勉强对道：“他染疯癫病而死，埋在南门外乱葬岗上。”包公道：“你前夫也死得不明。”便差王亮押杨氏同去坟所，检验梅小九尸骨。杨氏思量道：乱葬岗有多少坟墓，终不然个个人鼻中有钉？遂乃胡乱指一个别人的坟墓与差人，掘开视之，并无伤痕，检验鼻中，又无缘故。杨氏道：“人称包老爷如秋月之明，今日此事直欲逼人于死地。”王亮正没奈何之际，忽见一个老人，年七十余岁，扶杖而行，前来问亮在此何事。亮告道如此如此。老人听了，指着杨氏道：“你休要胡指他人坟墓，枉抛了别人骸骨，教你一干人受罪。”便指与王亮道：“这便是梅小九坟墓。”言讫，化阵清风而去。亮遂掘开取棺检验，果见鼻中有两个钉。亮便押了杨氏回报。包公遂勘得杨氏亦曾谋杀前夫是实，将杨氏押赴市曹处斩，闻者无不称奇。

【注释】

①宄（guǐ）：从内部作乱或窃夺。

②案牍：公文。

③胥吏：官府中的小吏。

④忖（cǔn）：推测。

血衫叫街

话说包公守肇庆之日，离城三十里有个地名宝石村。村中黄长老家颇富足，祖上唯事农业。生有二子，长曰黄善，次曰黄慈。善娶城中陈许之女琼娘为妻，琼娘性格温柔，自过黄家门后，奉事舅姑极尽孝道。未及一年，忽一日，陈家着小仆进安来报琼娘道：“老官人因往庄中回来，偶染重疾，叫你回来看他几日。”琼娘听说是父亲染病，如何放心得下，吩咐进安人厨下酒饭，即与丈夫说知：“吾父有疾，着人叫我看视，可对公婆说，我就要一行。”黄善道：“目下正值收割时候，工人不暇，且停待数日去未迟。”琼娘道：“吾父卧病在床，望我归去，以日为岁，如何等得？”善因意要阻他，不肯放他去。琼娘见丈夫阻他，遂闷闷不悦，至夜间思忖：“吾父只生得我一人，又无兄弟倚靠，倘有差失，悔之晚矣。不如莫与他知，悄悄同进安回去。”

次日清早，黄善径起去赶人收稻子。琼娘起来，梳妆齐备，吩咐进安开后门而出。琼娘前行，进安后随。其时天色尚早，二人行上数里，来到芝林，雾气漫漫，对面不相见。进安道：“日还未出，雾又下得浓，不如入林子里躲着，待雾露散而行。”琼娘是个机警女子，乃道：“此处险僻，恐人撞见不便，可往前面亭子上去歇。”进安依其言。正行间，忽前面有三屠夫要去买猪，亦赶早来到，恰遇见琼娘。见她头上插戴金银首饰极多，内有姓张的最凶狠，与二伙伴私道：“此娘子想是要入城去探亲，只有一小厮跟行，不如劫了她的首饰来分，胜做几日生意。”一姓刘的道：“此言极是。我前去将那小厮拿住，张兄将女子眼口扪了，吴兄去夺首饰。”琼娘见三人来的势头不好，便将首饰拔下要藏在袖中，竟被吴兄用手抢入袖中去，琼娘紧紧抱住，哪肯放手。姓张的恐遇着人来不便，抽出一把屠刀将女子左手砍了一刀，女子忍痛跌倒在地，被三人将首饰尽行夺去。进安近前来看时，琼娘不省人事，满身是血，连忙奔回黄家报知。正值黄善与工人吃饭，听得此消息，大惊道：“不听我言，遭此毒手。”慌忙叫三四人取轿来到芝林，琼娘略醒，黄善便抱入轿中。抬回家下看时，左手被刀伤，吩咐家人请医调治，一面具状领进安入府哭诉包公。

包公看状没有姓名，乃问进安：“汝可认得劫贼人否？”进安道：“面貌认他众人不着，像是伙买猪屠夫模样。”包公道：“想贼人不在远处，料尚未入城。”吩咐黄善去取他妻子那一件血染短衫来到，并不与外人扬知，乃唤过值堂公皂黄胜，带着生面人，教他将此短衫穿着，可往城中遍街去喊叫，称道，今早过芝林，遇见三个屠夫被劫，一屠夫因为贼斗，杀死在林中，其二伴各自走去了。胜依教，领着一生面人穿着血染短衫，满城去叫。行到东巷口张蛮门首，其妻朱氏闻说，连忙走出门来问道：“我丈夫清早出去买猪，不知同哪个伙伴去，又没人问个真实。”胜听见，就坐在对门酒店中等着。张屠至午后恰回来，被胜走近前一把抓住，押来见包公，随即搜出金银首饰数件。包公道：“汝快报出同伙伴来，饶汝的罪。”张蛮只得报出吴、刘二屠夫。包公即时差黄胜、李宝分头去捉。不多时拿得吴、刘二屠夫解来，吴、刘初则不知官府捉他根由，及见张蛮跪于厅下，惊得哑口无言，亦搜出首饰各数件，三人抵赖不过，只得从直招供谋夺之情。着司吏叠成案卷，拟判张蛮三人皆问斩罪；给还首饰与黄善收讫[①]去。后来琼娘亦得名医医好，仍与黄善夫妇团圆。

【注释】

①收讫（qì）：谓应收钱物对方已如数交付清楚。

青靛记谷

话说许州有光棍，一名王虚一，一名刘化二，专一诈骗人家，又学得撮抟[①]之术。二人探得南乡富户蒋钦谷积千仓，遂设一计，将银十两，径往他家籴[②]谷。来到蒋家见了蒋钦道："在下特来向翁籴些谷子。"蒋钦道："将银来看。"虚一递过银十两，蒋钦收了，即唤来保开仓发谷二十担付二位客人去。二人得谷暗喜，遂用摄法将谷摄将去了。又假行了半里，将谷推回还钦，说是吃了亏，要退银别买。蒋钦看谷入仓，付还原银。那二人得了原银，遂将钦谷一仓尽行撮去。忽有佃夫张小一在路遇见，来到蒋家道："恭喜官人，粜了许多谷，得了若干银两。"蒋钦回说："没有粜得。"小一道："我明明遇见推去许多车子，官人何故瞒我？我闻得有一起撮抟的，休要被他撮了去！"钦大惊疑，忙唤来保开仓来看，只见一仓之谷全无半粒。蒋钦大惊，遂具状投告开封府，包公准状，发钦且回。

次日，乃发义仓谷二百担，内放青靛为记，装载船上，扮作湖广客人，径往许州来粜。到了许州河下，那虚一、化二闻知，径来船上拜访，动问客官何处来的。包公道："在下湖广姓尤名喜，敢问二籴户尊姓名？"二人直答道："在下王虚一、刘化二，特来与尊客籴些谷子。"包公道："借银来看。"当时虚一递出银子，议定价钱，发谷二十余车布在岸上。那二人见了谷，先撮将去了。少顷，那二人假相埋怨，说是籴亏了，将谷退回还尤客人，取银另买。包公遂付还原银，看将原谷搬入船仓。等待那二人去后，开舱板验看，一船之谷并无一粒。

包公回衙，心生一计，出示晓谕百姓，建立兴贤祠缺少钱粮，有民出粮一百担者，给冠带荣身；出谷三百担者，给下帖免差。令耆老[③]各报乡村富户。

当时王虚一、刘化二抟得谷上千余担，有耆老不忿[4]他家谷多，即报他在官。他二人欲图免差，虽被耆老报作富户，自以为庆。包公见报王虚一等名，即差薛霸牌唤他到厅领取下帖。那二人见了牌上领帖二字，遂集人运谷来府交割。包公见谷内有靛子，果然是我原谷，喝问："王虚一、刘化二，你乃是有名光棍，今日这多谷从何而来？"王、刘二人道："是小人收租来的。"初不肯认。包公骂道："这贼好胆大。你前次抟去蒋钦谷，后又抟我的谷，还要硬争。这谷我原日放有靛子作记，你看是不是？"便令左右将虚一、化二捆打一百，二人受刑不过，一款招认。包公便将二人拟徒，追还义仓原谷，并追还蒋钦之谷，人共称快。

【注释】

①抟（tuán）：把东西捏聚成团，这里代指私自占有。

②籴（dí）：买进谷物。

③耆（qí）老：老年人。

④不忿（fèn）：不服气。

裁缝选官

话说山东有一监生，姓彭名应凤，同妻许氏上京听选。来到西华门，寓王婆店安歇，不觉选期还有半年。欲要归家，路途遥远，手中空乏，只得在此听候。许氏终日在楼上刺绣枕头、花鞋，出卖供馔[1]。时有浙江举人姚弘禹，寓褚家楼，与王婆楼相对，看见许氏貌赛桃花，径访王婆问道："那娘子何州人氏？"王婆答道："是彭监生妻室。"禹道："小生欲得一叙，未知王婆能方便否？"王婆知禹心事，遂萌一计，答道："不但可以相通，今监生无钱使用，肯把出卖。"禹道："若如此，随王婆区处，小生听命。"话毕相别。

王婆思量那彭监生今无盘费，又欠房银，遂上楼看许氏。见他夫妇并坐，王婆道："彭官人，你也去午门外写些榜文，寻些活计。"许氏道："婆婆说得是，你可就去。"应凤听了，随即带了一支笔，前往午门讨些字写。只见钦天监走出一校尉，扯住应凤问道："你这人会写字么？"遂引应凤进钦天监见了李公公，李公公唤他在东廊抄写表章。至晚，回店中与王婆、许氏道："承王婆教，果然得人钦天监李公公衙门写字。”许氏道：“如今好了，你要用心。”王婆听了此言，喜不自胜，遂道：“彭官人，那李公公爱人勤谨，你明日到他家去写，一个月不要出来，他自敬重你，日后选官他亦扶持。娘子在我家中，不必挂念。”应凤果依其言，带儿子同去了，再不出来。

王婆遂往姚举人下处说监生卖亲一事，禹听了此言大悦，遂问王婆几多聘礼。王婆道：“一百两。”禹遂将银七十，又谢银十两，俱与王婆收下。王婆道：“姚相公如今受了何处官了？”禹道：“陈留知县。”王婆道：“彭官人说叫相公行李发船之时，他着轿子送到船边。”禹道：“我即起程去张家湾船上等候。”王婆雇了轿子回见许氏道：“娘子，彭官人在李公公衙内住得好了，今着轿子在门外，接你一同居住。”许氏遂收拾行李上轿，王婆送至张家湾上船。许氏下轿见是官船侯候迎接他，对王婆道：“彭官人接我到钦天监去，缘何到此？”王婆道：“好叫娘子得知，彭官人因他穷了，怕误了你，故此把你出嫁于姚相公，相公今任陈留知县，又无前妻，你今日便做奶奶可不是好？彭官人现有八十两婚书在此，你看是不是？”许氏见了，低头无语，只得随那姚知县上任去了。

彭监生过了一月出来，不见许氏，遂问王婆。王婆连声叫屈：“你那日叫轿子来接了她去，今要骗我家银，假捏不见娘子诬[②]我。”遂要去投五城兵马。那应凤因身无钱财，只得小心别过王婆，含泪而去。又过半年，身无所倚，遂学裁缝。一日，吏部邓郎中衙内叫裁缝做衣，遇着彭应凤，遂入衙做了半日衣服。适衙内小仆进才递出两个馒头来与裁缝当点心，应凤因儿子睡浓，留下馒头与他醒来吃。进才问道：“师傅你怎么不用馒头？”应凤将前情一一对进才泣告：“我今不吃，留下与儿子充饥。”进才入衙报知夫人。彼时那邓郎中也是山东人氏，夫人闻得此言，遂叫进才唤裁缝到屏帘外问个详细，应凤仍将被拐苦情泣诉一番。夫人道：“监生你不必做衣，就在衙内住，伺候相公回，我对他讲你的情由，叫他选你的官。”不多时邓郎中回府，夫人就道：“相公，今日裁缝非是等闲之人，乃山东听选监生，因妻子被拐，身无盘费，故此学艺度日。老爷可念乡里情分，扶持他一二。”郎中唤应凤问道：“你既是监生，将文引来看。”应凤在胸前袋内取出文引，郎中看了，果然是实，道：“你选期在明年四月方到，你明日可具告远方词一纸，我就好选你。”应凤大喜，写词上吏部具告远方，邓郎中径除他做陈留县县丞。

应凤领了凭往王婆家辞行，王婆问：“彭相公恭喜，今选哪里官职？”应凤道：“陈留县县丞。”王婆忽然心中惶惶无计，遂道：“相公，你大官在我家数年，怠慢了他。今取得一件青布衣与大官穿，我把五色绢片子代他编了头上髻子[3]。相公几时启程？”应凤道：“明日就行。”应凤相别而去。

王婆唤亲弟王明一道：“前日彭监生今得官，邓郎中把五百金子托他寄回家里，你可赶去杀了他头来我看。劫来银子，你拿二分，我受一分。”明一依了言语，星夜赶到临清，喝道：“汉子休走！”拔刀就砍，只见刀望后去。明一道：“此何冤枉？”遂问：“那汉子，曾在京师触怒了何人？”应凤泣告王婆事情，明一亦将王婆要害之事说了一番，遂将孩儿头发编割下，应凤又把前日王婆送的衣服与之而去。明一回来见王婆道：“彭监生是我杀了，今有发编、衣服为证。”王婆见了，心中大喜，道：“祸根绝矣！”

应凤到了陈留上任数月，孩儿游入姚知县衙内，夫人见了：“这儿子是我生的，如何到此？”又值弘禹安排筵席，请二官长相叙，许氏屏风后觑[4]看，果是丈夫彭生，遂抢将出来。应凤见是许氏，相抱大哭一场，各叙原因。时姚知县吓得哑口无言。夫妇二人归衙去了，母子团圆。应凤告到开封府，包公大怒，遂表奏朝廷，将姚知县判武林卫充军。差张龙、赵虎往京城西华门速拿王婆到来，先打一百，然后拷问，从直招了，押往法场处斩。大为痛快。

【注释】

①供馔（zhuàn）：陈设祭祀食品。

②诓（kuāng）：说假话欺骗人。

③髻（jì）子：发髻。

④觑（qù）：窥视，偷偷地看。

厨子做酒

话说包公在陈州赈济饥民事毕，忽把门公吏入报：外面有一妇人，左手抱着一个小孩子，右手执着一张纸状，悲悲切切称道含冤。包公听了道：“吾今到此，非只因赈济一事，正待要体察民情，休得阻挡，叫她进来。”公人即出，领那妇人跪在阶下。包公遂出案看那妇人，虽是面带惨色，其实是个美丽佳人。问：“汝有何事来告？”妇人道：“妾家离城五里，地名莲塘。妾姓吴，嫁张家，丈夫名虚，颇识诗书。近因交结城中孙都监之子名仰，来往日久，以为知己之交。一日，妾夫因往远处探亲，彼来吾家，妾念夫蒙他提携，自出接待。不意孙氏子起不良之意，将言调戏妾身，当时被妾叱之而去。过一二日，丈夫回来，妾将孙某不善之意告知丈夫，因劝他绝交。丈夫是读书人，听了妾言，发怒欲见孙氏子，要与他定夺。妾又虑彼官家之子，又有势力，没奈何他，自今只是不睬他便了。那时丈夫遂绝不与他来往。将一个月，至九月重阳日，孙某着家人请我丈夫在开元寺中饮酒，哄说有甚么事商议。到晚丈夫方归，才入得门便叫腹痛，妾扶入房中，面色变青，鼻孔流血，乃与妾道："今日孙某请我，必是中毒。延至三更，丈夫已死。未过一月，孙某遣媒重赂妾之叔父，要强娶妾。妾要投告本府，彼又叫人四路拦截，道妾若不肯嫁他，要妾死无葬身之地。昨日听得大人来此赈济，特来诉知。"包公听了，问道："汝家还有甚人？"吴氏道："尚有七十二岁婆婆在家，妾只生下这两岁孩儿。"包公收了状子，发遣吴氏在外亲处伺候。密召当坊里甲问道："孙都监为人如何？"里甲回道："大人不问，小里甲也不敢说起。孙都监专一害人，但有他爱的便被他夺去，就是本处官府亦让他三分。"包公又问："其子行事若何？"里甲道："孙某恃父势要，近日侵占开元寺腴田一顷，不时带领娼妓到寺中取乐饮酒，横行乡村，奸宿庄家妇女，哪一个敢不从他？寺中僧人恨入骨髓，只是没奈何他。"

包公闻言，嗟叹良久，退入后堂，心生一计。次日，扮作一个公差模样，后门出去，密往开元寺游玩。正走至方丈，忽报孙公子要来饮酒，各人回避。包公听了暗喜，正待根究此人，却好来此。即躲向佛殿后在窗缝里看时，见孙某骑一匹白马，带有小厮数人，数个军人，两个城中出名妓女，又有个心腹随侍厨子。孙某行到廊下，下了马，与众人一齐入到方丈，坐于圆椅上，寺中几个老僧都拜见了。霎时间军人抬过一席酒，排列食味甚丰，二妓女侍坐歌唱服侍，那孙某昂昂得意，料西京势要唯我一人。包公看见，性如火急，怎忍得住！忽一老僧从廊下经过，见包公在佛殿后，便问："客是谁？"包公道："某乃本府听候的，明日府中要请包大尹，着我来叫厨子去做酒。正不知厨子名姓，住在哪里。"僧人道："此厨子姓谢，住居孙都监门首。今府中着此人做酒，好没分晓。"包公问："此厨子有何缘故？"老僧道："我不说，尔怎得知？前日孙公子同张秀才在本寺饮酒，是此厨子服侍，待回去后，闻说张秀才次日已死。包老爷是个好官，若叫此人去，倘服侍未周，有些失误，本府怎了？"包公听了，即抽身出开元寺回到衙中。

次日，差李虎径往孙都监门首提那谢厨子到阶下，包公道："有人告你用毒药害了张秀才，从直招来，饶你的罪。”谢厨初则不肯认，及待用长枷收下狱中，狱卒勘问，谢厨欲洗己罪，只得招认用毒害死张某情由，皆由于孙某使令。包公审明，就差人持一请帖去请孙公子赴席，预先分付二十四名无情汉严整刑具伺候。不移时报公子来到，包公出座接入后堂，分宾主坐定，便令抬过酒席。孙仰道："大尹来此，家尊尚未奉拜，今日何敢当大尹盛设？"包公笑道："此不为礼，特为公子决一事耳。"酒至二巡，包公袖中取出状一纸递与孙某道："下官初然到此，未知公子果有此事否？"孙仰看见是吴氏告他毒死他丈夫状子，勃然变色，出席道："岂有谋害人而无佐证？"包公道："佐证[1]已在。"即令狱中取出谢厨子跪在阶下，孙仰吓得浑身水淋，哑口无言。包公着司吏将谢厨招认情由念与孙仰听了。孙仰道："学生有罪，万望看家尊分上。"包公怒道："汝父子害民，朝廷法度，我决不饶。"即唤过二十四名狠汉，将孙仰冠带[2]去了，登时揪于堂下打了五十，孙仰受痛不过，气绝身死。包公令将尸首曳[3]出衙门，遂即录案卷奏知仁宗。圣旨颁下：

孙都监残虐不法，追回官诰，罢职为民；谢厨受雇工人用毒谋害人命，随发极恶郡充军；吴氏为夫伸冤已得明白，本处有司每月给库钱赡养其家；包卿赈民公道，于国有光，就领西京河南府到任。

敕旨到日，包公依拟判讫。自是势宦皆为心寒。

【注释】

①佐证：证据。

②冠带：指装束，打扮。

③曳（yè）：拖着。

杀假僧

话说东京城三十里有一董长者，生一子名董顺，住居东京城之马站头，造起数间店宇，招接四方往来客商，日获进益甚多，长者遂成一富翁。董顺因娶得城东茶肆杨家女为妻，颇有姿色，每日事公姑甚是恭敬，只是嫌其有些风情。顺又常出外买卖，或一个月一归，或两个月一归。城东十里外有个船艄名孙宽，每日往来董家店最熟，与杨氏笑语，绝无疑忌，年久月深，两下情密，遂成欢娱，相聚如同夫妇。

宽伺董顺出外经商，遂与杨氏私约道："吾与娘子情好非一日，然欢娱有限，思恋无奈。娘子不若收拾所有金银物件，随我奔走他方，庶得永为夫妇。"杨氏许之，乃择十一月二十一日良辰，相约同去。是日杨氏收拾房中所有，专等孙宽来。黄昏时，忽有一和尚称是洛州翠玉峰大悲寺僧道隆，因来此方抄化，天晚投宿一宵。董翁平日是个好善之人，便开店房，铺好床席款待，和尚饭罢便睡。时正天寒欲雪，董翁夫妇闭门而睡。二更时候，宽叩门来，杨氏遂携所有物色与宽同去。出得门外，但见天阴雨湿，路滑难行，杨氏苦不能走，密告孙宽道："路滑去不得，另约一宵。"宽思忖道："万一迟留，恐漏泄此事。"又见其所有物色颇富，遂拔刀杀死杨氏，却将金宝财帛夺去，置其尸于古井中而去。

未几，和尚起来出外登厕，忽跌下古井中，井深数丈，无路可上。至天明，和尚小伴童起来，遍寻和尚不见，遂唤问店主。董翁起来，遍寻至饭时，亦不见杨氏。径入房中看时，四壁皆空，财帛一无所留。董翁思量，杨氏定是与和尚走了，上下山中直寻至厕屋古井边。但见芦草交加，微露鲜血，忽闻井中人声。董翁遂请东舍王三将长梯及绳索直下井中，但见下边有一和尚连声叫屈，杨氏已杀死在井中。王三将绳缚了和尚，吊上井来，众人将和尚乱拳殴打，不由分说，乡邻里保具状解入县衙。知县将和尚根勘拷打，要他招认，和尚受苦难禁，只得招认，知县遂申解府衙。

包公唤和尚问及缘由，和尚长叹道："前生负此妇死债矣。"从直实招。包公思之：他是洛州和尚，与董家店相去七百余里，岂有一时到店能与妇人相通期约？必有冤屈。遂将和尚散禁在狱，日夕根探，竟无明白。偶得一计，唤狱司就狱中所有大辟该死之囚，将他密地剃了头发，假作僧人，押赴市曹斩首，称是洛州大悲寺僧，为谋杀董家妇事今已处决。又密遣公吏数人出城外探听，或有众人拟议此事是非，即来通报。诸吏行至城外三十里，因到一店中买茶，见一婆子，因问："前日董翁家杀了杨氏，公事可曾结断否？"诸吏道："和尚已偿命了。"婆子听了，捶胸叫屈："可惜这和尚枉了性命。"诸吏细问因由。婆子道："是此去十里头有一船艄孙宽，往来董家最熟，与杨氏私通，因谋她财物故杀了杨氏，与和尚何干？"诸吏即忙回报包公。

包公便差公吏数人密缉孙宽，枷送入狱根勘，宽苦不招认。令取孙宽当堂，笑对之曰："杀一人不过一人偿命，和尚既偿了命，安得有二人偿命之理；但是董翁所诉失了金银四百余两，你莫非捡得，便将还他，你可脱其罪名。”宽甚喜，供说：“是旧日董家曾寄下金银一袱，至今收藏柜中。”包公差人押孙宽回家取金银来到，就唤董翁前来证认。董翁一见物色，认得金银器皿及锦被一条：“果是我家物件。”包公再问董家昔日并无有寄金银之事，又唤王婆来证，孙宽仍抵赖，不肯招认。包公道：“杨氏之夫经商在外，汝以淫心戏之成奸，因利其财物遂致谋害，现有董家物色在此证验，何得强辩不招？”孙宽难以遮掩，只得一笔招成，遂押赴市曹处斩；和尚释放还山，得不至死于非命。

卖皂靴

话说包公为开封府尹，按视治下，休息风谣。行到济南府升堂坐定，司吏各呈进案卷与包公审视，检察内中有事体轻可者，即当堂发放回去，使各安生业。正决事间，忽阶前起阵旋风，尘埃荡起，日色苍黄，堂下侍立公吏，一时间开不得眼。怪风过后，了无动静，唯包公案上吹落一树叶，大如手掌，正不知是何树叶。包公拾起，视之良久，乃遍视左右，问：“此叶亦有名否？”内有公人柳辛认得，近前道：“城中各处无此树，亦不知树之何名。离城二十五里有所白鹤寺，山门里有此树二株，又高又大，枝干茂盛，此叶乃是白鹤寺所吹来的。”包公道：“汝果认得不错么？”柳辛道：“小人居住寺旁，朝夕见之，如何会认差了？”

包公知有不明之事，即令乘轿去白鹤寺行香。寺中僧行连忙出迎，接入方丈坐定，茶罢，座下风生。包公忆昨日旋风又起，即差柳辛随之而去，柳辛领诺。那一阵风从地下滚出方丈，直至其树下而息。柳辛回复包公，包公道：“此中必有缘故。”乃令柳辛锄开看之，见一条破席包卷着一个十八九岁的妇人在内，看验身上并无伤痕，只唇皮迸裂[①]，眼目微露，撬开口视之，乃一根竹签直透咽喉。将尸掩了，再入方丈召集众僧行问之，众僧各道：“不知其故。”一时根究不出，转归府中，退入私衙后。近夜，秉烛默坐，自忖：“寺门里缘何有妇人死尸？就是外人有不明之事，亦当埋向别处，自然是僧行中有不良者谋杀此妇，无处掩藏，故埋树下。”思忖良久，将近一更，不觉困倦，隐几而卧，忽梦见一青年妇人哭拜阶下道：“妾乃城外五里村人氏，父亲姓索名隆，曾做本府狱卒。妾名云娘，今年正月十五元宵夜，与家人入城看灯，夜半更深，偶失伙伴，行过西桥，遇着一个后生，说是与妾同村，指引妾身回去。行至半路又一个来，却是一个和尚。妾月下看见，即欲走转城中，被那后生在袖中取出毒药来，扑入妾口中，即不能言语，径被二人拖入寺中。妾知其欲行污辱，思量无计，适见倒篱竹签，被妾拔下，插入喉中而死。将妾随行首饰尽搜捡去，把尸埋于树下。冤魂不散，乞为伸理。”包公正待细问，不觉醒来，残烛犹明。起行徘徊之间，见窗前遗下新皂靴一只，包公计上心来。

次日升堂，并不与人说知，即唤过亲随黄胜，吩咐：“汝可装作一皮匠，密密将此皂靴挑在担上，往白鹤寺各僧房出卖，有人来认，即来报我。”胜依言来到寺中，口称叫卖僧靴。正值各僧行都闲在舍里，齐来看买。内一少年行者[②]提起那新靴来，看良久道：“此靴是我日前新做的，藏在房舍中，你如何偷在此来？”黄胜初则与之争辩，及行者取出原只来对，果是一样。黄胜故意大闹一场，被行者众和尚夺得去了。胜忙走回报，包公即差集公人围绕白鹤寺，捉拿僧行，当下没一个走脱，都被解入衙中。先拘过认靴的行者来，审问谋杀妇人根由。行者心惊胆落，不待用刑，从实一一招出逼杀索氏情由。包公将其口词叠成案卷，当堂判拟行者与同谋和尚二人为用毒药以致逼死索氏，押上街心斩首示众；其同寺僧知情不报者，发配充军。后包公回京奏知，仁宗大加钦奖，下敕有司为索氏茔[③]其坟而旌表[④]之。

【注释】

①迸（bèng）裂：裂开而向外。

②行者：没有正式出家而在寺庙服役的信徒。

③茔（yíng）：墓地。

④旌（jīng）表：封建统治者用立牌坊或挂匾额等表扬遵守封建礼教的人。

忠节隐匿

却说，常言道：“朝里无人莫做官。”这句话深为有理。还有一句话：“家里无银莫做官。”这句话更为有理。怎见得？如今糊涂世界，好官不过多得钱而已；你若朝里无人，家里无银，凭你做得上好的官，也没有人与你辨得皂白。就如那守节的女子，若不是官宦人家，又没有银子送与官吏，也不见有什么名色在那里。

如今说河南有个县丞潘宾，居官时一文不要，复反御边有功。这样一个好官，职分虽小，难得如此。做上司的原应该奏过朝廷，加升他的官职才是；竟索他银千两才许他保奏，可怜他这样一个清正官员，哪里来的银子？怎不教人气死！一日，包公坐赴阴床断事，接得一纸状词，正是潘宾的：

告为匿忠事：居官不要一文，难道一文不值？御边自守百雉[1]，难道百雉无灵？风闻[2]的每诈聋耳，保奏的只伸长手。阳世叩阍[3]无路，阴间号天自鸣。上告。

包公看罢道："可怜，可怜！潘宾果若为官清正，御边有功，满朝文武官员多多少少总不如你了。你在生时何不自鸣，死后却对谁说？"潘宾道："在生时就如哑子吃苦瓜一样，没有银子送他，任你说得口酸，哪个管你三七二十一？可怜潘某生前既不得一个好名，死后如何肯服？"包公道："待我回阳奏过朝廷，当赠你一个美名，留芳青史，岂不美乎？"潘宾道："生前荣与死后名，总是虚空。但恨那要银子的官，在生不能与我保荐，如今没处出气。"包公道："有我老包在这里，任他阴阳人等，哪有没处出气的？你但把要银子的官写下姓名与我，我自有处。"潘宾写罢将上呈时，忽报门外有一个女子，口称冤枉。包公道："着他进来。"那女子进来跪下，呈上状词：

告为匿节事：夫作沙场鬼，从来未睹洞房花烛；妾作剑锋魂，终身只想万里长城。男未婚，女不嫁，四十岁自刎而死；节不施，坊未建，微魂何所倚托？红颜之薄命难甘，污吏之不法宜正。合行自呈，不嫌露体。上告。

包公看毕道："好个节女，如何官府不旌奖她？"女子道："妾姓方氏，因丈夫死于边疆，未曾婚嫁。妾不愿改嫁二夫，直到四十二岁，无以度日，自刎身亡。府县官贪贿，无奈妾家贫，默默而死，不与我标一个好名，故此含冤求伸。"包公道："你且说府县官的名姓来，我自有处。"女子说罢，包公援笔批道：

审得：立忠立节，乃人生大行；表忠表节，尤朝廷大典。职系本处正官，为之举奏可也，乃一匿其忠，清操之孤魂何忍？一匿其节，红颜之薄命堪怜。风渺渺兮含哀，月皎皎兮在天。忠节合行旌赏，贪污俟用刑法。

批完道："你们二人且出去，待我启奏阳间天子、阴府玉皇上帝，叫你们忠臣节女自有享福之处，那些贪污的官员，叫他们有一日自然有吃苦的所在。"

【注释】

①百雉（zhì）：借指城墙。

②风闻：由传闻而得知（没有证实）。

③叩阍（hūn）：到朝廷诉冤。

巧拙颠倒

话说包公一日从赴阴床理事，查得一宗文案：

告为巧拙颠倒事：夫妻相配，莫道红丝无据；彼此适当，方见皇天有眼。巧女子，拙丈夫，鸳鸯绣出难与语，脂粉施来徒自憎。世上岂无拙女子，何不将来配我夫？在彼无恶，在此无射。颠之倒之，得此戚施[①]。上告。

包公看罢大笑道："可笑人心不足，夫妻分上不睦。巧者原是拙之奴，何曾颠倒相陪宿！"

说罢，将数语批在原状子上，贴在大门外。须臾，那告状女子见了，连声叫苦叫屈，求见包公。包公道："女子好没分晓，如何连连叫屈？"女子道："还是阴司没有分晓，如何使人不叫屈？"包公道："怎见得没分晓？"女子道："大凡人生世上，富贵功名件件都假，只有夫妻情分极是真的。但做男子的原有巧拙不同，做女子的亦有巧拙两样。若巧妻原配巧夫，岂不两美？每见貌类嫫母行若桑间者，反配风流丈夫；以妾之貌，不在女中下，以妾之才，颇在女中上，奈何配着一个痴不痴、憨不憨、聋不聋、哑不哑这样一个无赖子，岂不是注姻缘的全没分晓？"包公道："天下原无全美之事。国家亦自有兴衰，人生岂能无美恶？都像你要拣好丈夫，那丑男子就该没有老婆了。那掌婚司的各人定一个缘法在那里，强求不得的。"再批道：

审得：夫妇乃天作之合，不可加以人力。巧拙正相济之妙，那得间以私意。巧妻若要拣夫，拙夫何从得妻？家有贤妻，夫不吃淡饭，匹配之善，正在如此。这样老婆舌，休得再妄缠。

批完又道："你今既有才貌不能配一个好丈夫，来世定发你一个好处托生[②]了。你且去且去。"

【注释】

①戚施：比喻谄谀献媚的人。

②托生：谋生。

试假反试真

却说临安府民支弘度，痴心多疑，娶妻经正姑，刚毅贞烈。弘度尝问妻道："你这等刚烈，倘有人调戏你，你肯从否？"妻子道："吾必正言斥骂之，人安敢近？"弘度道："倘有人持刀来要强奸，不从便杀，将如何？"妻道："吾任从他杀，决不受辱。"弘度道："倘有几人来捉住成奸，不由你不肯，却又如何？"妻道："吾见人多，便先自刎以洁身明志，此为上策；或被其污，断然自死，无颜见你。"弘度不信，过数日，故令一人来戏其妻以试之，果被正姑骂去。弘度回家，正姑道："今日有一光棍来戏我，被我斥骂而去。"再过月余，弘度令知友于谟、应信、莫誉试之。于谟等皆轻狂浪子，听了弘度之言，突入房去。于谟、应信二人各捉住左右手，正姑不胜发怒，求死无地。莫誉乃是轻薄之辈，即解脱其下身衣裙。于谟、应信见污辱太甚，遂放手远站。正姑两手得脱，即挥起刀来，杀死莫誉。吓得于谟、应信走去。正姑是妇人无胆略，恐杀人有祸，又性暴怒，不忍其耻，遂一刀自刎而亡。

于谟驰告弘度，此时弘度方悔是错，又恐外家及莫誉二家父母知道，必有后患，乃先去呈告莫誉强奸杀命，于谟、应信明证。包公即拘来问，先审干证道："莫誉强奸，你二人何得知见？"于谟道："我与应信去拜访弘度，闻其妻在房内喊骂，因此知之。"包公道："可曾成奸否？"应信道："莫誉才入房即被斥骂，持刀杀死，并未成奸。"包公对支弘度道："你妻幸未污辱，莫誉已死，这也罢了。"弘度道："虽一命抵一命，然彼罪该死，我妻为彼误死，乞法外情断，量给殡银。"包公道："此亦使得。着令莫誉家出一棺木来贴你。但二命非小，我须要亲去验过。"及去相验，见经氏刎死房门内，下体无衣；莫誉杀死床前，衣服却全。包公即诘于谟、应信道："你二人说莫誉才入便被杀，何以尸近床前？你说并未成奸，何以经氏下身无衣？必是你三人同入强奸已毕后，经氏杀死莫誉，因害耻羞，故以自刎。"将二人夹起，令从直招认，二人并不肯认。包公就写审单，将二人俱以强奸拟下死罪。于谟从实诉道："非是我二人强奸，亦非莫誉强奸，乃弘度以他妻常自夸贞烈，故令我等三人去试她。我二人只在房门口，莫誉去强抱，剥其衣服，被经氏闪开，持刀杀之，我二人走出。那经氏真是烈女，怒想气激，因而自刎。支弘度恐经氏及莫誉两家父母知情，告他误命，故抢先呈告，其实意不在求殡银也。”弘度哑口无辩。

包公听了，即责打三十，又对于谟等道：“莫誉一人，岂能剥经氏衣裙？必汝二人帮助之后，见莫誉有恶意，你二人站开，经氏因刺死莫誉，又恐你二人再来，故先行自刎。经氏该旌奖，汝二人亦并有罪。”于谟、应信见包公察断如神，不敢再辩半句。包公将此案申拟，支弘度秋后处斩，又旌奖经氏，赐之匾牌，表扬贞烈贤名①。

【注释】

①贤名：好名声。

死酒实死色

话说有张英者，赴任做官，夫人莫氏在家，常与侍婢爱莲同游华严寺。广东有一珠客邱继修，寓居在寺，见莫氏花容绝美，心贪爱之。次日，乃妆作奶婆，带上好珍珠，送到张府去卖。莫氏与他买了几粒，邱奶婆故在张府讲话，久坐不出。时近晚来，莫夫人道：“天色将晚，你可去得。”邱奶婆乃去，出到门首复回来道：“妾店去此尚远，妾一孤身妇人，手执许多珍珠，恐遇强人暗中夺去不便，愿在夫人家借宿一夜，明日早去。”莫氏允之，令与婢爱莲在下床睡。一更后，邱奶婆爬上莫夫人床上去道：“我是广东珠客，见夫人美貌，故假装奶婆借宿，今日之事乃前生宿缘。”莫夫人以丈夫去久，心亦甚喜。自此以后，时常往来与之奸宿，唯爱莲知之。

过半载后，张英升任回家。一日，昼寝，见床顶上有一块唾干。问夫人道：“我床曾与谁人睡？”夫人道：“我床安有他人睡？”张英道：“为何床上有块唾干？”夫人道：“是我自唾的。”张英道：“只有男子唾可自下而上，妇人安能唾得高？我且与你同此睡着，仰唾试之。”张英的唾得上去，夫人的唾不得上。张英再三追问，终不肯言。乃往鱼池边呼婢爱莲问之，爱莲被夫人所嘱，答道：“没有此事。”张英道：“有刀在此！你说了则罪在夫人，不说便杀了你，丢在鱼池中去。”爱莲吃惊，乃从直说知。张英听了，便想要害死其妻，又恐爱莲后露丑言，乃推入池中浸死。

本夜，张英睡至二更，谓妻道：“我睡不着，要想些酒吃。”莫氏道：“如此便叫婢去暖来。”张英道：“半夜叫人暖酒，也被婢女所议。夫人你自去大埕[①]中取些新红酒来，我只爱吃冷的。”莫氏信之而起。张英潜蹑其后，见莫氏以杌子衬脚向埕中取酒，即从后提起双脚推入酒埕中去，英复入房中睡。有顷，谅已浸死，故呼夫人不应，又呼婢道：“夫人说她爱吃酒，自去取酒，何许多时不来？叫又不应。可去看来。”众婢起来，寻之不见，及照酒埕中，婢惊呼道：“夫人浸死酒埕中了。”张英故作慌张之状，揽衣而起，惊讶痛悼。

次日，请莫氏的兄弟来看入殓，将金珠首饰锦绣衣服满棺收贮。因寄灵柩于华严寺，夜令二亲随家人开棺，将金珠首饰锦绣衣服尽数剥起。次日，寺僧来报说，夫人灵柩被贼开了，劫去衣财。张英故意大怒，同诸舅往看，棺木果开，衣财一空，乃抚棺大哭不已，再取些铜首饰及布衣服来殓之。因穷究寺中藏有外贼，以致开棺劫财，僧等皆惊惧无措，尽来磕头道：“小僧皆是出家人，不敢作犯法事。”张英道：“你寺中更有何人？”僧道：“只有一广东珠客在此寄居。”英道：“盗贼多是此辈。”即锁去送县，再补状呈进。知县将继修严刑拷打一番，勒其供状，邱继修道：“开棺劫财，本不是我；但此乃前生冤债，甘愿一死。”即写供招承认。

那时包公为大巡，张英即去面诉其情，嘱令即决继修以完其事，便好赴任。包公乃取邱继修案卷夜间看之，忽阴风飒飒，不寒而栗。自忖道：莫非邱犯此事有冤？反复看了数次，不觉打困，即梦见一丫头道：“小婢无辜，白昼横推鱼沼而死；夫人养汉，清宵打落酒埕而亡。”包公醒来，乃是一梦。心忖道：此梦甚怪。但小婢、夫人与开棺事无干，只此棺乃莫夫人的。明日且看何如。次日，吊邱继修审道：“你开棺必有伙伴，可报来。”继修道：“开棺事实不是我；但此是前生注定，死亦甘心。”包公想那夜所梦夫人酒埕亡之联，便问道：“那莫夫人因何身亡？”继修道：“闻得夜间在酒埕中浸死。”包公惊异与梦中言语相合，但夫人养汉这一句未明，乃问道：“我已访得夫人因养汉被张英知觉，推入酒埕浸死。今要杀你甚急，莫非与你有奸么？”继修道：“此事并无人知，唯小婢爱莲知之。闻爱莲在鱼池浸死，夫人又已死，我谓无人知，故为夫人隐讳，岂知夫人因此而死。必小婢露言，张英杀之灭口。”包公听了此言，全与梦中相符，知是小婢无故屈死，故阴灵来告。

少顷，张英来相辞，要去赴任。包公写梦中的话递与张英看，英接看了，不觉失色。包公道："你闺门不肃，一当去官；无故杀婢，二当去官；开棺赖人，三当去官。更赴任何为？"张英跪道："此事并无人知，望大人遮庇。"包公道："你自干事，人岂能知？但天知地知你知鬼知，鬼不告我，我岂能知？你夫人失节该死，邱继修奸命妇该死，只爱莲不该死。若不淹死小婢，则无冤魂来告你，官亦有得做，丑声亦不露出，继修自合就死，岂不全美！"说得张英羞脸无言。是秋将邱继修斩首，即上本章奏知朝廷。张英治家不正，杀婢不仁，罢职不叙。

【注释】

①埕（chéng）：坛子。

毡套客

话说江西南昌府有一客人，姓宋名乔，负白金万余两往河南开封府贩卖红花，过沈丘县寓曹德克家。是夜，德克备酒接风，宋乔尽饮至醉，自入卧房，解开银包，秤完店钱，以待明日早行。不觉间壁赵国桢、孙元吉一见就起谋心，设下一计，声言明日去某处做买卖。次日，跟乔来到开封府，见乔搬寓龚胜家，自入城去了。孙、赵二人遂叩龚胜门叫："宋乔转来。"胜连忙开门，孙、赵二人腰间拔出利刀，捉胜要杀，胜急奔入后堂，喊声："强人至此！"往后走出。国桢、元吉将乔银两一一挑去，投入城中隐藏，住东门口。

乔回龚宅，胜将强盗劫银之事告知，乔遂入房看银，果不见了。心忿不已，暗疑胜有私通之意，即具状告开封府。包公差张千、李万拿龚胜到厅，审问道："这贼大胆包身，通贼谋财，罪该斩首。"吩咐左右拷打一番。龚胜哀告："小人平生看经念佛，不敢非为。自宋乔人家，即刻遭强盗劫去银两，日月二光可证。小人若有私通，粉身碎骨亦当甘受。"包公听了喝令左右将胜收监，密探消息，一年无踪。包公沉吟道："此事这等难断。"自己悄行禁中，探龚胜在那里如何。闻得胜在禁中焚香诵经，一祝云："愿黄堂功业绵绵，明伸胜的苦屈冤情"；二祝云："愿吾儿学书有进"；三祝云："愿皇天保佑我出监，夫妇偕老。"包公听了自思："此事果然冤屈。"又唤张千拘原告客人宋乔来审："你一路来可在何处住否？"乔答道："小人只在沈丘县曹德克家歇一晚。"包公听了此言退堂。

次日，自扮南京客商，径往沈丘县曹德克家安歇，托买毡套，凡遇酒店进去饮酒，已经数月。忽一日，同德克往景宁桥买套，又遇店吃酒，遇着二人亦在店中饮酒，那二人见德克来，与他拱手动问："这客官何州人氏？"克答道："南京人氏。"二人遂与德克笑道："如今赵国桢、孙元吉获利千倍。"克道："莫非得了天财？"那二人道："他两人去开封府做买卖，半月间，捡银若干。就在省城置家，买田数顷，有如此造化。"包公听了心想：宋乔事必是这二贼了。遂与德克回家，问及方才二人姓甚名谁，克道："一个唤作赵志道，一个唤作鲁大郎。"包公记了名字。次日，唤张千收拾行李回府，复令赵虎带数十匹花绫锦缎，径往省城借问赵家去卖。赵虎入其家，国桢起身问："客人何处？"虎道："杭州人，名松乔。"桢遂拿五匹缎来看，问："这缎要多少价？"松乔道："五匹缎要银十八两。"桢遂将银锭三个，计十二两与讫。元吉见国桢买了，亦引松乔到家，仍买五匹，给六锭银十二两与之。虎得了此银，忙奔回府报知。

包公将数锭银吩咐库吏藏在匣中，与别锭银同放在内，唤张千拘宋乔来审。乔至厅跪下，包公将匣内银与乔看，乔亦认得数锭，云："小的不瞒老爷说，江西银子青丝出火，匣内只有这几锭是小人的，望老爷做主，万死不忘。"包公唤张千将乔收监，急差张龙、李万往省城捉拿赵国桢、孙元吉，又差赵虎往沈丘县拘赵志道、鲁大郎。至第三日，四人俱赴厅前跪下，包公大怒道："赵国桢、孙元吉，你这两贼全不怕我，黑夜劫财，坑陷龚胜，是何道理？罪该万死，好好招来！"孙、赵二人初不肯招认，包公即唤志道、大郎道："你说半月获利之事，今日敢不直诉！"那二人只得直言其情。桢与元吉俯首无词，从直供招。包公令李万将长枷枷起，捆打四十，唤出宋乔，即给二家家产与乔；发出龚胜，赏银回家务业；又发放赵、鲁二人回去；吩咐押赴赵国桢、孙元吉到法场斩首，自此民皆安堵。

阴沟贼

话说河南开封府阳武县有一人，姓叶名广，娶妻全氏，生得貌似西施，聪明乖巧。居住村僻处，正屋一间，少有邻舍。家中以织席为生，妻勤纺绩[①]，仅可度活。一日，叶广将所余银只有数两之数，留一两五钱在家，与妻作食用纺绩之资，更有二两五钱往西京做些小买卖营生。

次年，近村有一人姓吴名应者，年近二八，生得容貌俊秀，未娶妻室。偶经其处，窥见全氏，就有眷恋之心。随即根问近邻，知其来历，陡然思忖一计，即讨纸笔写伪信一封，入全氏家向前施礼道："小生姓吴名应，去年在西京与尊嫂丈夫相会，交契甚厚。昨日回家，承寄有信一封在此，吩咐自后尊嫂家或缺用，某当一任包足，候兄回日自有区处，不劳尊嫂忧心。"全氏见吴应生得俊秀，言语诚实，又闻丈夫托其周济，心便喜悦，笑容满面。两下各自眉来眼去，情不能忍，遂各向前搂抱，闭户同衾。自此以后，全氏住在村僻，无人管此闲事，就如夫妻一般，并无阻碍。

不觉光阴似箭，日月如梭。叶广在西京经营九载，趁得白银一十六两，自思家中妻单儿小，遂即收拾回程。在路晓行夜住，不消几日到家，已是三更时分。叶广自思：住屋一间，门壁浅薄，恐有小人暗算，不敢将银拿进家中，预将其银藏在舍旁通水阴沟内，方来叫门。是时其妻正与吴应歇宿，忽听丈夫叫门之声，即忙起来开门，放丈夫进来。吴应惊得魂飞天外，躲在门后，候开了门潜躲在外。全氏收拾酒饭与丈夫吃，略叙久别之情。食毕，收拾上床歇宿。全氏问道："我夫出外经商，九载不归，家中极其劳苦，不知可剩得些银两否？"叶广道："银有一十六两，我因家中门壁浅薄，恐有小人暗算，未敢带入家来，藏在舍旁通水阴沟内。"全氏听了大惊道："我夫既有这许多银回来，可速起来收藏在家无妨。不可藏于他处，恐有知者取去。"叶广依妻所言，忙起出外寻取。不防吴应只在舍旁窃听叶广夫妻言语，听说藏银在彼，即忙先盗去。叶广寻银不见，因与全氏大闹，遂以前情具状赴包公案前陈告其事。

包公看了状词，就将其妻勘问，必有奸夫来往，其妻坚意不肯招认。包公遂发叶广，再出告示，唤张千、李万私下吩咐："汝可将告示挂在衙前，押此妇出外枷号官卖，其银还她丈夫。等候有人来看此妇者，即便拿来见我，我自有主意。"张、李二人依其所行押出门外将及半日，忽有吴应在外打听得此事，忙来与妇私语。张、李看见，忙扭吴应入见包公。包公问道："你是什么人？"吴应道："小人是这妇人亲眷，故来看她。"包公道："汝既是她亲眷，可曾娶有内眷否？"吴应道："小人家贫，未及婚娶。"包公道："汝既未婚娶，吾将此妇官嫁于你，只要汝价银二十两，汝可即备来秤。"吴应告道："小人家中贫难，难以措办。"包公道："既二十两备不出，可备十五两来。"吴应又告贫难。包公道："谁叫你前来看她？若无十五两，如今只要汝备十二两来秤何如？"吴应不能推辞，即将所盗原银熔过十二两诣[2]台前秤。包公将吴应发放在外，又拘叶广进衙问道："你看此银可是你的还不是你的？"叶广认了又认，回道："不是我的原银，小人不敢妄认。"包公又叫叶广出外，又唤吴应来问道："我适间叫她丈夫到此，将银给付与他，他道他妻子生得甚是美貌，心中不甘，实要银一十五两。汝可揭借前来秤兑领去，不得有误。"吴应只得回家。

包公私唤张、李吩咐："汝可跟吴应之后，看他若把原银上铺煎销[3]，汝可便说我吩咐，其银不拘成色，不要煎销，就拿来见我。"张千领命，直跟其后。吴应又将原银上铺煎销，张千即以包公言语说了，应只得将原银三两完足。包公又叫且出去，又唤叶广认之，广看了大哭："此银实是小人之物，不知何处得来！"包公又恐叶广妄认，冤屈吴应，又道："此银是我库中取出，何得假认？"广再三告道："此银是小人时时看惯的，老爷不信，内有分两可辨。"包公即令试之，果然分厘不差。就拘吴应审勘，招供伏罪，其银追完。将妇人脱衣受刑；吴应以通奸窃盗杖一百，徒三年。复将叶广夫妇判合放回，夫妇如初。

【注释】

①纺绩：把丝麻等纤维纺成纱或线。古代纺指纺丝，绩指缉麻。

②诣（yì）：前往，去到。

③煎销：熔化。

三宝殿

话说福建福宁州福安县有民章达德，家贫，娶妻黄蕙娘，生女玉姬，天性至孝。达德有弟达道，家富，娶妻陈顺娥，德性贞静，又买妾徐妙兰，皆美而无子。达道二十五岁卒，达德有意利其家财，又以弟妇年少无子，常托顺娥之兄陈大方劝其改嫁。顺娥欲养大方之子元卿为嗣，以继夫后，言不改节，达德以异姓不得承继，竭力阻挡，大方心恨之。

顺娥每逢朔望及夫生死忌日，常请龙宝寺僧一清到家诵经，追荐[1]其夫，亦时与之言语。一清只说章娘子有意，心上要调戏她。一日，又遣人来请诵经超度，一清令来人先挑经担去，随后便到其家，见户外无人，一清直入顺娥房中去，低声道："娘子每每召我，莫非有怜念小僧的心意？乞今日见舍，恩德广大。"顺娥恐婢知觉出丑，亦低声答道："我只叫你念经，岂有他意？可快出去！"一清道："娘子无夫，小僧无妻，成就好事，岂不两美。"顺娥道："我只道你是好人，反说出这臭口话来，我叫大伯惩治死你！"一清道："你真不肯，我有刀在此。"顺娥道："杀也由你！我乃何等人，你敢无礼？"正要走出房来，被一清抽刀砍死，遂取房中一件衣服将头包住，藏在经担内，走出门外来叫声："章娘子！"无人答应，再叫二三声，徐妙兰走出来道："今日正要念经，我叫小娘来。"走入房去，只见主母杀死，鲜血满地，连忙走出叫道："了不得，小娘被人杀死。"隔舍达德夫妇闻知，即走来看，寻不见头，大惊，不知何人所杀，只有经担先放在厅内，一清独自空身在外。哪知头在担内，所谓搜远不搜近也。达德发回一清去："今日不念经了。"一清将经担挑去，以头藏于三宝殿后，一发无踪了。妙兰遣人去请陈大方来，外人都疑是达德所杀，陈大方赴包巡按处告了达德。

包公将状批府提问，知府拘来审道："陈氏是何时被杀？"大方道："是早饭后，日间哪有贼敢杀人？唯达德左邻有门相通，故能杀之，又盗得头去。倘是外贼，岂无人见？"知府道："陈氏家可有奴婢使用人否？"大方道："小的妹性贞烈，远避嫌疑，并无奴仆，只一婢妾妙兰，倘婢所杀，亦藏不得头也。"知府见大方词顺，便将达德夹起，勒[②]逼招承，但头不肯认。审讫解报包大巡，包公又批下县详究陈顺娥首级下落结报。时尹知县是个贪酷无能之官，只将章达德拷打，限寻陈氏之头，且哄道："你寻得头来与他全体去葬，我便申文书放你。"

累至年余，达德家空如洗，蕙娘与女纺织刺绣及亲邻哀借度日。其女玉姬性孝，因无人使用，每日自去送饭，见父必含泪垂涕，问道："父亲何日得放出？"达德道："尹爷限我寻得陈氏头来即便放我。"玉姬回对母亲道："尹爷说，寻得婶娘头出，即便放我父亲。今根究年余，并无踪迹，怎么寻得出？我想父亲牢中受尽苦楚，我与母亲日食难度，不如待我睡着，母亲可将我头割去，当做婶娘的送与尹爷，方可放得父亲。"母道："我儿说话真乃当耍，你今一十六岁长大了，我意欲将你嫁与富家，或为妻为妾，多索几两聘银，将来我二人度日，何说此话？"女道："父亲在牢受苦，母亲独自在家受饿，我安忍嫁与富家自图饱暖。况得聘银若吃尽了，哪里再有？那时我嫁人家是他人妇，怎肯容我归替父死？今我死则放回父亲，保得母亲，是一命保二命。若不保出父亲，则父死牢中，我与母亲贫难在家亦是饿死。我念已决，母亲若不肯忍杀，我便去缢死，望母亲割下头去当婶娘的，放出父亲，死无所恨。”母道：“我儿你说替父虽是，我安忍舍得。况我家未曾杀婶娘，天理终有一日明白，且耐心挨苦，从今再不可说那断头话。”母遂防守数日，玉姬不得缢死，乃哄母道：“我今从母命，不须防矣。”母听亦稍懈怠。未几日，玉姬缢死，母乃解下抱住，痛哭一日。不得已，提起刀来又放下数次，不忍下手。乃想道：“若不忍割她头来，救不得父，她亦枉死于阴司，亦不瞑目。”焚香祝之，将刀来砍，终是心酸手软胆寒，割不得断，连砍几刀方能割下。母拿起头来一看，昏迷倒地。须臾苏醒，乃脱自己身上衣服裹住女头。次日，送在牢中交与丈夫，夫问其所得之故，黄氏答以夜有人送来，想其人念汝受苦已久，送出来也。章达德以头交与尹知县，尹爷欢喜，有了顺娥头出，此乃达德所杀是真，即坐定死罪，将达德一命犯解上。

巡按包公相验，见头是新砍的，发怒道：“你杀一命已该死，今又在何处杀这头来？顺娥死已年余，头必腐臭，此头乃近日的，岂不又杀一命？”达德推黄氏得来，包公将黄氏拷问，黄氏哭泣不已，欲说数次说不出来。包大巡奇怪，问徐妙兰，妙兰把玉姬自己缢死要救父亲之事细说一遍，达德夫妇一齐大哭起来。包公再取头看，果然死后砍的，刀痕并无血洇，官吏俱下泪。包公叹息道：“人家有此孝亲之女，岂有杀人之父！”再审妙兰道：“那日早晨有什么人到你家来？”妙兰道：“早晨并无人来，早饭后有念经和尚来，他在外叫，我出来，主母已死了，头已不见了。”包公将达德轻监收候，吩咐黄氏常往僧寺去祈告许愿，倘僧有调戏言语，便可向他讨头。

黄氏回家，时常往龙宝寺或祈签[③]，或求签，或许愿，哭泣祷祝，愿寻得顺娥的头。往来惯熟，与僧言语，一清留之午饭，挑之道：“娘子何愁无夫，便再嫁个好的，落得自己快乐。”黄氏道：“人也不肯娶犯人之妻，也没奈何。”一清道：“娘子不须嫁，若肯与我好时，也济得你的衣食。”黄氏笑道：“济得我便好，若更得佛神保佑，寻得婶婶头来与他交官，我便从你。”一清把手来扯住道：“你但与我好事，我有灵牒[④]，明日替你烧去，必牒得头出来。”黄氏半推半就道：“你今日先烧牒，我明日和你好。若牒得出来，休说一次，我誓愿与你终身相好。”一清引起欲心，抱住要好。黄氏道：“你无灵牒只是哄，我不信你。你果然有法先牒出头来，待明日任你抱；不然，我岂肯送好事与你！”一清此时欲心难禁，说道：“只要和我好，少顷无头，变也变一个与你。”黄氏道：“你变个头来即与你今日抱。若与你过手了，将和尚头来当么？我不信你哄骗。”一清急不得已说出道：“以前有个妇人来寺，戏之不肯，被我杀了，头藏在三宝殿后。你不从，我亦杀你凑双；肯，就将头与你。”黄氏道：“你装此吓我。先与我看，然后行事。”一清引出示之，黄氏道：“你出家人真狠心也。”一清又要交欢，黄氏推道：“先前与你闲讲，引动春心，真是肯了。今见这枯头，吓得心碎魂飞，全不爱矣，决定明日罢。”那头是一清亲手杀的，岂不亏心，亦道：“我见此也心惊肉战，全没兴了，你明日千万来。”黄氏道：“我不来，你来我家也不妨，要我先与你过手，然后你送那物与我。”

黄氏归召章门几人，叫他直入三宝殿后拽出头来，将僧一清锁送包公，一夹便认，招出实情，即押一清斩首；仰该县为陈氏、章氏玉姬树立牌坊，赐以二匾，一曰“慷慨完节”，一曰“从容全孝”；又拆章达道之宅改立贞孝祠，以达道田产一半入祠，供奉四时祭祀之用费，家宅田产仍与达德掌管。

【注释】

①追荐：请僧道诵经祭奠，超度死者。

②勒：强制。

③祈签：拜神求签，以卜祸福。

④牒（dié）：古代书写用的木片或竹片。

二阴签

话说山东唐州民妇房瑞鸾，一十六岁嫁夫周大受，至二十二岁而夫故，生男可立仅周岁，苦节守寡，辛勤抚养儿子。可立已长成十八岁，能任薪水，耕农供母，甚是孝敬，乡里称服。房氏自思：“子已长成，奈家贫不能为之娶妻，佣工所得之银，但足供我一人。若如此终身，我虽能为夫守节，而夫终归无后，反为不孝之大。”乃焚香告夫道：“我守节十七年，心可对鬼神，并无变志。今夫若许我守节终身，随赐圣阳二签；若许我改嫁以身资银代儿娶妇，为夫继后，可赐阴签。”掷下去果是阴签。又祝道：“签本非阴则阳，吾未敢信。夫故有灵，谓存后为大，许我改嫁，可再得一阴签。”又连丢二阴签。房氏乃托人议婚，子可立泣阻道：“母亲若嫁，当在早年。乃守儿到今，年老改嫁，空劳前功。必是我为儿不孝，有供养不周处，凭母亲责罚，儿知改过。”房氏道：“我定要嫁，你阻不得我。”

上村有一富民卫思贤，年五十岁丧室，素闻房氏贤德，知其改嫁，即托媒来说合，以礼银三十两来交过。房氏对子道：“此银你用木匣封锁了与我带去，锁匙交与你，我过六十日来看你。”可立道：“儿不能备衣妆与母，岂敢要母银？母亲带去，儿不敢受锁匙。”母子相泣而别。房氏到卫门两月后，乃对夫道：“我意本不嫁，奈家贫，欲得此银代儿娶妇，故致失节。今我将银交与儿，为他娶了妇，便复来也。”思贤道：“你有此意，我前村佃户吕进禄是个朴实人，有女月娥，生得庄重，有福之相，今年十八，与你儿同年，我便为媒去说之。”房氏回儿家谓可立道：“前银恐你浪费，我故带去。今闻吕进禄有女与你同年，可将此银去娶之。”可立依允，娶得月娥入家，果然好个庄重女子。房氏见之欢喜，看儿成亲之后，复往卫门去。

谁料周可立是个孝道执方人，虽然甚爱月娥，笑容款洽[①]，却不与她交合，夜则带衣而寝。月娥已年长知事，见如此将近一年，不得已乃言道：“我看你待我又是十分相爱，我谓你不知事，你又长大，说来你又百事晓得，如何旧年四月成亲到今正月将满一年，全不行夫妇之情？你先不与我交合，我今要强你交媾，云雨欢合，不由你假至诚也。”可立道：“我岂不知少年夫妇意乐情浓，奈娶你的银子是嫁母的，我不忍以卖母身之银娶妻奉衾枕[②]也。今要积得三十两银还母，方与你交合。”吕氏道：“你我空手作家，只足度日，何时积得许多银？岂不终身鳏寡[③]？”可立道：“终身还不得，誓终身不交，你若恐误青春，凭你另行改嫁别处欢乐。”吕氏道：“夫妇不和而嫁，亦是不得已；若因不得情欲而嫁，是狗彘之行也，岂忍为之？不如我回娘家与你力作，将银还了，然后来完娶；若供了我，银越难积。”可立道：“如此甚好。”将月娥送至岳丈家去。

至年冬，吕进禄将女送回夫家，月娥再三推托不去，父怒遣之，月娥乃与母言其故。进禄不信，与兄进寿叙之，进寿道：“真也。日前我在侄婿左邻王文家取银，因问可立为人何如。王文对我说道：‘那人是个孝子，因未还母银不敢宿妻是实。’”进禄道：“我家若富，也把几两助他，我又不能自给，女又不肯改嫁，在我家也不是了局。”进寿道：“侄女既贤淑，侄婿又是孝子，天意必不久困此人。我正为此事已凑银二十两，又将田典银十两，共三十两与侄女去，他后来有得还我亦可，没得还我便当相赠他孝子。人生有银不在此处用，枉作守房何为？”月娥得伯父助银，不胜欢喜，拜谢而回。父命次子伯正送姐姐到家，伯正便回。

月娥回至房中，将银摆在桌上看了一番，数过件数，乃收置橱内，然后入厨房炊饭。谁料右邻焦黑在壁缝中窥见其银，遂从门外入来偷去，其房门虽响，月娥只疑夫回入房，不出来看。少时，周可立回来，入厨房见妻，二人皆有喜色。同吃了午饭，即入房去，不见其银。问夫道："银子你拿何处去了？"夫不知来历，问道："我拿什么银子？"妻道："你莫欺我，我问伯父借银三十两与你还婆婆，我数过二十五件，青绸帕包放在橱内。方才你进来房门响，是你入房中拿去，反要故意恼我。"夫道："我进到厨房来，并未入卧房去。你伯父甚大家财，有三十两银子借你？你把这见识来图赖我，要与我成亲。我定要嫁你，决不落你圈套。"吕氏道："原来你有外交，故不与我成亲。拿了我银去，又要嫁我，是将银催你嫁也，且何处得银还得伯父？"可立再三不信。吕氏思想今夜必然好合，谁知遇着此变，心中十分恼怒，便去自缢，幸得索断跌下，邻居救了。却去本司告首，无处追寻。

包公每夜祝告天地，讨求冤白。却有天雷打死一人，众人齐看，正是焦黑。衣服烧得干净，浑身皆炭，只裤头上一青绸帕未烧。有胆大者解下看是何物，却是银子，数之共二十五件。众人皆道："可立夫妇正争三十两银子，说二十五件，莫非即此银也？"将来秤过，正是三十两，送吕氏认之。吕氏道："正是。"众人方知焦黑偷银，被雷打死。惊动吕进禄、进寿、卫思贤、房氏皆闻知来看，莫不共信天道神明，咸称周可立孝心感格；吕月娥之义不改嫁，此志得明；吕进寿之仗义疏财，无不称服。由是，卫思贤道："吕进寿百金之家耳，肯分三十金赠侄女以全其节孝；我有万金之家，只亲生二子，虽捐三百金与你之前子亦不为多。"即写关书一扇，分三百金之产业与周可立收执。可立坚辞不受道："但以母与我归养足矣，不愿产业也。"思贤道："此在你母意何如。"房氏道："我久有此意，欲奉你终身，或少延残喘，则回周门。但近怀三个月身孕，正在两难。"思贤道："孕生男女，则你代抚养，长大还我，以我先室为母，汝子有母，吾亦有前妻；若强你回我家，则你子无母，你前夫无妻，是夺人两天也。向三百产业你儿不受，今交与你，以表二年夫妇之义。"将此情呈于包公，包公为之旌表其门。房氏次年生一子名恕，养至十岁还卫家，后中经魁[④]。

【注释】

①款洽：亲切融洽。

②衾（qīn）枕：被子和枕头。泛指卧具。

③鳏（guān）寡：老而无妻或无夫的人。

④经魁：明清科举考试分五经取士，每科乡试及会试的前五名即分别于五经中各取其第一名，称为经魁。

乳臭不雕

话说潞州城南有韩定者，家道富实，与许二自幼相交。许二家贫，与弟许三作盐客小用人，常往河口觅客商趁钱度活。一日，许二与弟议道："买卖我弟兄都会做，只是缺少本钱，难以措手。若只是商贾边觅些微利糊口，怎能得发达？"许三道："兄即不言，我常要计议此事，只是没讨本钱处。尝闻兄与韩某相交甚厚，韩家大富，何不问他借得几千钱做本，待我兄弟加些利息还他，岂不是好？"许二道："你说得是，只怕他不肯。"许三道："待他不肯，再作主张。"许二依其言，次日，径来韩家相求。韩定出见许二笑道："多时不会老兄，请入里面坐。"许二进后厅坐下，韩定吩咐家下整备酒席出来相待。二人对席而饮，酒至半酣，许二道："久要与贤弟商议一事，不敢开口，诚恐贤弟不允。"韩定道："老兄自幼相知，有甚话但说不妨。"许二道："要往江湖贩些货物，缺少银两凑本，故来见弟商议要借些银子。"韩定道："老兄还是自为，约伙伴同为？"许二不隐，直告与弟许三同往。韩定初则欲许借之，及闻得与弟相共就推托说道："目下要解官粮，未有剩钱，不能从命。"许二知其推托，再不开言，即告酒多，辞别而去。韩定亦不甚留。当下许二回家不快，许三见兄不悦，乃问道："兄去韩某借贷本钱，想必有了，何必忧闷？"许二道知其意，许三听了道："韩某太欺负人，终不然我兄弟没他的本钱就成不得事么？须再计议。"遂复往河口寻觅客商去了不提。

时韩定有一养子名顺，聪明俊达，韩甚爱之。一日，三月清明，与朋友郊外踏青，顺带得碎银几两在身，以作逢店饮酒之资。是日，游至晚边，众朋友已散，独韩顺多饮几杯酒，不觉沉醉，遂伏在兴田驿半岭亭子上睡去。却遇许二兄弟过亭子边，许二认得亭子上睡的是韩某养子，遂与许三说知。许三恨其父不肯借银，猛然怒从心上起，对兄道："休怪弟太毒，可恨韩某无礼，今乘此时四下无人，谋害此子以雪不借贷之根。"许二道："由弟所为，只宜谨密。"许三取利斧一把，劈头砍下，命丧须臾。搜检身上藏有碎银数两，尽劫剥而去，弃尸于途中。

当地岭下是一村人家，内有张一者，原是个木匠，其住房后面便是兴田驿。张木匠因要往城中造作，趁早出门，正值五更初天，携了器具，行至半岭，忽见一死尸倒在途中，遍体是血。张木匠吃了一惊道："今早出门不利，待回家明日再来吧。"抽身回去。及午后韩定得知来认时，正是韩顺，不胜痛哭，遂集邻里验看，其致命处乃是斧痕。跟随血迹寻究，正及张木匠之家，邻里皆道是张木匠谋杀无疑，韩亦信之，即捉其夫妇解官首告。本官审勘邻证，合口指说木匠谋死，木匠夫妇有口不能分诉，仰天叫屈，哪里肯招？韩定并逼勘问，夫妇不胜拷打，夫妇二人争认。本司官见其夫妇争认，亦疑之，只监系狱中，连年不决。

是时包大尹正承敕旨审决西京狱事，道过潞州，潞州所属官员出郭迎接。包公入潞州公厅坐定，先问有司本处有疑狱否。职官近前禀道："别无疑狱，唯韩某告发张木匠谋杀其子之情，张夫妇各争供招，事有可疑，至今监候狱中，年余未决。"包公听了乃道："不论情之轻重，系狱者动经一年，少者亦有半载，百姓何堪？或当决者即决，可开者即放之。都似韩某一桩，天下能有几罪犯得出？"职官无言，怀惭而退。次日，包公换了小帽，领二公人自入狱中，见张木匠夫妇细问之。张木匠悲泣呜咽，将前情诉了一遍。包公想："被谋之人，不合头上砍一斧痕，且血迹又落你家，今何不甘服？必有缘故，须再勘问。"次日，又提审问，一连数次，张木匠所诉皆如前言。正在疑惑间，见一小孩童手持一帕饭送来与狱卒，连说几句私语，狱卒点头应之。包公即问狱卒："适那孩童与你说什么话？"狱卒不敢直对，乃道："那孩童报道，小人家下有亲戚来到，令今晚早些回家。"包公知其诈，径来堂上，发遣左右散于两廊，呼那孩童入后堂，吩咐门子李十八取四十文钱与之，便问："适见狱卒有何话说？"孩童乃是乳臭不雕之子，口快，直告道："今午出东街，遇二人在茶店里坐，见我来，用手招入店内，那人取过铜钱五十文与我买果子吃，却教我狱中探访，今有什么包丞相审勘张木匠，看其夫妇何人承认。是此缘故，别无他事。"包公即唤张龙、赵虎吩咐道："你同这孩子前往东街茶店里，捉得那二人来见我。"张、赵领命，便跟孩童到东街茶店里拿人，正值许二兄弟在那里候孩童回报，张、赵抢进，登时捉住，解入公厅。包公便喝道："你谋死人，奈何要他人偿命？"初则许二兄弟还抵赖不肯认，包公令孩童证其前言，二人惊骇，不能隐瞒，供出谋杀情由。及拘韩定问之，韩定方悟当日许二来借银两不允，致恨之由。包公审决明白，遂将许二兄弟偿命；放张木匠夫妇回家。民自此冤能伸矣。

妓饰无异

话说扬州离城五里，地名吉安乡，有一人姓谢名景，颇有些根基。养一子名谢幼安，娶得城里苏明之女为媳。苏氏过门后甚是贤惠，大称姑意。忽一日，苏氏有房侄苏宜来其家探亲，谢幼安以为无赖之徒，颇怠慢之，宜怀恨而去。未过半月间，幼安往东乡看管耕种，路远不能回家。是夜，有贼李强闻知幼安不在家，乘黄昏入苏氏房中躲伏。将及半夜，盗取其妇首饰，正待开房门走出，被苏氏知觉，急忙喊叫有贼，李强惧怕被捉，抽出一把尖刀，刺死苏氏而去。

比及天明，谢景夫妇起来，见媳妇房门未闭，乃问："今日尚早，缘何就开了房门？"唤声不应，其姑进房问之，见死尸倒在地下，血污满身。大叫道："祸哉！谁人入房中杀死媳妇，偷取首饰而去？"谢景听了，慌张无措，正不知贼是谁人。及幼安庄上回来，不胜悲哀，父子根勘杀人者，十数日不见下落，乡里亦疑此事。苏家不明，只道婿家自有缘故，假指被盗所杀。苏宜深恨往日慢他之仇，陈告于刘大尹处，直告谢某欲淫其媳，不从，杀之以灭口。刘大尹拘得谢景来衙勘之，谢某直诉以被盗杀死夺去首饰之情。及刘大尹再审邻里，都道此事未必是盗杀。刘大尹又问谢景道："宁有盗杀人而妇不喊，内外并无一人知觉？此必是你谋死，早早招认，免受刑法。"谢景不能辩白，唯叫冤枉而已。刘大尹用长枷监于狱中根究，谢景受刑不过，只得诬服。虽则案卷已成而终未决。将近一年，适包公按行郡邑，来到扬州，审决狱囚。幼安首陈告父之枉情，包公复卷再问，谢景所诉与前情无异，知其不明，吩咐禁卒散疏谢景之狱，三五日当究下落。

却说李强既杀谢家之妇，得其首饰，隐埋未露，恶心未休。在城有姓江名佐者，极富之家，其子荣新娶，李强因乘人杂时潜入新妇房中，隐伏床下，伺夜深行盗。不想是夜房里明烛到晓，三夜如此。李强动作不得，饥困已甚，只得奔出，被江家众仆捉之，乱打一顿，商议次日解到刘衙中拷问。李强道："我未尝盗得你物，被打极矣，若放我不首官，则两下无事；若送到官，我自有话说。”江惧其诈，次日不首于本司，径解包衙。包公审之，李道：“我非盗也，乃是医者，被他诬执到此。”包公道：“你既不是盗，缘何私入其房？”李道：“彼妇有僻疾，令我相随，常为之用药耳。”包公审问毕，私忖道：女家初到，纵有僻疾，亦当后来，怎肯令他同行？此人相貌极恶，必是贼矣。包公根究，那李强辩论妇家事体及平昔行藏与包公知之。及包公私到江家，果与李盗所言同。包公又疑盗若初到其家，则妇家之事焉能得知详细；若与新妇同来，彼又不执为盗。思之半晌，乃令监起狱中。退后堂细忖此事，疑此盗者莫非潜入房中日久，听其夫妇枕席之语记得来说。遂心生一计，密差军牌一人往城中寻个美妓进衙，令之美饰，穿着与江家媳妇无异。次日升堂，取出李强来证。那李强只道此妇是江家新妇，乃呼妇小名道：“是你请我治病，今反执我为盗！”妓者不答，公吏皆掩口而笑。包公笑道：“强贼，你既平日相识，今何认妓为新妇？想往年杀谢家妇亦是汝矣！”即差公牌到李贼家搜取。公牌去时，搜至床下有新土，掘之，有首饰一匣，拿来见包公。包公即召幼安来认，内中拣出几件首饰乃其妻苏氏之物。李强惊服，不能抵隐，遂供招杀死苏氏之情及于江家行盗，潜伏三昼夜奔出被捉情由。审勘明白，用长枷监入狱中，问成死罪；复杖苏宜诬告之罪，谢景出狱得释。人称神异。

辽东军

话说广州肇庆府，陈、邵二姓最为盛族。陈长者有子名龙，邵秀有子名厚。陈郎聪俊而贫，邵郎奸猾而富，二人幼年同窗读书，皆未成婚。城东刘胜原是宦族，有女惇娘聪敏，一闻父说便晓大意，年方十五，诗、词、歌、赋件件皆通，远近争欲求聘。一日，其父与族兄商议道：“惇娘年已及笄[①]，来议亲者无数，我欲择一佳婿，不论其人贫富，不知谁可以许否？”兄答道：“古人择姻唯取婿之贤行，不以贫富而论。在城陈长者有子名龙，人物轩昂，勤学诗书，虽则目前家寒，谅此人久后必当发达。贤弟不嫌，我当为媒，作成这段姻缘。”胜道：“吾亦久闻此人，待我回去商议。”即辞兄回家，对妻张氏说将惇娘许嫁陈某之事。张氏答道：“此事由你主张，不必问我。”胜道：“你须将此意通知女儿，试其意向如何。”父母遂把适陈氏之事道知。惇娘亦闻其人，口虽不言，心深慕之矣。未过一月，邵宅命里妪来刘家议亲，刘心只向陈家，推托女儿尚幼，且待来年再议。里妪去后，刘遣族兄密往陈家通意，陈长者家贫不敢应承。刘某道："吾弟以令郎才俊轩昂，故愿以女适从，贫富非所论，但肯许允，即择日过门。"陈长者遂应允许亲。刘某回报于弟，胜大喜，唤着裁缝即为陈某做新衣服数件，只待择取吉日送女惇娘过门。

是时，邵某听知刘家之女许配陈子，深怀恨道："是我先令里妪议亲，却推女年幼，今便许适陈家。"此耻不忿，心想寻个事端陷他。次日忖道：陈家原是辽东卫军，久失在伍，今若是发配，正应陈长者之子当行，除究此事，使他不得成婚。遂具状于本司，告首陈某逃军之由。官府审理其事，册籍已除军名，无所根勘，将停其讼。邵秀家富有钱，上下买嘱，乃拘陈某听审。陈家父子不能辩理，军批已出，陈龙发配远行，父子相抱而泣。龙道："遭值不幸，家贫亲老，今儿有此远役，父母无依，如何放心得下？"长者道："虽则我年迈，亲戚尚有，旦暮必来看顾；只你命愆，未完刘家之亲，不知此去还有相会日否？"龙道："儿正因此亲事致恨于仇家，今受这大祸，亲事尚敢望哉？"父子叹气一宵。次日，龙之亲戚都来赠行，龙以亲老嘱托众人，径辞而别。

比及刘家得知陈龙遭配之事，吁嗟不已。惇娘心如刀割，恨不及陈郎相见一面。每对菱花，幽情别恨，难以语人。次年春间，城里大疫，刘女父母双亡，费用已尽，家业凋零，房屋俱卖与他人。惇娘孤苦无依，投在姑娘家居住，姑怜念之，爱如己生。尝有人来其家与惇娘议亲，姑未知意，因以言试道："汝知父母已丧，身无所依，先许陈氏之子，今从军远方，音耗不通，未知是生是死。今女孙青年，何不凭我再嫁一个美郎，以图终身之计？"惇娘听了泣谓姑道："女孙听得，陈郎遭祸本为我身上起，使女儿再嫁他人，是背之不义。姑若怜我，女儿甘守姑家，以待陈郎之转。若倘有不幸，愿结来世姻缘；若要他适，宁就死路，决不相从。"其姑见其烈，再不说及此事。自此惇娘在姑家谨慎守着闺门，不是姑唤，足迹不出堂，人亦少见面。

是年十月，海寇作乱，大兵临城，各家避难迁逃，惇娘与姑亦逃难于远方。次年，海寇平息，民乃复业。比及惇娘与姑回时，厅屋被寇烧毁，荒残不堪居住，二人就租平阳驿旁舍安下。未一月，适有宦家子黄宽骑马行至驿前，正值娘在厨炊饮。宽见其容貌秀美，便问左右居人，是谁家之女。有人识者，近前告以城里刘某的女，遭乱寄居在此。宽次日即令人来议亲，惇娘不允，宽以官势压之，务要强婚。其姑惊惧，对惇娘道："彼父为官，若不许嫁，如何能够在此停泊？"

惇娘道："彼要强婚，儿只有死而已。姑且许他待过六十日父母孝服完满，便议过门，须缓缓退之。"姑依其言，直对来议者说知。议亲人回报于宽，宽喜道："便过六十日来娶。"遂停其事。

忽一日，有三个军家行到驿中歇下。二军人炊饭，一军人倚驿栏而坐。适惇娘见之，入对姑道："驿中军人来到，姑试问之从哪里来，若是陈郎所在，亦须访个消息。"姑即出见军人问道："你等是何卫来此？"一军应道："从辽东卫来，要赴信州投文书。"姑听说便道："若是辽东来，辽东卫有陈龙你可识否？"军人听了，即向前作揖道："妈妈何以识得陈龙？"姑氏道："陈龙是妾女孙之夫，曾许嫁之，未毕婚而别，故问及他。"军人道："今女孙可适人否？"姑道："专等陈郎回来，不肯嫁人。"军人忽然泪下道："要见陈某，我便是也。"姑大惊，即入内与惇娘说知。惇娘不信，出见陈龙问及当初事情，陈龙将前事说了一遍，方信是真，二人相抱而哭。二军伙闻其故，齐欢喜道："此千里之缘，岂偶然哉！我二人带来盘费钱若干，即与陈某今宵毕姻。"于是整备酒席，二军待之舍外，陈龙、惇娘并姑三人饮于舍内。酒罢人散，陈龙与惇娘进入房中，解衣就寝，诉其衷情，不胜凄楚。次日，二军伙对陈龙道："君初婚不可轻离，待我二人自去投文书，回来相邀，与惇娘同往辽东，永谐鱼水之欢。"言毕径去。于是陈龙留此舍中。

与惇娘成亲才二十日，黄宽知觉陈某回来，恐他亲事不成，即遣仆人到舍中诱之至家，以逃军扑杀之，密令将尸身藏于瓦窑之中。次日，令人来逼惇娘过门。惇娘忧思无计，及闻丈夫被宽所害，就于房中自缢。姑见救之，说道："想陈郎与你只有这几日姻缘，今已死矣，亦当绝念嫁与贵公子便了，何用自苦如此？"惇娘道："女儿务要报夫之仇，与他同死，怎肯再嫁仇人？"其姑劝之不从，正没奈何，忽驿卒报，开封府包大尹委任本府之职，今晚来到任上，准备迎接。惇娘闻之，谢天谢地，即具状迎包公马头呈告。

包公带进府衙审实惇娘口词，惇娘悲哭，将前情之事逐一诉知。包公即差公牌拘黄宽到衙根究，黄宽不肯招认。包公想道："既谋死人，须得尸首为证，彼方肯服；若无此对证，怎得明白？"正在疑惑间，忽案前一阵狂风过，包公见风起得怪异，遂喝一声道："若是冤枉，可随公牌去。"道罢，那阵风从包公座前复绕三回，那值堂公牌是张龙、赵虎，即随风出城二十里，直旋入瓦窑里而没。张龙、赵虎入窑中看时，有一男子尸身，面色未变，乃回报包公。包公令人抬得入衙来，令惇娘认之。惇娘一见认得是丈夫尸身，痛哭起来。验身上伤痕，乃是被黄宽捉去打死之伤。包公再提严审，黄宽不能隐，遂招服焉。叠成文卷，问宽偿命，追钱殡葬，付惇娘收管；复根究出邵秀买嘱吏胥陷害之情，决配远方充军；惇娘令亲人收领，每月官给库银若干赡养度日，以便养活，终身守节，以全其烈志。

【注释】

①笄（jī）：指女子十五岁成年。

岳州屠

话说岳州离城二十里，地名平江，有个张万，有个黄贵，二人皆宰屠为生，结交往来，情好甚密。张万家道不足，娶妻李氏，容貌秀俊。黄贵有钱，尚未有室。一日，张万生辰，黄贵持果酒来贺，张万欢喜，留待之，命李氏在旁斟酒。黄贵目视李氏，不觉动情，怎奈以嫂呼之，不敢说半句言语。至晚辞回，夜间想着李氏之容，睡不成寝。挨到五更，心生一计，准备五六贯钱，侵早来张万家叫门。张万听得黄贵声音，起来开了门接入，问道："贤弟有甚事来我家这早？"黄贵笑道："某亲戚有几个猪，约我去买，恐失其信，特来邀兄同去，若有利息，当共分之。"张万甚喜，忙叫妻子起来入厨内备些早食。李氏便暖一瓶酒，整些下饭，出来见黄贵道："难得叔叔早到寒舍，当饮一杯，以壮行色。"黄贵道："惊动嫂嫂，万勿见罪。"遂与张万饮了数杯而行。天色尚早，赶到龙江，日出晌午。黄贵道："已行三十余里，肚中饥饿，兄先往渡口坐着，待小弟前村沽买一瓶便来。"张万应诺，先往渡口去了。须臾间，黄贵持酒来，有意算计，他一连劝张兄饮了数杯，又无下酒的，况行路辛苦，一时昏沉醉倒。黄贵看得前后无人，腰间拔出利刀，从张万胁下刺入，鲜血喷出而死。黄贵将尸抛入江中，尸沉。匆忙走回见李氏道："与兄前往亲戚家买猪，不遇回来。"李氏问道："叔叔既回，兄缘何不同回？"黄贵道："我于龙江口相别而回，张兄说要往西庄问信，想必就回。"言罢而去。

李氏在家等到晚边，不见其夫回来，自觉心下惶惶。过三四日，杳无音信，李氏愈慌，正待叫人来请黄贵问个端的，忽黄贵慌慌张张走来道："尊嫂，祸事到了。"李氏忙问："何故？"黄贵曰："适间我往庄外走一遭，遇见一起客商来说，龙江渡有一人溺水身死。我听得往看之，族中张小一亦在，果见有尸首浮泊江口，认来正是张兄，胁下不知被甚人所刺，已伤一孔。我同小一看见，移尸上岸，买棺殓之。”李氏听了，痛哭几绝。黄贵假意抚慰，辞别回去。过了数日，黄贵取一贯钱送去与李氏道：“恐嫂嫂日用欠缺，将此钱权作买办。”李氏收了钱，又念得他殡殓丈夫，又送钱物给度，甚感他恩。

才过半载，黄贵以重财买嘱里妪前往张家见李氏道：“人生一世，草茂一春。娘子如此青年，张官人已死日久，终日凄凄冷冷守着空房，何不寻个佳偶再续良姻？如今黄官人家道丰足，人物出众，不如嫁与他成一对好夫妻，岂不美哉！”李氏曰：“妾甚得黄叔叔周济，无恩可报，若嫁他甚好。怎奈往日与我夫相好，恐惹人议论。”里妪笑曰：“彼自姓黄，娘子官人姓张，正当匹配，有何嫌疑？”李氏允诺。里妪回信，黄贵甚是欢喜，即备聘礼迎接过门。花烛之夜，如鱼似水，夫妇和睦，行则连肩，坐则并股，不觉过了十年，李氏已生二子。

时值三月，清明时节，家家上坟挂纸。黄贵与李氏亦上坟而回，饮于房中。黄贵酒醉，乃以言挑其妻曰：“汝亦念张兄否？”李氏凄然泪下，问其故。黄贵笑曰：“本不该对你说，但今十年已生二子，岂复恨我？昔日谋死张兄于江亦是清明之日，不想你今能承我的家。”李氏带笑答曰：“事皆分定，岂其偶然。”其实心下深要与夫报仇。黄贵酒醉睡去，次日忘其所言。李氏候贵出外，收拾衣赀逃回母家，以此事告知兄。其兄李元即为具状，领妹赴开封府首告。包公即差公牌捉黄贵到衙根勘。黄贵初不肯认，包公令人开取张万死尸检验，黄贵不能抵瞒，一一招服。乃判下：谋其命而图其妻，当处极刑，押赴市曹斩首；将黄贵家财尽归李氏，仍旌其门为义妇。后来黄贵二子因端阳竞渡俱被溺死，天报可知。

久　鳏

话说东京有一人，姓赵名能，是个饱学[1]秀才，常自叹曰：“我一生别无所求，只要得一个贤淑老婆，又要美貌，又要清白有名色的人家，又要不论财的人家，又要自己中了进士然后娶。”哪晓得科场论不得才学，午年不中，酉年又不中，因此说亲的虽多，东家不成，西家不就。时光似箭，日月如梭，看看年近三十，终是脚跟如线。这叫做有苦没处说，闷闷而死。见阎君告道：

告为久鳏无妇事：注禄官不通，文字无灵；掌婚司无主，姻牍不明。不知有何得罪，触犯二位大人。无一可意，年近三旬。乞台查究，心冤少伸。上告。

包公看罢曰："偏是秀才家怨天尤人。"赵能曰："不是赵某怨天尤人。语有云：不得其平物自鸣。每见阳世举人、进士，文理不通的尽有，文理颇通的，屡试不第。又见痴呆汉子多有娇妻美妾，轩昂丈夫反致独守空房，哪得教人不怨？"包公曰："阳间有亏人的官，阴间没有亏人的理。福禄姻缘，天生注定，怨恨也是徒然。"赵能曰："阴司没有亏人的理，但如赵某这样一个人，也不合到吃亏田地。或恐衙门人役作弊多端，就如阳间一样的，因此教赵某这般零落，乞大人唤掌婚司查检明白。"包公曰："我最可恶见衙蠹[②]作弊，秀才所言有理。"即着鬼吏请掌婚司来到。掌婚司曰："案牍上并无赵能名字。"包公曰："哪有这样事？"再请注禄司来查。注禄司曰："册籍上并无赵能名字。"包公心下生疑，口中叫怪道："天下有这样事！阳间弊窦[③]多端，阴司一发不好。"满堂官吏各面面相视，不知如何。包公曰："案牍也拿来我看，册籍也拿来我看。"二司各各上呈，看时，并无改易情由。包公又问赵能曰："你将诞生的年月日时写上来。"赵能一一写呈，包公遂将年月日时查对，二司簿上只有朱能名字，与赵能同年同月同日同时。包公心上明白，遂将赵能带在一边，送二司去讫。登时奏知天曹，恐朱能或是赵能。天曹传旨：赵能改作朱能，当连科及第，入赘王相国之女。包公接了，即批道：

审得目前未遇之赵能，即将来连科之朱能也。因数奇而执中，遂一诉而两事。文字无灵，发达有迟早之异；案牍不明，姻缘有配合之巧。三十有室，古之道乎；四十发科，未为晚也。不得抱怨冥间[④]，致阴官有不公之号；合行再往阳世，见大材无终屈之时。改姓重生，久鳏莫怨。

批完，放回阳间，后果一一如其言。

【注释】

①饱学：学识丰富。

②蠹（dù）：泛指为害之物。

③弊窦：产生弊害的漏洞。

④冥间：阴间。

绝　嗣

话说东京城内有个张柔，颇称行善，临老无子；城外有个沈庆，种种作恶，盗跖[①]无异，倒有五男二女，七子团圆。因此张柔死得不服，到阎君处呈一状词，告道：

告为绝嗣不宜事：谚云：积德多嗣。经云：为善有后。理所当然，事有必至。某三畏存心，四知质鬼；不敢自附善门，庶几可免恶行。年老无嗣，终身遗恨；乞查前数，辨明后事。上告。

包公看罢道："哪有为善的反致绝嗣之理，毕竟你祖父遗下冤孽。到司善簿上查来。"鬼吏查报，善簿上并无张柔名字；包公命再司恶簿上查来，鬼吏查报，恶簿上有张柔名字，三代祖张异，过恶多端，因该绝嗣。包公曰："你虽有行善好处，掩不得祖宗之恶，你莫怪天道不平。"张柔曰："如何像沈庆这样作恶，反生七子？"包公曰："也与他查来。"鬼吏报曰："沈庆一生作恶，应该绝嗣；只因他三代祖宗俱是积德的，因此不绝其后。"包公曰："正是积善之家，必有余庆；积不善之家，必有余殃。大凡人家行善，必有几代善，方叫作积善；几代行不善，方叫作不善。岂谓天道真无报应，远在儿孙近在身。张柔你一生既行得几件善，难道就没有报应于你？发你来世到清福中享些快活。那沈庆既多为不善，发他转身为畜类，多受刀俎之苦。"批道：

审得：子孙乃祖宗继述之所赖，祖宗亦子孙绵衍之所托。故瓜瓞[②]延于始祖，麟趾[③]发其征祥。于公之门必大，王氏之荫自垂。是以三代积善，方许后世多嗣。一念之至孝，不及改稔恶之堂构；数端之微善，何能昭象贤之尝及？虽非诬告，亦属痴想。在生无应，转世再报。

批完，发去讫。

【注释】

①盗跖（zhí）：盗贼或盗魁的代称。

②瓜瓞（dié）：子孙繁衍，相继不绝。

③麟（lín）趾：麟足。

耳畔有声

话说开封府城内一个仕宦人家，姓秦字宗佑，排行第七，家道殷富，娶城东程美之女为妻。程氏德性温柔，治家甚贤，生一子名长孺。十数年，程氏遂死，宗佑痛悼不已。忽值中秋，凄然泪下，将及半夜，梦见程氏与之相会，语言若生。相会良久，解衣并枕，交欢之际若在生无异。云收雨散，程氏推枕先起，泣辞宗佑曰："感君之恩，其情难忘，故得与君相会。妾他无所嘱，吾之最怜爱者，唯生子长孺，望君善抚之，妾虽在九泉亦瞑目矣。"言罢径去。宗佑正待挽留之，惊觉来却是梦中。次年宗佑再娶柳氏为妻，生一子名次孺。柳氏本小户人家出身，性甚狠暴，宗佑颇惧之。柳氏每见己子，则爱惜如宝；见长孺则嫉妒之，日夕打骂。长孺自知不为继母所容，又不敢与父得知，以此栖栖无依，时年已十五。一日，宗佑因出外访亲，连日不回，柳氏遂将长孺在暗室中打死，吩咐家下俱言长孺因暴病身死，遂葬之于城南门外。逾数日，宗佑回家，柳氏故意佯假痛哭，告以长孺病死已数日，今葬在城南门外。宗佑听得，因思前妻之言，悲不自胜，亦知此子必死于非命，但含忍而不敢言。

却说一日，包公因三月间出郊外劝农，望见道旁有小新坟一所，上有纸钱霏霏，包公过之，忽闻身畔有人低声曰："告相公，告相公。"连道数声，回头一看，又不见人。行数步，又复闻其声，至于终日相随耳畔不歇。及回来又经过新坟，听其愈明。包公细思之：必有冤枉。遂问邻人里老："此一座新坟是谁家葬的？"里老回曰："是城中秦七官人近日死了儿子，葬在此间。"包公遂令左右就与里老借锄头掘开，将坟内小儿尸身检验，果见身上有数伤痕。包公回衙，便差公人唤秦宗佑理究其事因。宗佑供是前妻程氏生男名长孺，年已十五，前日我因出外访亲回来，后妻柳氏告以长孺数日前急病而死，现葬在南门外。包公知其意，又差人唤柳氏至，将柳氏根勘，长孺是谁打死？柳氏曰："因得暴症身死。"不肯招认。包公拍案怒曰："彼既病死，缘何遍身尽是打痕？分明是你打死他，还要强赖！"吩咐用刑。柳氏自知理亏，不得已将打死长孺情由尽以招认。包公判曰："无故杀子孙，合问死罪。"遂将柳氏依条处决；宗佑不知情，发回宁家。此案可为后妻杀前妻子者榜样。

手牵二子

话说江州德化有一人，姓冯名叟，家颇饶裕。其妻陈氏，美貌无子，侧室卫氏，生有二子。陈氏自思己无所出，诚恐一旦色衰爱弛。每存妒害，无衅可乘。一日，冯叟欲置货物往四川买卖，临行吩咐陈氏，善视二子。陈氏假意应允。后至中秋，陈氏于南楼设下一宴，召卫氏及二子同来会饮。陈氏先把毒药放在酒中，举杯嘱托卫氏曰："我无所出，幸汝有子，家业我当与汝相共。他日年老之时，皆托汝母子维持，此一杯酒，预为我日后意思。"卫氏辞不敢当，于是痛饮尽欢而罢。是夜药发，卫氏母子七孔流血，相继而死。时卫氏年二十五岁，长子年五岁，次子三岁。当时亲邻大小莫知其故，陈氏乃诈言因暴病而死，闻者无不伤感。陈氏又诈哭甚哀，以礼葬埋。却说冯叟在外，一日忽得一梦，梦见卫氏引二子泣诉其故。意欲收拾回家，奈因货物未脱，不能如愿。且信且疑，闷闷不悦。

将及三年后，适值包公按临其地，下马升厅，正坐间，忽然阶前一道黑气冲天，须臾不见天日，包公疑必有冤。是夜点起灯烛，包公困倦，隐几而卧。夜至三更，忽见一女子，生得仪容美丽，披头散发，两手牵引二子，哭哭啼啼，跪在阶下。包公问道："你这妇人居住何处？姓甚名谁？手牵二子到此有何冤枉？一一道来，我当与汝伸雪。"女子泣道："妾乃江州卫氏母子。因夫冯叟往四川经商，正母陈氏中秋置酒，毒杀妾母子三人，冤魂不散。幸蒙相公按临，故特哀告，望乞垂怜，代雪冤苦。"说罢，悲泣不已，再拜而退。包公次日即唤公差拘拿陈氏审勘道："妾子即汝子，何得生此奇妒，害及三命，绝夫之嗣，莫大之罪，有何分辩？"陈氏悔服无语，包公拟断凌迟处死。

后过二载，冯叟回家，畜一大母彘，一岁生数子，获利几倍。将欲售之于屠，忽作人言道："我即君之妻陈氏也。平日妒忌，杀妾母子，绝君之嗣。虽包公断后，上天犹不肯释妾，复行绝恶之罚，作为母彘。今偿君债将满，未免过千刀之苦。为我传语世上妇人，孝奉公姑，和睦妯娌，勿行妒忌；欺侮妾婢，否则他日之报同我之报也。"远近闻之，俱踵其门观看。

窗外黑猿

话说西京离城五里，地名永安镇，有一人姓张名瑞，家道富足，娶城中杨安之女为妻。杨氏贤惠，治家有法，长幼听从呼令。生一女名兆娘，聪明美貌，针黹[①]精通。父母甚爱惜之，常言："此女须得一佳婿方肯许聘。"十五岁尚未许人。瑞有二仆，一姓袁，一姓雍。雍仆敦厚，袁仆刁诈[②]。一日，因怒于张，被张逐出。袁疑是雍献谗言[③]于主人，故遭遣逐，遂甚恨雍，每想以仇报之。

忽一日，张瑞因庄上回家，感冒重疾，服药不效，延十数日，张自量不保，唤杨氏近前嘱道："我无男子，只有女儿，年已长大，倘我不能好，后当许人，休留在家。雍一为人小心勤谨，家事可托之。"言罢而卒。杨氏不胜哀痛，收殓殡讫，作完功果后，杨氏便令里妪与女儿兆娘议亲。女儿闻知，抱母大哭道："吾父死未周年，况女无兄弟，今便将女儿出嫁，母亲所靠何人？情愿在家侍奉母亲，再过两年许嫁未迟。"母听其言，遂停其事。

时光似箭，日月如梭，张某亡过又是三四个月，家下事务出入，内外尽是雍仆交纳。雍愈自紧密，不负主所托，杨氏总无忧虑。正值纳粮之际，雍一与杨氏说知，整备银两完官，杨氏取银一箧[④]与雍入城，雍一领受待次日方去。适杨氏亲戚有请，杨氏携女同去赴席。袁仆知杨氏已出，抵暮入其家，欲盗彼财物，迳进里面舍房中，撞见雍一在床上打点钱贯，袁仆怒恨起来指道："汝在主人边谗言逐我出去，如今把持家业，其实可恨。"就拔出一把尖刀来杀之，雍一措手不及，肋下被伤，一刀气绝。袁仆收取银箧，急走回来，并无人知。

比及杨氏饮酒而归，唤雍一不见，走进内里寻觅，被人杀死在地。杨氏大惊，哭谓女道："张门何大不幸？丈夫才死，雍一又被人杀死，怎生伸理？"其女亦哭。邻人知之，疑雍一死得不明。时又有庄佃汪某，乃往日张之仇人，告首于洪知县。洪拘其母女及仆婢十数人审问，杨氏哭诉，不知杀死情由。汪指赖其母女与人通奸，雍一捉奸，故被奸夫所杀。洪信之，勘令其招，杨氏不肯诬服，连年不决，累死者数人。其母女被拷打，身受刑伤，家私消乏。兆娘不胜其苦，谓母道："女只在旦夕死矣，只恨无人看顾母亲。此冤难明，当质之于神，母不可诬服招认，以丧名节。"言罢呜咽不止。次日，兆娘果死，杨氏感伤，亦欲自尽，狱中人皆慰劝之，方不得死。

明年，洪已迁去，包公来按西京。杨氏闻之，重贿狱官，得出陈诉。包公根勘其事，拘邻里问之，皆言雍一之死不知是谁所杀；然杨氏母女亦无污行。

包公亦疑之，次日斋戒祷于城隍司道："今有杨氏疑狱，连年不决，若有冤情，当以梦应，我为之决理。"祝罢回衙，秉烛坐于寝室。未及二更，一阵风过，吹得烛影不明，起身视之，仿佛见窗外一黑猿。包公问道："是谁来此？"猿应道："特来证杨氏之狱。包公即开窗看来时，四下安静，杳无人声，不见那猿。沉吟半晌，计上心来。次日侵早升堂，取出杨氏一干人问道："汝家有姓袁人来往否？"杨氏答道："只丈夫在日，有走仆姓袁，已逐于外数年，别无姓袁者。"包公即差公牌拘捉袁仆，到衙勘问。袁仆不肯招认。包公又差人入袁家搜取其物，得箧一个，内有银钱数贯，拿来见包公。包公未及问，杨氏认得是当日付与雍一盛钱完粮之物。包公审得明白，乃问袁道："杀死人者是汝，尚何抵赖？"令取长枷监于狱中根勘。袁仆不能隐，只得供出谋杀情由。包公遂叠成文案，问袁斩罪；汪某诬陷良人，发配辽恶远方充军。遂放出杨氏并一干人回家。人或言其女兆娘发愿先死，诉神白冤之应。

【注释】

①针黹（zhǐ）：缝纫、刺绣等针线活。

②刁诈：狡猾，奸诈。

③谗言：说坏话毁谤人。

④箧（qiè）：小箱子，藏物之具。

港口渔翁

话说扬州有一人姓蒋名奇，表字天秀，家道富实，平素好善。忽一日有一老僧来其家化缘，天秀甚礼待之。僧人斋罢乃道："贫僧山西人氏，削发东京报恩寺，因为寺东堂少一尊罗汉宝像，近闻长者平昔好布施，故贫僧不辞千里而来。"天秀道："此乃小节，岂敢推托！"即令琴童入房中对妻张氏说知，取白银五十两出来付与僧人。僧人见那白银笑道："不要一半完满得此一尊佛像，何用许多？"天秀道："师父休嫌少，若完罗汉宝像以后剩者，作些功果，普度众生。"僧人见其欢喜布施，遂收了花银，辞别出门。心下忖道：适才见那施主相貌，目睚下现有一道死气，当有大灾。彼如此好心，我今岂得不说与他知。即回步入见天秀道："贫僧颇晓麻衣之术，视君之貌，今年当有大厄，慎防不出，庶或可免。”再三叮咛而别。天秀入后舍见张氏道：“化缘僧人没话说的，相我今年有大厄，可笑可笑。”张氏道：“化缘僧人多有见识，正要谨慎。”时值花朝，天秀正邀妻子向后花园游赏，有一家人姓董，是个浪子，那日正与使女春香在花亭上戏耍，天秀遇见，将二人痛责一顿，董仆切恨在心。

才过一月，有一表兄黄美，在东京为通判，有书来请天秀。天秀接得书入对张氏道：“我今欲去。”张氏答道：“日前僧人说君有厄，不可出门，且儿子又年幼，不去为是。”天秀不听，吩咐董家人收拾行李，次日辞妻，吩咐照管门户而别。天秀与董家人并琴童行了数日旱路到河口，是一派水程。天秀讨了船只，将晚，船泊陕湾。那两个艄子一姓陈一姓翁，皆是不善之徒。董家人深恨日前被责，怀恨在心，是夜密与二艄子商议道：“我官人箱中有白银百两，行装衣赀极广，汝二人若能谋之，此货物将来均分。”陈、翁二艄笑道：“汝虽不言，吾有此意久矣。”是夜，天秀与琴童在前舱睡，董家人在后舱睡，将近三更，董家人叫声：“有贼！”天秀梦中惊觉，便探头出船外来看，被陈艄一刀砍下就推在河里；琴童正要走时，被翁艄一棍打落水中。三人打开箱子，取出银子均分。陈、翁二艄依前撑回船去，董家人将财物走上苏州去了。当下琴童被打昏迷，幸得不死，浮水上得岸来，大哭连声。天色渐明，忽上流头有一渔舟下来，听得岸边上有人啼哭，撑舟过来看时，却是十七八岁的小童，满身是水。问其来由，琴童哭告被劫之事。渔翁带他下船，撑回家中，取衣服与他换了，乃问道：“汝还是要回去，还是在此间同我过活？”琴童道：“主人遭难，不见下落，如何回去得？愿随公公在此。”渔翁道：“从容为你访问劫贼是谁，再作理会。”琴童拜谢不提。

再说当夜那天秀尸首流在芦苇港里，隔岸便是清河县，城西门有一慈惠寺。正是三月十五，会作斋事和尚都在港口放水灯，见一尸首，鲜血满面，下身衣服尚在。僧人道：“此必是遭劫客商，抛尸河里，流停在此。”内中有一老僧道：“我等当发慈悲心，将此尸埋于岸上，亦是一场善事。”众僧依其言，捞起尸首埋讫，放了水灯回去。

是时包公因往濠州赈济，事毕转东京，经清河县过。正行之际，忽马前一阵旋风起处，哀号不已。包公疑怪，即差张龙随此风下落。张龙领命随旋风而来，至岸中乃息，张龙回复，包公遂留止清河县。包公次日委本县官带公牌前往根勘，掘开视之，见一死尸，宛然颈上伤一刀痕。周知县检视明白，问：“前面是哪里？”公人回道：“是慈惠寺。”知县令拘僧行问之，皆言：“日前因放水灯，见一死尸流停在港内，故收埋之，不知为何而死。”知县道：“分明是汝众人谋死，尚有何说？”因此令将这一起僧人监于狱中，回复包公。包公再取出根勘，各称冤枉，不肯招认。包公自思：既是僧人谋杀人，其尸必丢于河中，岂肯自埋于岸上？事有可疑。因令散监众僧，将有二十余日，尚不能明。

时四月尽间，荷花盛开，本处仕女有游船之乐。忽一日琴童与渔翁正出河口卖鱼，正遇着陈、翁二艄在船上赏花饮酒，特来买鱼。琴童认得是谋死他主人的，密与渔翁说知，渔翁道：“汝主人之冤雪矣。今包大人在清河县断一狱事未决，留止在此，汝宜即往投告。”琴童连忙上岸，径到清河县公厅中，见包公哭告主人被船艄谋死情由，现今贼人在船上饮酒。包公遂差公牌李、黄二人，随琴童来河口，将陈、翁二艄捉到公厅。包公令琴童去认死尸，回报哭诉：“正是主人，被此二贼谋杀。”包公吩咐重刑拷问。陈、翁二艄见琴童在证，疑是鬼使神差，一款招认明白，便用长枷监于狱中，放回众僧。次日，包公取出贼人，追取原劫银两，押赴市曹斩首讫。当下只未捉得董家人。包公令琴童给领银两，用棺盛了尸首，带丧回乡埋葬。琴童谢了渔翁，带丧转扬州不题。后来天秀之子蒋士卿读书登第，官至中书舍人。董仆得财成巨商，后来在扬子江被盗杀死。天理昭彰[①]，分毫不爽。

【注释】

①昭彰：彰明。

红衣妇

话说江州在城有两个盐侩，皆惯通客商，延接往来之客。一姓鲍名顺，一姓江名玉，二人虽是交契[①]，江多诈而鲍敦厚。鲍侩得盐商抬举，置成大家，娶城东黄亿女为妻，生一子名鲍成，专好游猎，父母禁之不得。一日鲍成领家童万安出去打猎，见潘长者园内树上一黄莺，鲍成放一弹，打落园中。时潘长者众女孙在花园游戏，鲍成着万安入花园拾那黄莺，万安见园中有人，不敢入去。成道：“汝如何不捡黄莺还我？”万安道：“园中有一群女子，如何敢闯进去？待女回转，然后好取。”鲍成遂坐亭子上歇下。及到午边，女子回转去后，万安越墙入去寻那黄莺不见，出来说知，没有黄莺儿，莫非是那一起女子捡得去了？鲍成大怒，劈面打去，万安鼻上受了一拳，打得鲜血迸流，大骂一顿，万安不敢作声，随他回去，亦不对主人说知。黄氏见家童鼻下血痕，问道：“今日令汝与主人上庄去也未曾？”万安不应，黄氏再三问故，万安只得将打猎之事说了一遍。黄氏怒道：“人家养子要读诗书，久后方与父母争气；有此不肖，专好游荡闲走，却又打伤家人。”即将猎犬打死，使用器物尽行毁坏，逐于庄所，不令回家。鲍成深恨万安，常要生个恶事捏他，只是没有机会处，忍在心头不提。

却说江侩虽亦通盐商，本利折耗，做不成家。因见鲍侩富豪，思量要图他金银。一日，忽生一计，前到鲍家叫声：“鲍兄在家否？”适鲍在外归来，入见江某，不胜之喜，便令黄氏备酒待之。江、鲍对饮，二人席上正说及经纪间事，江某大笑：“有一场大利息，小弟要去，怎奈缺少银两，特来与兄商议。”鲍问：“甚事？”江答以苏州巨商有绫锦百箱，不遇价，愿贱售回去。此行得百金本，可收其货，待价而沽[②]，利息何啻百倍。鲍是个爱财的人，欢然许他同去，约以来日在江口相会，江饮罢辞去。鲍以其事与黄氏说知，黄氏甚是不乐，鲍某意坚难阻，即收拾百金，吩咐万安挑行李后来。

次日清早，携金出门，将到江口，天色微明。江某与仆周富并其侄二人，备酒先在渡上等候，见鲍来即引上渡。江道：“日未出，雾气弥江，且与兄饮几杯开渡。”鲍依言不辞，一连饮了十数杯早酒，颇觉醉意。江某务劝多饮，鲍言：“早酒不消许多。”江怨道：“好意待兄，何以推故？”即袖中取出秤锤击之，正中鲍顶，昏倒在渡。二侄迳进缚杀之，取其金，投尸入江回来。比及万安挑行李到江口，不见主人，等到日午问人，皆道未来。万安只得回去见黄氏道：“主人未知从哪条路去，已赶他不遇而回。”黄氏自觉不快。

过了三四日，忽报江某已转，黄氏即着人问之。江某道：“那日等候鲍兄来，等了半日不见来，我自己开船而去。”黄氏听了惊慌，每日令人四下寻访，并无消息。鲍成在庄上闻知，忖道：此必万安谋死，故挑行李回来瞒过。即具状告于王知州，拘得万安到衙根问。万安苦不肯招，鲍成立地禀复，说是积年刁仆，是他谋死无疑。王知州信之，用严刑拷问，万安受苦不过，只得认了谋杀情由，长枷监入狱中，结案已成。是冬，仁宗命包公审决天下死罪，万安亦解东京听审。问及万安案卷，万安悲泣不止，告以前情。包公忖道：白日谋杀人，岂无见知者？若劫主人之财，则当远逃，怎肯自回？便令开了长枷，散监狱中。密遣公牌李吉吩咐：“前到江州鲍家访查此事，若有人问万安如何，只说已典刑了？”李吉去了。

且说江某得鲍金，遂致大富。及闻万安抵命，心常恍惚，唯恐发露。忽夜梦一神人告道："你得鲍金致富，屈他仆抵命，久后有穿红衫妇人发露此事，你宜谨慎。"江梦中惊醒，密记心下。一月余，果有穿红衫妇人，遣钞五百贯来问江买盐。江明白在心，迎接妇人到家，厚礼待之。妇人道："与君未相识，何蒙重敬？"江答道："难得娘子下顾，有失款迎，若要盐便取好的送去，何用钱买？"妇人道："妾夫在江口贩鱼，特来求君盐腌藏，若不受价，妾当别买。"江只得从命，加倍与盐。妇人正待辞行，值仆周富捧一盆秽水过来，滴污妇人红衣，妇人甚怒，江赔小心道："小仆失手，万乞赦宥[3]，情愿偿衣资钱。"妇人犹怀恨而去。江怒将仆缚之，挞[4]二日才放。

周富痛恨在心，迳来鲍家，见黄氏报说某日谋杀鲍顺的事。黄氏大恨，正思议欲去首告，适李吉入见黄氏，称说自东京来，缺少路费，冒进尊府，乞觅盘缠。黄氏便问："你自东京来，可闻得万安狱事否？"李吉道："已处决了。"黄氏听了，悲咽不止。李吉问其故，黄氏道："今谋杀我夫者已明白，误将此人抵命了。"李吉不隐，乃直告包公差人访查之缘由。黄氏取过花银十两，令公人带周富连夜赴东京来首告前情。包公审实明白，随遣公牌到江州，拘江玉一干人到衙根勘。江不能抵瞒，一一招认，用长枷监于狱中，定了案卷，问江某叔侄三人抵命，放了万安。追还百金，给一半赏周富回去，鲍顺之冤始雪。

【注释】

①交契：交情；情谊。

②待价而沽（gū）：等有好价钱才卖。

③宥（yòu）：宽容，饶恕，

④挞（tà）：用鞭子、棍子等打人。

乌盆子

话说包公为定州守日，有李浩者，扬州人，家私巨万，前来定州买卖。去城十余里，饮酒醉甚，不能行走，倒在路中睡去。至黄昏，有丁千、丁万，见李浩身畔资财，乘醉扛去僻处，夺其财物有百两黄金，二人平分之，归家藏下。二人又相议道："此人酒醒不见了财物，必去定州告状，不如将他打死，以绝其根。”即将李浩打死，扛抬尸首入窑门，将火烧化。夜后，取出灰骨来捣碎，和为泥土，烧得瓦盆出来。

后定州有一王老，买得这乌盆子将盛尿用之。忽一夜，起来小解，不觉盆子叫屈道：“我是扬州客人，你如何向我口中小便？”王老大惊，遂点起灯来问道：“这盆子，你若果是冤枉，请分明说来，我与你伸雪。”乌盆遂答道：“我是扬州人姓李名浩，因去定州买卖，醉倒路途，被贼人丁千、丁万夺了黄金百两，并杀了性命，烧成骨灰，和为泥土，做成这盆子。有此冤枉，望将我去见包太守。”王老听罢悚然。

过了一夜，次日，遂将这盆子去府衙首告。包公问其备细，王老将夜来瓦盆所言诉说一遍。包公随唤手下将瓦盆拾进阶下问之，瓦盆全不答应。包公怒道：“这老儿将此事诬惑官府。”责令出去。王老被责，将瓦盆带回家下，怨恨不已。夜来盆子又叫道：“老者休闷，今日见包公，为无掩盖，这冤枉难诉。愿以衣裳借我，再去见包太守，待我一一陈诉，决无异说。”

王老惊异，不得已，次日又以衣裳掩盖瓦盆，去见包太守说知其情。包公亦勉强问之，盆子诉告前事冤屈。包公大骇，便差公牌唤丁千、丁万。良久，公差押二人到，包公细问杀李浩因由，二人诉无此事，不肯招认。包公令收入监中根勘，竟不肯服。包公遂差人唤二人妻来根问之，二人之妻亦不肯招。包公道：“你二人之夫将李浩谋杀了，夺去黄金百两，将他烧骨为灰，和泥作盆。黄金是你收藏了，你夫分明认着，你还抵赖什么？”其妻惊恐，遂告包公道：“是有金百两，埋在墙中。”包公即差人押其妻子回家，果于墙中得之，带见包公。包公令取出丁千、丁万问道：“你妻子却取得黄金百两在此，分明是你二人谋死李浩，怎不招认？”二人面面相视，只得招认了。包公断二人谋财害命，俱合死罪，斩讫；王老告首得实，官给赏银二十两；将瓦盆并原劫之金，着令李浩亲族领回葬之。大是奇异。

牙簪插地

却说包公任南直隶巡按时，池州有一老者，年登八旬，姓周名德，性极风骚，心甚狡伪。因见族房寡妇罗氏，貌赛羞花，周德意欲图奸，日日来往彼家，窥调稔熟。罗氏年方少艾，被德牵动。适一日，彼此交言偷情，相约深夜来会。

是夜罗氏见德来至，遂引就榻，共效鸳鸯，倏尔[1]年余，亲邻皆知。罗氏夫主亲弟周宗海屡次微谏不止，只得具告于包公。

包公看状，暗自忖度：八旬老子气衰力倦，岂有奸情？遂差张龙先拿周德到厅鞫拷。德泣道："衰老就死，唯恐不瞻，岂敢乱伦犯奸，乞老爷详情。"包公愈疑，将德收监后，差黄胜拘罗氏到厅勘究，罗氏哭道："妾寡居，半步不出，况与周德有尊卑内外之分，并不敢交谈，岂有通奸情由？老爷详情。"这二人言诉如一，甘心受刑，不肯招认。包公闷闷不已，退入后堂，茶饭不食。其嫂汪氏问及叔何故不食，包公应道："小叔今遇这场词讼，难以分剖，故此纳闷忘食。"汪氏欲言不便，即将牙簪插地，谕叔知之。包公即悟，随升堂差人去狱中取出周德、罗氏来问，唤左右将此二人捆打，大喝道："老贼无知，败丧纲常，死有余辜！"又指罗氏大骂："泼妇淫乱，分明与德通奸，还要瞒我？"包公急令拿拶棍二副，把周德、罗氏拶起，各棒二百。那二人受刑不过，只得将通奸情由，从实供招。包公将周德、罗氏二人各杖一百，赶周德回家。牌唤周宗海到，押罗氏别嫁，周宗海领罗氏去讫。伦法肃然。

【注释】

①倏（shū）尔：迅疾的样子。

绣履埋泥

话说离开封府四十五里，地名近江。隔江有姓王名三郎者，家颇富，惯走江湖，娶妻朱娟，貌美而贤，夫妻相敬如宾。一日，王三郎欲整行货出商于外，朱氏劝夫勿行，三郎依其言，遂不思远出，只在本地近处做些营生。

时对门有姓李名宾者，先为府吏，后因事革役，性最刁毒，好色贪淫，因见朱氏有貌，欲与相通不能。忽一日，侵早见三郎出门去了，李宾装扮整齐，径入三郎舍里，叫声："王兄在家否？"此时朱氏初起，听得有人叫，问道："是谁叫三郎？早已上庄去了。"李宾直入内里见朱氏道："我有件事特来相托，未知即回么？"朱氏因见李宾往日邻居不疑，乃道："彼有事未决，日晚方回。"李宾见朱氏云鬟半偏，启露朱唇，不觉欲心火动，用手扯住朱氏道："尊嫂且同坐，我有一事告禀，待王兄回时，烦转达知。"朱氏见李宾有不良之意，劈面叱之道："汝为堂堂六尺之躯，不分内外，白昼来人家调戏人妻，真畜类不如。"言罢入内去了，李宾羞脸难藏而出。回家自思：倘或三郎回来，彼妻以其事说知，岂不深致仇恨？莫若杀之以泄此忿。即持利刃复来三郎家，正见朱氏倚栏若有所思之意，宾向前怒道："认得李某么？"朱氏转头见是李宾，大骂道："奸贼缘何还不去？"李宾抽出利刃，望朱氏咽喉刺入，即时倒地，鲜血迸流，可怜红粉佳人，化作一场春梦。李宾脱取朱氏绣履走出门外，并刀埋于近江亭子边不提。

再说朱氏有族弟念六，惯走江湖，适值船泊江口，欲上岸探望朱氏一面。天晚行入其家，叫声无人答应，待至房中，转过栏杆边，寂无人声。念六随复登舟，觉其脚下履湿，便脱下置火上焙干。其夜，王三郎回家，唤朱氏不应，及进厨下点起灯照时，房中又未曾落锁。三郎疑惑，持灯行过栏杆边，见杀死一人倒在地下，血流满地，细观之，乃其妻也。三郎抱起看时，咽喉下伤了一刀，大哭道："是谁谋杀吾妻？"次日，邻里闻知来看，果是被人所杀，不知何故。邻人道："门外有一条血迹，可随此血迹去寻究之，便知贼人所在。"三郎然其言，集众邻里十数人，寻其脚迹而去，那脚迹直至念六船中而止。三郎上船捉住念六骂道："我与你无冤无仇，为何杀死吾妻？"念六大惊，不知所为何事，被三郎捆到家，乱打一顿，解送开封府陈告。包公审问邻里、干证，皆言谋杀人，血迹委实在他船中而没。包公根勘念六情由，念六哭道："我与三郎是亲戚，抵暮到他家，无人即回。履上沾了血迹，实不知杀死情由。"包公疑忖道：既念六杀人，不当取妇人履去。搜其船上，又无利器，此有不明之理。"令将念六监入狱中。遂生一计，出榜文张挂："朱氏被人所谋，失落其履，有人捡得者，重赏官钱。"过一月间并无消息。

忽一日，李宾饮于村舍，村妇有貌，与宾通奸，饮至酒后，乃对妇道："看你有心待我，我当以一场大富赐你。"妇笑道："自君常来我家，何曾用半文钱？有甚大富，你自取之，莫要哄我。"李宾道："说与你知，若得赏钱，那时再来你家饮酒，岂不奉承着我。"妇问其故，李宾道："那日王三郎妻被人杀死，陈告于开封府，将朱念六监狱偿命，至今未决。包大尹榜文张挂：如若有人捡得被杀妇人的履来报，重赏官钱。我正知其绣履下落，今说你知，可令你丈夫将去领赏。"妇道："履在何处你怎知之？"李宾道："日前我到江口，见近江边亭子旁似乎有物，视之却是妇人之履并刀一把，用泥掩之，想必是被谋妇人的履。"村妇不信，及宾去后，密与丈夫说知。村民闻知，次日径到江口亭子边，掘开新泥，果有妇人绣履一双，刀一把，忙取回家见妇。其妇大喜，所谓宾言得实，令其夫即将此物来开封府见包公。

包公问:“从何处得来？”村民直告以近江亭子边得来，埋在泥土中。包公问:“谁教汝在此寻觅？”村民不能隐，直告道：“是妻子说知。”包公自忖道：其妇必有缘故。乃笑对村民道：“此赏钱合该是你的。”遂令库官给出钱五十贯赏给村民。村民得钱，拜谢而去。包公即唤公牌张、赵近前，密吩咐道：“你二人暗随此村民，至其家察访，若遇彼妻与人在家饮酒，即捉来见我。”公牌领命而去。

却说村民得了赏钱，欣然回家，见妻说知得赏的事。其妇不胜之喜，与夫道:“今我得此赏钱，皆是李外郎之恩，可请他来说知，取些分他。”村民然其言，即往李宾家请得他来。那妇人一见李宾，笑容满面，越发奉承，便邀入房中坐定，安排酒浆相待，三人共席而饮。那妇道:“多得外郎指教，已得赏钱，当共分之。”李宾笑道：“留在汝家做酒，余者当歇钱。”那妇大笑起来。两个公人直抢进房中，将李宾并村妇捉了，解衙内禀知妇人酒间与李宾所言之事。包公便问妇人:“你何以知得被杀妇人埋履所在？”妇人惊惧，直告以李宾所教。包公审问李宾，宾初则还不肯招认，后被重刑拷打，只得供出谋杀朱氏真情。于是再勘村妇李宾因何来汝家之故，村妇难抵，亦招出往来通奸情由。包公叠成文卷，问李宾处决；配村妇于远方。念六之冤方释，闻者无不快心。

虫蛀叶

话说河南开封府新郑县，有一人姓高名尚静者，家有田园数顷，男女耕织为业，年近四旬，好学不倦。然为人不善修饰，言行举止异常，衣虽垢弊不浣[1]，食虽粗粝[2]不择，于人不欺，于物不取，不戚戚形无益之愁，不扬扬动有心之喜。或时以诗书骋怀，或时以琴樽取乐。赏四时之佳景，玩江山之秀丽，流连花月，玩弄风光。或时以诗酒为乐，冬夏述作，春秋游赏。谓其妻曰：“人生世间，如白驹过隙，一去难再，若不及时为乐，吾恐白发易生，老景将至。”言罢即令其妻取酒消遣。

正饮间，忽有新郑县官差人至家催秤粮差之事，尚静乃收拾家下白银，到市铺内煎销，得银四两，藏入袖内。自思：往年粮差俱系里长收纳完官，今次包公行牌，各要亲手赴秤。今观包公为官清正，宛若神明。心怀肃畏，遂带前银另买牲酒香仪之类，迳赴城隍庙中许下良愿，候在秤完之日即来赛还。祈祷已毕，将牲酒之类在庙中散福，不觉贪饮几杯，出庙之时，前银已落庙中。不防街坊有一人姓叶名孔者，先在铺中，见尚静煎销银两在身，往庙许愿，即起不良之意，跟尾在尚静身后，悄悄入庙，躲在城隍宝座下。见尚静拜辞神出，即拾其银回讫。

尚静回家，方觉失了钱银，再往庙中寻时，已不见踪影。无可奈何，只得具状径到包公台前告理。包公看了状词道："汝这银两在庙中失去，又不知是何人拾得，难以判断。"遂不准其状，将尚静发落出外。尚静叫屈连天，两眼垂泪而去。

包公因这件事自思：某为民官，自当与民分忧。心中自觉不安，乃具疏文一道，敬诣城隍庙行香，将疏文焚于炉内。祷祝出庙回衙，令左右点起灯烛，将几案焚香放在东边，包公向东端坐祷祝，坐以待旦，如此者三夜。是夜三更，忽然狂风大起，移时间风吹一物直到阶下，包公令左右拾起观看，乃是一叶，叶中被虫蛀了一孔。包公看了已知其意，方才吩咐左右各去歇宿。

次日，包公唤张龙、赵虎吩咐道："汝可即去府县前后呼唤叶孔名字，若有人应者，即唤他来见我。"张、赵二人领命出衙，遍往市街，叫喊半日，东街有一人应声而出道："吾乃叶孔是也，不知尊兄有何见谕？"张、赵二人道："包公有唤。"遂拘其人入衙跪下。包公道："数日前，有新郑县高尚静在城隍庙里失落去白银四两，其银大小有三片，他在我这里告你，吾亦知道是你拾得，又不是去偷他的，缘何不把去还他？"叶孔见包公判断通神，说得真了，只得拜服招认道："小人在庙中焚香，因拾得此银，至今尚未使用。即蒙相公神见，小人不敢隐瞒。"包公审了口词，即令左右押叶孔回家取银，复令再唤高尚静到台，将银看认，果然丝毫不差。包公乃对高尚静道："汝落了银子，系是叶孔拾得。我今与你追还，汝可把三两五钱秤粮完官，更有五钱可分与叶孔以作酬劳之资。自后相见，不许两相芥蒂。"二人拜谢出府。高尚静乃将些散碎银两备办牲物并香烛纸锭，径往城隍庙还愿，深感包公之德。

【注释】

①浣（huàn）：洗衣服。

②粗粝（lì）：粗劣。

哑子棒

话说包公坐厅，有公吏刘厚前来复称："门外有石哑子手持大棒来献。"包公令他入来，亲自问之，略不能应对。诸吏遂复包公道："这厮每遇官府上任，几度来献此棒，任官责打。爷台休要问他。"包公听罢思忖：这哑子必有冤枉的事，故忍吃此刑，特来献棒。不然，怎肯屡屡无罪吃棒？遂心生一计，将哑子用猪血遍涂在臀上，又以长枷枷于街上号令，暗差数个军人打探，若有人称屈者，引来见我。

良久，街上纷然来看，有一老者嗟叹道："此人冤屈，今日反受此苦。"军人听得，便引老人至厅前见包公。包公详问因由，老人道："此人是村南石哑子，伊兄石全，家财巨万。此人自小来原不能言，被兄赶出，应有家财，并无分与他。每年告官，不能伸冤，今日又被杖责，小老因此感叹。"包公闻其言，即差人去追唤石全到衙问道："这哑子是你同胞兄弟么？"石全答道："他原是家中养猪的人，少年原在本家庄地居住，不是亲骨肉。"包公闻其言，遂将哑子开枷放了去，石全欢喜而回。

包公见他回去，再唤过哑子来教道："你后若撞见石全哥哥，你去扭打他无妨。"哑子但点头而去。一日，在东街外忽遇石全来到，哑子怨忿，随即推倒石全，扯破头面，乱打一番，十分狼狈。石全受亏，不免具状投包公来告，言哑子不尊礼法，将亲兄殴打。包公遂问石全道："哑子若果是你亲弟，他的罪过非小，断不轻恕；若是常人，只作斗殴论。"石全道："他果是我同胞兄弟。"包公道："这哑子既是亲兄弟，如何不将家财分与他？还是汝欺心独占。"石全无言可对。包公即差人押二人去，还将所有家财产业，各分一半。众人闻之，无不称快。

割牛舌

话说包公守开封府时，有姓刘名全者，住在城东小羊村，务农为业。一日，耕田回来，复后再去，但见耕牛满口带血，气喘而行。刘全详看一番，乃知牛舌为人割去。全写状告于包公道："告为杀命事：农靠耕，耕靠牛，牛无舌，耕不得，遭割去，如杀命。乞追上告。"包公看了状词，因细思之，遂问刘全："你与邻里何人有仇？"全无言对，但告："望相公作主。"包公以钱五百贯与他，令归家将牛宰杀，以肉分卖四邻，若取得肉钱，可将此钱添买牛耕作。刘全不敢受，包公必要与之，全受之而去。包公随即具榜张挂：“倘有私宰耕牛，有人捕捉者，官给赏钱三百贯。”刘全归家，遂令一屠开剥其牛，将肉分卖与邻里。其东邻有卜安者，与刘全有旧仇，扯住刘全道：“今府衙前有榜，赏钱三百贯给捕捉私宰耕牛者不误。你今敢宰杀么？”随即缚住刘全，要同去见包公，按下不提。

却说包公，是夜睡至三更得一梦，忽见一巡官带领一女子乘鞍，手持一刀，有千个口，道是丑生人，言讫不见，觉来思量[1]，竟不得明。次日早间升厅问事，值卜安来诉刘全杀牛之事。包公思念夜来之梦，与此事恰相符合。巡官想是卜字，女子乘鞍乃是安字，持刀割也，千个口舌也，丑生牛也。卜安与刘全必有冤仇，前日割牛舌者必此人也，故今日来诉刘全杀牛。随即将卜安入狱根勘，狱吏取出刑具，置于卜安面前道：“从实招认，免受苦楚。”卜安惧怕，不得已乃招认，因与刘全借柴薪不肯，因致此恨，于七月十三日晚，见刘全牛在坡中吃草，遂将牛舌割了。狱吏审实，次日呈知于包公，遂将卜安依律断决，长枷号令一个月。批道：

审得卜安，乃刘全之仇人也。挟仇害无知之物，心则何忍；割舌伤有用之畜，情则更恶。教宰牛而旋禁，略施巧术；分卖肉而来首，自谓中机。岂知令行禁违，情有深意。正是使心用心，反累其身。姑念乡愚，杖惩枷儆[2]。

批完，众皆服包公神见。

【注释】

①思量：考虑。

②儆（jǐng）：让人自己觉悟而不犯过错。

骗马

话说开封府南乡有一大户，姓富名仁，家蓄上等骡马一匹。一日，骑马上庄收租，到庄遂遣家人兴福骑转回家。走到中途，下马歇息。有一汉子姓黄名洪，说自南乡来，乘着瘦骡一匹，见了兴福，亦下骡儿停息，遂近前道：“大哥何来？”兴福道：“我送东人往庄上收租来。”二人遂草坐叙话，不觉良久。洪忽心生一计道："大哥你此马倒好个膘腴[1]。"福道："客官识马么？"洪道："曾贩马来。"福道："吾东人不久用高价买得此马。"洪道："大哥不弃，愿借一试。"兴福不疑其歹，遂与之乘。洪须臾跨上雕鞍[2]，出马半里，并不回缰。兴福心惊，连忙追马。洪见赶来，加鞭策马如飞，望捷路便走。那一匹好马凭空被刁棍拐骗而去。

兴福愕然无奈，自悔不及，只得乘着老骡转庄，报主领罪。仁大怒，将福痛责一番，命牵骡往府中径告。时包公正公座，兴福进告。包公问："何处人氏？"福道："小人名兴福，南乡人，富仁家奴仆，有状呈上。"

告为半路拐马事：泼遭无赖，驾言买马，骑试半里，加鞭不知去向，止留伊骑原骡相抵。马上郎不知谁氏之子，清平世岂容脱骗之奸。乞追上告。

包公问那个棍徒姓名，福道："途遇一面，不知名姓。"包公责道："乡民好不知事，既无对头下落，怎生来告状？"兴福哀告道："久仰天台善断无头冤讼，小民故此伸告。"包公吩咐道："我设下一计，看你造化如何。你归家，三日后再来听计。"兴福叩头而去。包公令赵虎将骡牵入马房，三日不与草料，饿得那骡叫声嘶闹。

过了三日，只见兴福来见包公。包公令牵出那骡，唤兴福出城，张龙押后，吩咐依计而行。令牵从原路拐骗之处引上路头，放缰任走，但逢草地，二人拦挡冲咄，那骡径奔归路，不用加鞭。跟至四十里路外，有地名黄泥村，只见村里一所瓦房旁一扇茅屋，那骡遂奔其家，直入茅屋嘶叫。洪出看见自己骡回，暗喜不胜。当时张龙同兴福就于近边邻人家探访。那黄洪昂然牵着一匹骡马，竟去放在山中看养。龙随即带兴福去认，兴福见马即走向前，勒马牵过，洪正欲来夺，就被张龙一把扭住，连人带马押了，迤逦而行，往府中见包公。包公发怒道："你这厮狼心虎胆，不晓我包某么？诓骗路上行人马匹，该当何罪？"洪事实理亏，难以抵对。包公吩咐张龙将重刑责打，枷号示众，罚其骡于官，杖七十赶出。兴福不合与之试马，亦量情责罚，当官领马回去。遂批道：

审得黄洪，以无赖子见马欺心，自负于伯乐之顾；兴福以无知竖逢人托意，不思量赵氏之奸。岂知有马不借人，迳被以骡而驳去。既不及追其人，又未经识其地。幸物类之有知，借路途以相逐。罪人斯得，名法莫逃，合行重究，从公处罚，昭示后人，休学骗马。

【注释】

①腴（yú）：腹下的肥肉。

②雕鞍：刻饰花纹的马鞍。

金鲤

话说扬州城东门有一儒家，姓刘名真，字天然，幼而聪明，乐读诗书，未结婚姻，笃志芸窗，甘守清贫。当宋仁宗皇佑三年开科取士，即备行李前往东京赴试。争奈盘缠稀少，在途中淹延日久，将到京都，科场已罢。刘真叹道："我如此命薄，不得就试。"收拾余资，就赁开元寺僧房肄业。

不觉时光似箭，日月如梭，正遇上元佳节，京中大放花灯。彼时离城三十里通漕运处，地名碧油潭，水深万丈，有个千年金丝鲤鱼成精，往常亦曾变成女子，迷惑客商。那夕正脱形出潭，听得城里放灯，即吐出一颗小珠，俨然是个十七八岁丫环，手持灯笼，随之慢慢行入城来，人看见无不牵情。将近五更，看着残灯犹未收，妖媚恐露其形，遂走入金丞相后花园内大池中隐形。元宵已过，妖鱼不思归潭。恰遇丞相有女名金线小姐，因带侍女来花园内赏花，看见东架瓦盆上一丛红白牡丹可爱，即着侍女折来观玩，倚着池阁栏杆饮酒。忽见池中有个金鲤鱼，扬须鼓口，游于水面，小姐见着，将饮残那杯酒倾在池中，被妖鱼一吞而尽。小姐笑视良久，回转香闺。妖鱼因知小姐好看牡丹，每夜喷气饰之，牡丹颜色愈鲜，引得小姐日日来折玩不已。

春光将尽，初夏又临。刘秀才在僧舍日久，囊箧萧然，知己朋友又各回归，思量没奈何，乃写下几幅草字，往城中官宦家献卖。一日，来到金丞相府前，适因丞相出探乡友回府，见刘秀才将字在手中，令取看之，连声称羡，遂带入府内，问其乡贯来因。见其人才不凡，乃留之西馆，教子弟读书。即令家人去寺中搬取行李，安置一个所在，正近后花园东轩之侧。刘真得遇丞相提携，衣食充裕，益攻书史，但是府中翰墨往来，并皆刘手启答，丞相甚爱重之。

一夕，刘真偶步入花园中，正值小姐与二三侍女在花架下玩花，刘真看见失惊道："久闻丞相有女，颜貌秀丽，果然不虚。后来小生若侥幸成名，得此佳人为配足矣。"道罢，恐人知觉，迳转至轩下，因歌杜甫诗数篇以见志。常言欲心一动，则邪便侵之。妖正欲迷惑个好男子，没寻机会处，是夜探得刘真未寝，便变成小姐形迹，到真读书馆所叩其门户。刘启户视之，正是日间所见的小姐，真愕然。妖媚道："秀才不要惊恐，妾身省视爹娘已经睡去，闻君书声清亮，特来请教。"真方安心，与之对坐榻上，谈论颇久，解衣就寝。天色将明，妖媚先起，谓真道："今夜早来陪君。"言罢径去。自此日去夜来，情意甚密，妖媚每来必将美食待真，真自谓佳遇，不胜之喜。一夕，妖媚备酒食来与真饮道："君寓此处虽好，倘久后侍女知觉，报知父母，两下丢丑。妾不如收抬闺中所有，同君逃回汝家，长为夫妇。"真道："如若丞相着人根究，其罪怎逃？"妖媚道："妾母最爱于我，且妾于君俱未议婚姻，纵使根究亦无妨事。"真依言，过了一宵，约定十四夜，河下预备船只，小姐收拾零碎银两，与真径回扬州。比及丞相知真走去，亦不究问。

自妖媚去后，那朵牡丹花即枯死矣。金小姐朝夕思忆，染成病症，纵有良医，不能调理。母忧问其病由，小姐乃道为牡丹之故。母与丞相说知，丞相道："此花唯扬州有。"即差家人带金宝往扬州，不拘官宦民家，不惜重价买得回家。家人领命径到扬州，遍访此样牡丹花，唯东门刘秀才家植有数丛。及家人访到刘秀才家下，值真外出，只见帘子下立着一个女子，问道："是谁？"金家家人疑道："好似我家小姐声音。"近前认之，果是小姐。恰遇刘真回来，家人亦认得是刘秀才，各痴呆半晌，莫知所为。真问家人来因，家人告以小姐思牡丹得病特来此买之。真笑道："小姐随我来此将近半年，哪里又有一个小姐？"

家人难明，连夜回转东京报知丞相。丞相不信，差公吏来扬州接回小姐，小姐竟不推辞，与刘真随家人等转回东京。入府见丞相，丞相看是小姐，惊疑未定，及其母出来道："小姐在房中尚未起来，因何又有在此？"丞相问刘真缘故，刘真不隐，一一告知昔日在东轩相会之因由。丞相道："汝必被妖所惑。"即乘轿入开封府见包公说知其事。包公差张龙拘到二小姐并刘真，于厅下细视之，果无二样。乃命取轩辕所铸照魔镜定其真伪，及左右将镜悬于堂上，顷刻间妖鱼吐开黑气，昏了天日，只听得一声响，黑气四散，看时，堂下二小姐皆不见了。丞相与包公皆愕然，满堂人无不失色。包公道："丞相暂退，容迟几日，定有下落。"丞相称谢而去。

包公着刘真在外伺候，将榜文张挂："有知妖精、小姐下落者，给钱五千贯赏之。"次日侵早，往城隍庙中将牒章焚讫，城隍即遣阴兵遍处搜查是何妖怪。顷刻阴兵来报："碧油潭千年金鲤鱼作怪。"城隍具札通知五湖四海龙君，务要捉拿妖鱼解报。龙君得知此事，亦遣水族神兵，沿江湖捕捉妖鱼。无如水族神兵俱皆杀败，如之奈何。龙君奏于上帝，上帝遣天兵捉之，那妖越遍八荒，如何拿得？怎奈包大尹日夕于城隍司里追迫，城隍只得再通龙君。龙君闭住四角海门搜捉，妖鱼却被赶得紧急，走入南海。

时都下有一郑某，平素好善，家中挂一张淡墨素妆的观世音像，日日敬奉无厌。忽夜梦一素妆妇人向他道："汝明日来河岸边，引我见包大尹，稳取一场富贵。"郑某醒来，次早到河边看，果见一中年妇人，手执竹篮，内放一小小金色鲤鱼，立在杨柳树下。等着郑某来到，便说："昨日，碧油潭金鲤鱼为四海龙君追逼无路，奔入南海，藏入琼蕊莲花下，今被我哄入篮中罩定走不得。前日包大尹有榜文，给赏知得妖鱼下落之人，可引我去，看他判出此条公案，给得赏钱来，一应赠尔。"郑某大悦，忙引妇人到府衙，正值包公与金丞相在厅上议论此事。公吏报入，包公唤进问其来由，郑某将妇人所言告知。包公道："是此怪矣。"即令当堂放下鱼篮，遂问之。那妖为佛力所伏，在篮里一一供出迷人情由，摄去小姐现在碧油潭山侧岩穴中。包公欲将此妖鱼取出烹之，妇人道："此千年灵气所成，纵烹之亦不能死，老妇带去自有发落。"包公然之，命库吏赏钱五千贯与妇人去。妇人出门首将赏钱付与郑某道："报汝奉我三年之诚心，须将此事传于世上。"言讫不见。郑某方悟是家中所奉观音大士。将钱回家，请精工绘水墨观音之像，手提鱼篮，京都人效之，皆相传绘，此即今所谓鱼篮观音是也。

比及包公差人去岩穴中寻取得金小姐到衙，已死去了，只心头略有微温。令医诊视，皆言将有缘生人气引之可苏。包公猛省，谓丞相道："小姐莫非与刘秀才有缘？老夫今日当作冰人，成就此段姻事。"乃唤过刘真以气去呵小姐，小姐果然苏来。左右见者皆道事非偶然，包公亦欢悦，命人送二人入丞相府中。是夕，刘真与小姐成亲。次年，真登第，在京不上数年，官至中书，生二子俱出仕。

玉面猫

话说清河县有一秀士施俊，娶妻何氏名赛花，容貌秀丽，女工精通。施俊一日闻得东京开科取士，辞别妻室而行。与家童小二途中晓行夜住，饥餐渴饮，行了数日，已到山前，将晚，遇店投宿。原来那山盘旋六百余里，后面接西京地界，幽林深谷，崖石嵯峨[1]，人迹不到，多出精灵怪异。有一起西天走下五个老鼠，神通变化，往来莫测，或时变化老人出来，脱骗客商财物；或时变化女子，迷人家子弟；或时变男子，惑富家之美女。其怪以大小呼名，有鼠一、鼠二等称，聚穴在瞰海岩下。那日，其怪鼠五正待寻人迷惑，化一店主人，在山前迎接过客，恰遇施俊生得清秀，便问其乡贯来历，施俊告以其实要往东京赴试的事，其怪暗喜。是夕，备酒款待之，与施俊对席而饮，酒中论及古今，那怪对答如流。施俊大惊，忖道："此只是一店家，怎博学如此？"因问："足下亦通学否？"其怪笑道："不瞒秀士说，三四年前曾赴试，时运不济，科场没分，故弃了诗书开一小店，于本处随时度日。"施俊与他同饮到更深，那怪生一计较，呵一口毒气入酒中，递与施秀士饮之，施俊不饮那酒便罢，饮下去即刻昏闷，倒于座上。小二连忙扶起，引入客房安歇，腹中疼痛难忍。小二慌张，又没有寻医人处。延至天明，已不知昨夜店主人在哪里去了。勉强扶了主人再行几里，寻一个店住下，方知中了妖毒。

却说当下那妖怪径脱身变做施俊模样，便走归来。何氏正在房中梳妆，听得丈夫回家，连忙出来看时，果是笑容可掬。因问道："才离家二十余日，缘何便回？"那妖怪答道："将近东京，途遇赴试秀士说道：'科场已罢，士子都散。'我闻得此话，遂不入城，抽身回来。"何氏道："小二如何不同回？"妖怪道："小二不会走路，我将行李寄托朋友带回，着他随在后。"何氏信之，遂整早饭与妖食毕，亲朋来往都当是真的。自是妖与何氏取乐，岂知真夫在店中受苦。

又过了半月，施俊在店中求得董真人丹药，调汤饮之，果获安全。比及要上东京，闻说科场已散，即与小二回来，缓缓归到家中，将有二十余日。小二先入门，恰值何氏与妖精在厅后饮酒，何氏听见小二回来，便起身出来问道："你为何来得恁迟？"小二道："休说归迟，险些主人性命难保。"何氏问："是哪个主人？"小二道："同我赴京去的，更问哪个主人？"何氏笑道："你在路上躲懒不行，主人先回二十余日了。"小二惊道："说哪里话，主人与我日则同行，夜则同歇，寸步不离，何得说他先回？"何氏听了，疑惑不定。忽施俊走入门来，见了何氏，相抱而哭。那妖怪听得，走出厅前，喝声："是谁敢戏吾妻？"施俊大怒，近前与妖相斗一番，被妖逐赶而出。邻里闻知，无不吃惊。施俊没奈何，只得投见岳丈诉知其情。岳丈甚忧，令具状告于王丞相府衙。

王丞相看状，大异其事，即差公牌拘妖怪、何氏来问。王丞相视之，果是两个施俊。左右见者皆言除非是包大尹能明此事，惜在边庭未回。王丞相唤何氏近前细审之，何氏一一道知前情。丞相道：“你可曾知真夫身上有甚形迹为证否？”何氏道：“妾夫右臂有黑痣可验。”王丞相先唤假的近前，令其脱去上身衣服，验右臂上没有黑痣。丞相看罢忖道：“这个是妖怪。”再唤真的验之，果有黑痣在臂。丞相便令真施俊跪于左边，假施俊跪于右边，着公牌取长枷靠前吩咐道：“汝等验一人右臂有黑痣者，是真施俊；无者是妖怪，即用长枷监起。”比及公牌向前验之，二人臂上皆有黑痣，不能辨其真伪。王丞相惊道：“好不作怪，适间只一个有，此时都有了。”且令俱收狱中，明日再审。

妖怪在狱中不忿，取难香呵起，那瞰海岩下四个鼠精商议便来救之。乃变作王丞相形体，次日侵早坐堂，取出施俊一干人阶下审问，将真的重责一番。施俊含冤无地，叫屈连天。忽真的王丞相入堂，见上面先坐一个，遂大惊，即令公人捉下假的；假的亦发作起来，着公吏捉下真的。霎时间混作一堂，公人亦辨不得真假，哪个敢动手？当下两个王丞相争辩公堂，看者各痴呆了。有老吏见识明敏者，近前禀道：“两丞相不知真假，辩论连日亦是徒然，除非朝见仁宗。”仁宗遂降敕宣两丞相入朝。比及两丞相朝见，妖怪作法神通，喷一口气，仁宗眼目遂昏，不能明视，传旨命将二人监起通天牢里，候在今夜北斗上时，定要审出真假。原来仁宗是赤脚大仙降世，每到半夜，天宫亦能见之，故如此云。

真假两丞相既收牢中，那妖怪恐被参出，即将难香呵起，瞰海岩下三个鼠精闻得，商量着第三个来救。那第三鼠灵通亦显，变作仁宗面貌，未及五更，已占坐了朝元殿，大会百官，勘问其事。真仁宗平明出殿，文武官员见有二天子，各各失色，遂会同众官入内见国母奏知此事。国母大惊，便取过玉印，随百官出殿审视端的。国母道：“你众官休慌，真天子掌中左有山河右有社稷的纹，看是哪个没有，便是假的。”众官验之，果然只有真仁宗有此纹。国母传旨，将假的监于通天牢中根勘去了。

那假的惊慌，便呵起难香，鼠一、鼠二闻知烦恼，商量道：“鼠五好没分晓，生出这等大狱，事干朝廷，怎得脱逃？”鼠二道：“我只得前去救他们回来。”鼠二作起神通，变成假国母升殿，要取牢中一干人放了。忽宫中国母传旨，命监禁者不得走透妖怪。比及文武知两国母之命一要放脱一要监禁，正不知哪个是真国母。仁宗因是不快，忧思数日，寝食俱废。众臣奏道：“陛下可差使命往边庭宣包公回朝，方得明白。”天子允奏，亲书诏旨，差使臣往边庭宣读。包公接旨回朝，拜见圣上。退朝入开封府衙，唤过二十四名无情汉，取出三十六般法物，摆列堂下，于狱中取出一干罪犯来问，委的有二位王丞相，两个施秀才，一国母，一仁宗。包公笑道：“内中丞相、施俊未审哪个真假，国母与圣上是假必矣。”且令监起，明日牒知城隍，然后判问。

四鼠精被监一狱，面面相觑，暗相约道：“包公说牒知城隍，必证出我等本相。虽是动作我们不得，争奈上干天怒，岂能久遁？可请鼠一来议。”众妖遂呵起难香，是时鼠一正来开封府打探消息，闻得包丞相勘问，笑道：“待我做个包丞相，看你如何判理？”即显神通变作假包公，坐于府堂上判事。恰遇真包公出牒告城隍转衙，忽报堂上有一包公在座。包公道：“这孽畜敢如此欺诳。”径入堂上，着令公牌拿下。那妖怪走下堂来，混在一处，众公牌正不知是哪个为真的，如何敢动手？堂下包公怒从心上起，抽身自忖，吩咐公牌：“你众人谨守衙门，不得走漏消息，待我出堂方来听候。”公牌领诺。包公退入后堂去，假的还在堂上理事，只是公牌疑惑，不依呼召。

且说包公入见李氏夫人道：“怪异难明，吾当诉之上帝，除此恶怪。汝将吾尸用被紧盖床上，休得举动，多则二昼夜便转。”遂取领边所涂孔雀血慢嚼几口，卧赴阴床上，直到天门。天使引见玉帝奏知其事，玉帝闻奏，命检察司曹查究何孽为祸。司曹奏道：“是西方雷音寺五鼠精走落中界作闹。”玉帝闻奏，欲召天兵收之。司曹奏道：“天兵不能收，若赶得紧急，此怪必走入海，为害尤猛。除非雷音寺世尊殿前宝盖笼中一个玉面猫能伏之，若求得来，可灭此怪，胜如十万天兵。”玉帝即差天使往雷音寺求取玉面猫。

天使领玉牒到得西方雷音寺，参见了世尊，奏上玉牒，世尊开读，与众佛徒议之。有广大师进言：“世尊殿上离此猫不得，经卷甚多，恐议鼠耗，若借此猫去，恐误其事。”世尊道：“玉帝旨意焉敢不从？”大师道：“可将金睛狮子借之，玉帝若究，可说要留猫护经，玉帝亦不见罪。”世尊依其言，将金睛狮子付天使，前去回奏玉帝。司曹见之奏道：“文曲星为东京大难来，此兽不是玉面猫，枉费其功，望圣上怜之，取真的与他去。”玉帝复差天使同包公来雷音寺走一遭，见世尊参拜恳求。世尊不允，有大乘罗汉进道：“文曲星亦为生民之计，千辛万苦到此，世尊以救生为心，当借之去。”世尊依言，令童子将宝盖笼中取出灵猫，诵偈[②]一遍，那猫遂伏身短小，付包公藏于袖中，又教以捉鼠之法。包公拜辞世尊，同天使回见玉帝，奏知借得玉面猫来。玉帝大悦，命太乙天尊以杨柳水与包公饮了，其毒即解。

及天使送出天门，包公于赴阴床上醒来，已去五日矣。李夫人甚喜，即取汤来饮了。包公对夫人说知，到西天世尊处借得除怪之物来，休泄此机。夫人道："于今怎生处置？"包公密道："你明日入宫中见国母道知，择定某日，南郊筑起高台，方断此事。"夫人依命，次日乘轿进宫中见国母奏知。国母依奏，即宣狄枢密[3]吩咐南郊筑台，不宜失误。狄青领旨，带领本部军兵向南郊筑起高台完备。包公在府衙里吩咐二十四名雄汉，择定是日前赴台上审问，轰动东京城军民，哪个不来看？当日真仁宗、假仁宗、真国母、假国母与两丞相、两施俊，都立台下，文武官排列两厢，独真包公在台上坐，那假包公尚在台下争辩。将近午时，包公于袖中先取世尊经偈念了一遍，那玉面猫伸出一只脚，似猛虎之威，眼内射出两道金光，飞身下台来，先将第三鼠咬倒，却是假仁宗；鼠二露形要走，被神猫伸出左脚抓住，又伸出右脚抓了那鼠一，放开口一连咬倒，台下军民见者齐声呐喊。那假丞相、施俊变身走上云霄，神猫飞上，咬下一个是第五鼠，单走了第四鼠，那玉面猫不舍，一直随金光赶去。台下文武官见除了此怪，无不喝彩。包公下台来，见四个大鼠，约长一丈，被咬伤处尽出白膏。包公奏道："此吸人精血所成，可令各军卫宰烹食之，能助筋力。"仁宗允奏，敕令军卒抬得去了。起驾入朝，文武各朝贺，仁宗大悦，宣包公上殿面慰之，设宴待文武，命史臣略记其异。包公饮罢，退回府衙，发放施俊带何氏回家，仍得团圆。向后，何氏只因与怪交媾，受其恶毒更深，腹痛，施俊取所得董真人丸药饮之，何氏乃吐出毒气而愈。后来施俊得中进士，官至吏部，生二子亦成名。

【注释】

①嵯峨（cuó é）：山高峻的样子。

②偈（jì）：佛经中的唱词。

③枢密：宋代称枢密院的长官。

移椅倚桐同玩月

话说河南许州管下临颍县，有一人姓查名彝，文雅士也，少入县庠，娶近村尹贞娘为妻。花烛之夜，查生正欲解衣而寝，尹贞娘乃止之曰："妾意郎君幼读儒书，当发奋励志，扬名显亲，非若寻常俗子可比。今日交会，可无言而就寝乎？妾今谬出鄙句，郎君若能随口应答，妾即与君共枕；若才力不及，郎君宜再赴学读书，今宵恐违所愿。”查生即命出题。贞娘乃出诗句道：“点灯登阁各攻书。”查生思了半晌，未能应答，不觉面有惭色，遂即辞妻执灯径往学宫而去。

是时学中诸友见查生尽夜而来，皆向前问道：“兄今宵洞房花烛，正宜同伴新人，及时欢会行乐，何独抛弃新人至此，敢问其故？”查生因诸友来问，即以其妻所出诗句告之诸友，咸皆未答而退。内有一人姓郑名正者，平生为人极是好谑①，听得查生此言，随即漏夜私回，径往查生房内与贞娘宿歇。原来贞娘自悔偶然出此戏联，实非有心相难他，不期丈夫怀羞而去，心中懊悔不及。及见郑正入房，贞娘只谓查生回家歇宿，哪知是假的？乃问道：“郎君适间不能对答而去，今倏又回，莫非思得佳句乎？”郑正默然不答。贞娘忖是其夫怀怒，亦不再问。郑正乃与贞娘极尽交欢之美，未及天明而去。

及天明，查生回家，乃与贞娘施礼道：“昨夜承瞻佳句，小生学问荒疏，不能应答，心甚愧赧，有失陪奉。”贞娘道：“君昨夜已回，缘何言此诳妄？”再三诘问其故，查生以实未回答之。贞娘细思查生之言，已知其身被他人所污，遂对查生道：“郎君若实未回，愿郎君前程万里，从今后可奋志攻书，不须顾恋妾也。”言罢，即入房中自缢。移时，查生知之，即与父母径往，救之不及。查生痛悲，不知其故，昏绝于地。父母急救方醒，只得具棺殡葬贞娘。

不觉时光似箭，又是庆历三年八月中秋节，包公按临至临颍县，直升入公厅坐下。公厅庭前旁边有一桐树，树下阴凉可爱。包公唤左右把虎皮交椅移倚在桐树之下，玩月消遣，偶出诗句云：“移椅倚桐同玩月。”寻思欲凑下韵，半晌不能凑得，遂枕椅而卧。似睡非睡之间，朦胧见一女子，年近二八，美貌超群，昂然近前下跪道：“大人诗句不劳寻思，何不道：点灯登阁各攻书？”包公见对得甚工，即问道：“你这女子住居何处？可通名姓。”女子答道：“大人若要知妾来历，除非本县学内秀才可知其详。”言讫，化阵清风而去。

包公醒时，辗转寻思此事奇怪。次日出牌，吩咐左右唤齐临颍县学秀才，来院赴考。包公出《论语》中题目，乃是“敬鬼神而远之”一句，与诸生作文，又将“移椅倚桐同玩月”诗句，出在题尾。内有秀才查彝，因见诗句偶合其妻贞娘前语，遂即书其下云：“点灯登阁各攻书。”诸生作文已毕，包公发令出外伺候。包公正看卷时，偶然见查彝诗句符合梦中之意，即唤查彝问道：“吾观汝文章亦只是寻常，但对诗句大有可取，吾谅此诗句必请他人为之，非汝能作也。吾今识破，可实言之，毋得隐讳。”查彝闻言，一一禀知。包公又问道：“吾想汝夜往学中之时，内中必有平日极善戏谑之人，知汝不回，故诈托汝之躯，与汝妻宿，污其身体，汝妻怀羞以致身死。汝可逐一说来，吾当替汝伸冤。”查彝禀道：“生员学中只有姓郑名正者，平生极好戏谑。”

包公听罢，即令公差拘唤郑正到台审勘。郑正初然抵死不认，后受极刑，只得供招：贞娘诗句，查彝不能答对，怀羞到学与诸友言及此情，我不合起意，假身奸污，以致贞娘之死，甘罪招认是实。包公取了供词，即将郑正依拟因奸致死一命，即赴法场处决。士论帖服。

【注释】

①谑：打趣；开玩笑。

龙骑龙背试梅花

话说顺天任县徐卿、郑贤二人，同窗数载，卿妻只生一女，名淑云；贤妻生有一子，名国材。二人后得高科，俱登朝议职，遂有秦晋之心，因无媒妁之言，乃以结襟为记，誓无更变。不觉光阴似箭，人事屡移。国材年至十八，聪明俊慧，无书不读。不幸父母双亡，不数年家资消乏。徐卿见他家贫，遂欲将女嫁与别家。国材亦不敢启齿，情愿写下离书。淑云性格乖巧，文墨素谙，闻知父母负约，不肯还配郑郎，忧闷香闺，日食减少。

不觉又过一年，宗师考试，材幸入泮宫，馆于儒学西斋。淑云闻材进学，悄使雪梅赍白银十两，金杯一双，密送与郑。雪梅径往其家，访问郑官人在何处。国材堂叔郑仁道：“你要寻他，可往儒学西斋去寻。”雪梅奔往儒学西斋，果见国材。雪梅道：“官人万福。淑云小姐拜上，具礼在此作贺。”国材见了，收其礼物，遂与雪梅道：“蒙小姐错爱，今赐厚仪，何以为当？但小生写了休书，再不敢过望，自后莫来，恐人知之，贻辱小姐。”嘱罢，送雪梅出学门回去。

雪梅归家见小姐备道郑官人所说言语。淑云道：“忠臣不事二主，烈女岂更二夫！纵使老爷要我改嫁，有死而已。”次日，着雪梅再往儒学去与郑相公说，叫他二更时分到后园内，把金银赠你，娶小姐回归，材诺其言。不防隔墙学吏庞龙窃听其所约，心萌一计。至夜来，恰遇国材与同窗友饮酒醉睡，庞龙投入园内，将槐树一摇，那雪梅叫一声："郑官人来也。"手中携了白银一封、金钗数副并情书一纸走将出来。低头细看，却不是郑官人，回身欲转，庞龙遂拔出利刀将雪梅一刀杀死，推入园池里，取去金银而走。那淑云等到天明，不见雪梅回来，心中怀疑。这时国材醒来，已自天晓，记起昨日之约，今误却了大事，闷闷不已。

次日，徐不见雪梅，令家人遍处寻觅，寻到花园中，只见池边有血迹，即唤众人池内捞看，却是雪梅被人杀死。池边遗下一个纸包，卿令开那包来看，却是一封情书，书略曰：

妻淑云顿首：家君虽负约，妾志自坚贞。夫子今游泮，岂作负心人。特具白金百两，首饰二副，乞作完娶之资。早调琴瑟之好，永和鸾凤之音。本欲一面，奈家法森严，不克如愿，遣雪梅转达，幸祈留意是荷。

那徐卿看了大怒，遂具告于县。知县薛堂即令快手捉拿郑国材到厅拘问。郑国材不认其事，徐卿将淑云书信对理，国材见是小姐亲笔，哑口无言。薛堂将材拷打一番，收监听决。徐卿是夜私送黄金百两，贿托薛堂致死国材。薛堂受了那金子，也不论国材招与不招，只管呼令左右将材钉了长枷问决，做一道文书解上顺天府去。

是时顺天府尹却是包公。国材将前情逐一告诉，包公令张千将国材收监听决。材自入禁中，手不释卷，禁中人等无不欣羡，知礼者另加钦敬。适包公提监，闻材书声不绝，心中暗想：此子决非谋财害命之徒，后日必有大用。是夜祝告天地乃寝，梦见有诗一首于壁上，曰："雪压梅花映粉墙，龙骑龙背试梅花；世人若识其中趣，池内冤伸脱木才。"包公醒来，忖度半晌，方悟其意。次日升堂，拘唤庞龙来府究问。庞龙到厅诉道："小的乃学吏，并无受贿，老爷虎牌来拘，有何罪过？"包公道："这死囚好胆大包身！悄入徐园，杀死雪梅，得金银若干，你还要强辩？"喝令李万捆打，将长枷钉了。庞龙失色大惊，心想：这桩密事包公何得而知？真乃神人！只得直招。包公问道："你夺去金首饰二副，白银一百，今还有几多否？"庞龙道："银皆费尽，只有首饰未动。"遂差张千押庞龙回取首饰来，又责庞龙一百棍，囚入狱中。令人唤徐卿、淑云到台。包公喝道："你这老贼重富轻贫，负却前盟，是何道理？"令张千唤出郑国材到厅，打开长枷，给衣帽与他穿了。又唤门子摆起香案花烛，令淑云就在厅上与国材拜了夫妇，库内给银二十两与国材安家。将金首饰还了徐氏回家，追庞龙家产变银偿还淑云夫妇，将徐卿赶出。那夫妇叩头拜谢包公而去。包公令公牌取出庞龙，押往法场，斩首示众。申奏朝廷，将薛知县配三千里。后郑国材联科及第。

夺伞破伞

话说有民罗进贤，二月十二日天下大雨，擎了一伞出门探友。行至后巷亭，有一后生求帮伞。进贤不肯道："如此大雨，你不自备伞具，我一伞焉能遮得两人？"其后生乃是城内光棍邱一所，花言巧计，最会骗人，乃诡词[①]道："我亦有伞，适间友人借去，令我在此少待，我今欲归甚急，故求相庇，兄何少容人之量？"罗生见说，遂与他帮伞。行到南街尾分路，邱一所夺伞在手道："你可从那里去！"罗进贤道："把伞还我。"邱一所笑道："明日还罢，请了。"进贤赶上骂道："这光棍！你帮我伞，还要拿到哪里去？"邱一所亦骂道："这光棍！我当初原不与你帮，今要冒认我的伞，是何道理？"罗进贤忍气不住，扭打在包公衙门去。

包公问道："你二人伞有记号否？"皆道："伞乃小物，哪有记号。"包公又问道："可有干证否？"罗进贤道："彼在后巷帮我伞，未有干证。"邱一所道："他帮我伞时有二人见，只不晓得名姓。"包公又问："伞值价几多？"罗进贤道："新伞乃值五分。"包公怒道："五分银物亦来打搅衙门。"令左右将伞扯破，每人分一半去，将二人赶出去。密嘱门子道："你去看二人说些什么话，依实来报。"门子回复道："一人骂老爷糊涂不明；一人说，你没天理争我伞，今日也会着恼。"遂命皂隶拿他二人回来问道："谁骂我者？"门子指罗进贤道："是此人骂。"包公道："骂本管地方官长，该当何罪？"发打二十。罗进贤道："小人并不曾骂，真是冤枉。"邱一所执道："明是他骂，到此就赖着。他白占我伞是的了。"包公道："不说起争伞，几乎误打此人。分明是邱一所白占他伞，我判不明，伞又扯破，故彼不忿，怒骂我。"邱一所道："他贪心无厌，见伞未判与他，故轻易骂官。哪里伞是他的？"包公道："你这光棍，何故敢欺心？今尚且执他骂官，陷人于罪。是以我故扯破此伞试你二人之真伪，不然，哪里有工夫去拘干证审此小事。"将一所打十板，仍追银一钱以偿进贤。适有前在后巷见邱一所骗帮者二人，其一乃是粮户孙符，见包公审出此情，不觉抚掌道："此真是生城隍也，不须干证。"包公拘问所言何事，孙符乃言邱一所帮伞之因，“后来老爷断得明白，故小人不觉叹服。”包公亦知所断不枉。

【注释】

①诡（guǐ）词：说假话。

瞒刀还刀

话说有民邹敬，砍柴为生。一日往山采樵，即挑入城内去卖，其刀插入柴内，忘记拔起，带柴卖与生员卢日乾去，得银二分归家。及午后复去砍柴，方记得刀在柴内忙往卢家去取。日乾小器不肯还。邹敬在家取索甚急，发言秽骂。乾乃包公得意门生，恃此脚力，就写帖命家人送县。包公问及根由，知事体颇小，纳其分上，将邹敬责五板发去。

敬被责不甘，复往日乾门首大骂不止，日乾乃衣巾亲见包公道：“邹敬刁顽，蒙老师责治，彼反撒泼，又在街上大骂，乞加严治，方可警刁。”包公心上思量道：“彼村民敢肆骂秀才，此必刀真插在柴内，被他隐瞒，又被刑责，故忿不甘心。”乃命快手李节密嘱道：“如此如此。”又将邹敬锁住等候。

李节领命到卢日乾家中道：“卢娘子，那村夫骂你，相公送在衙内，先番被责五板，今又被责十板，你相公教我来说，如今把柴刀还了他罢。”卢娘子道：“我官人缘何不自来？”李节道：“你相公见我老爷，定要退堂待茶，哪里便回得？”娘子信以为真，即将柴刀拿出还之。李节将刀拿回衙呈上：“老爷，刀在此。”邹敬道：“此正是我的刀。”日乾便失色。包公故意喝道：“邹敬，休怪本官打你。你既要取刀，只该善言相求，他未去看，焉知刀在柴中？你便敢出言骂，且问你辱骂斯文该得何罪？我轻放你只打五板，秀才的帖中已说肯把刀还你，你去又骂，今刀虽与你去，还该打二十板。”邹敬磕头求赦。包公道：“你在卢秀才面前磕头请罪，便赦你。”邹敬吃惊，即在日乾前一连磕了几个头，连忙走出去。

包公乃责日乾道：“卖柴生理，至为辛苦，你忍瞒其柴刀，仁心安在？我若偏护斯文，不究明白，又打此人，是我有亏小民了。我在众人前说你自肯把刀还他，令邹敬叩谢，亦是惜汝廉耻两字。”说得日乾满面羞惭，无言可答而退。包公遣人到卢家赚出柴刀，是其智识；人前回护，掩其过愆，是其厚重；背后叮咛，责其改过，是其教化。一举而三善备焉。

红牙球

话说京中有一富家，姓潘名源柳，人称为长者，原是官宦之家。有一子名秀，排行第八，年方弱冠①，丰姿洒落。一日，清明时节，长者备祭仪登坟挂钱。其家有红牙球一对，乃国家所出之宝，是昔日真宗赐与其祖的。长者出去后，秀带牙球出外闲耍片时，约步行来，忽见对门刘长者家朱门潇洒，帘幕半垂，下有红裙，微露小小弓鞋，潘秀不觉魂丧魄迷，思欲见之而不可得。忽见一个浮浪门客王贵，遂与秀答言道："官人在此伺候，有何事？"秀以直告。王贵道："官人要见这女子有何难处？"遂设一计，令秀向前将球子闲戏，抛入帘内，佯与赶逐球子，揭开珠帘，便可一见。秀如其言，但见此女年方二八，杏眼桃腮，美容无比，与之作揖。此女名唤花羞，便问："郎君缘何到此？"秀答道："因闲耍失落一牙球，赶来寻取，触犯娘子，望乞恕罪。"此女见秀丰仪出众，心甚爱之，遂含笑道："今日父母俱出踏青，幸汝相逢，机缘非偶，愿与郎君同饮一杯，少叙殷勤。"秀听罢，且疑且惧，不敢应声。此女遂即扯住秀衣道："若不依允，即告到官。"秀不得已遂从之。二人香闺中对斟，饮罢，两情皆浓。女子问道："君今年青春几何？"秀答道："虚度十九春矣。"女子又问："曾娶亲否？"秀道："尚未及婚。"女子道："吾亦未尝许人，君若不嫌淫奔之名，愿以奉事君子。"秀惊答道："已蒙赐酒，足见厚意。娘子若举此情，倘令尊大人知之，小生罪祸怎逃？"女子道："深闺紧密，父母必不知情，君子勿惧。"秀见女子意坚，情兴亦动，二人同入罗帐，共偕鸳侣。云收雨散，秀即披衣起来辞去。女子遂告秀道："妾有衷曲诉君。今日幸得同欢，妾未有家，君未有室，何不两下遣媒，结为夫妇？"秀许之，二人遂指天为誓，彼此切莫背盟。

秀即归家，日夜相思，如醉如痴，情怀不已，转成憔悴。其父母再三问其故，秀不得已，遂以刘氏女相爱之情告之。父母甚怜之，即忙遣媒人去与刘长者议婚。刘长者对媒人道："吾上无男子，只有花羞一女，不能遣之嫁出，纳婿在家则可。"媒人归告潘长者，长者思忖道：吾亦只此一子，如何可出外就亲？想是刘家故为此说推托，决难成就。遂与秀说："刘家既不愿为婚，京中多有豪富，何愁无亲？吾当别议他姻。"秀默然，遂成耽搁，后竟别议赵家女为配，因此潘秀与花羞女绝念。及成亲之日，行装盈门，笙簧嘹亮。是日，花羞在门外眺望，遂问小婢："潘家今日何事如此喧闹？"小婢答道："潘郎娶赵家女，今日成亲。"花羞听了，追思往事，垂泪如雨，自悔自怨，转思之深，说不出来，遂气闷而死。父母哭之甚哀，竟不知其故，遂令仆王温、李辛葬于南门外。

李辛回家，天色已晚，思想花羞女容颜可爱，心甚不忍舍，即告父母道："今夜有事外出一走。"父母允之。李辛至二更时候，月色微明，遂去掘开坟，劈开棺木，但见花羞女容貌如存。李辛思量："可惜这娘子，与她尸骸合宿一宵，虽死亦甘心。"道罢，即揭起衣裳，与之同睡。良久，忽见花羞微微身动，眼目渐开，未几，略能言，问："谁人敢与我同睡？"李辛惊道："吾乃你家之仆李辛。主翁令我葬娘子在此，我因不忍舍，今夜掘开棺木看看娘子如何，不意娘子醒来，实乃天幸。"花羞已省人事，忽忆家中前日的事，遂以其情告李辛道："只因潘秀负盟，以致闷死。今天赐还魂，幸有缘遇汝掘开坟墓，再得重生。此恩无以为报，今亦不愿回家，愿与汝结为夫妇。棺木中所有衣服物件，尽与汝拿去。"李辛甚喜，仍然掩了坟墓，遂与花羞同归。天尚未晓，到家叩门。其母开门见李辛带一妇人同回，怪而问之，辛告其母道："此女原在娼家，与儿相识数载，今情愿弃了风尘，与儿为姻，今日带归见父母。"母信其言，二人遂成夫妇，情切相爱，人不知是花羞女也。李辛尽以其衣服首饰散卖别处，因而致富。

半年余，偶因邻家冬夜失火，烧至李辛房舍，花羞慌忙无计，可怜单衣惊走，无所适从，与李辛各散东西。行过数条街巷，栖栖无依，忽认得自家楼屋，花羞遂叩其父母之门。院子喝问："谁人叩门？"花羞应道："我是花羞女，归来见爹娘一次。"院子惊怪道："花羞已死半年，缘何又来叩门？必是鬼魂。明日自去通报你爹娘，多将金钱衣彩焚化与娘子，且小心回去。"院子竟不敢开门。花羞欲进不得，欲去不得，风冷衣单，空垂两泪，无处投奔。忽见潘家楼上灯光灼灼闪闪，筵席未散，又去叩潘家门。门公怪问："是谁叩门？"花羞应声："传语潘八官人，妾是刘家花羞女，曾记得郎君昔日因戏牙球，遂得见一面。今夜有些事，特来投奔。"门公遂报潘秀。秀思忖怪异：若是对门刘家女，已死半年，想是鬼魂无依。遂呼李吉点灯，将冥钱衣彩来焚与之。秀自持宝剑随身，开门果见花羞垂泪乞怜。秀告花羞道："你父母乃是大富之家，回去觅取些香楮便了，何故苦苦来缠我？"言罢，烧了冥钱，急令李吉闭了门。那花羞连声叫屈不肯去，道："你好负心人也！好不伤感。"秀大怒，复出门外挥剑斩之，遂闭门而卧。五更将尽，军巡在门外大叫："有一个无头的妇人在外，遍身带血。"都巡遂申报府衙去了。

是时轰动街坊，刘长者闻得此事，怀疑不定。是夕，梦见花羞女来告称："我被潘八杀了，尸骸现在他家门外，乞爹爹伸雪此冤。"言讫，竟掩泪而去。长者睡觉来以此梦告其妻道："花羞女想必是还魂，被人开了墓。"待明日去掘开坟墓看时，果然不见尸骸，遂具状呈告于包公。包公即差人唤潘秀。不多时公差拘到，包公以盗开坟墓、杀了花羞事问之。秀不知其情，无言可应。包公根勘秀之原由，秀逐一具供剑斩鬼魂情由。包公疑而未决，将潘秀监收狱中，随即具榜遍挂四门：为捉到潘秀杀了花羞事，但潘秀不肯招认，不知当初是谁人开墓，救得花羞还魂，前来报知，给与赏钱一千贯。李辛见此榜，遂入府衙来首告请赏，一一具言花羞还魂事。包公遂判李辛不合开坟，致令潘秀误杀花羞，将李辛处斩，潘秀免罪。后潘秀追思花羞之事，忧念深重，遂成羸疾而死，是花羞女怨愆之报也。

【注释】

①弱冠：古时以男子二十岁为成人，初加冠，因体犹未壮，故称弱冠。

废花园

话说四川成都府有一人姓何名达，为人刚直，年四十岁尚未有嗣。忽一日与叔子何隆争论未分的产业。隆亦是个奸刁之徒，不容相让，讼之于官。逮系干证，连年不决，以此兄弟致仇。何达欲思避身之计，来见姑之子施桂芳商议其事。桂芳原是宦族，幼习诗书，聪明才俊，尚未娶妻。那日见表兄来家，邀入舍中坐下，问其来由。达道："只因讼事一节，连年烦忧，伤财涉众，悔之莫及，思欲为脱身之计，特来与弟商议。"桂芳道："兄若不言，小弟当要告知，目前有故人韩节使官任东京，时遣人相请，兄何不整理行装同小弟相访一遭，且得游玩京城景致，得以避此是非。"达闻言大喜，即辞桂芳归家，与妻说知，收拾衣资之类，约日与桂芳并家人许一离成都望东京进发。

将行了二十余日，望见东京城不远，将晚，歇城东山店。明日侵早入城，访问韩节使消息，人答道："按巡郡邑，尚未转衙。"以此桂芳与何达留止城东驿舍中，等待韩节使回来。清闲无事，每日二人只是饮酒寻芳，闻有景致处，即便观玩。

一日，何达同桂芳游到一个所在，遥见楼阁隐隐，风送钟声。何达道："前面莫不是佳境？与弟同前访看。"桂芳随步行来，却是一古寺。二人入得寺来，却遇二老僧在佛堂上讲经，见有客至，便起身施礼，请入方丈，分宾主坐定。僧人问："秀士何来？"桂芳答道："访故人不遇，特过宝刹观览。"僧令童子奉茶，何、施二人茶罢，又令童子取钥匙开各处门与何、施二人观景。何、施登罗汉阁观览一番，只见寺前一所树林，幽奇苍郁，古木森森，便问童子："那一座树林是何处？"童子答道："原是刘太守所置花园，太守过后，今已荒废多时，只一园林木而已。"桂芳听罢，对何达说道："试往游玩一番。"经游其地，但见园墙崩塌，砌石斜欹，狐踪兔迹，交驰草径。桂芳叹道："昔人初置此园，岂期今日如是！"忽然何达说："适才失落一手帕，内有碎银几两，莫非在佛阁上，弟且少待，我去寻取便来。"言罢竟去。桂芳缓步行入竹林中，等久不来。忽有二女使从林外而入，见桂芳笑道："太守请你议事。"桂芳问道："你太守是谁？"女使道："君去便知。"桂芳忘却等候，遂随二女使而去。比及何达来寻桂芳，不知所在，四下搜寻，并无消息。日色已晚，何达忖道：莫非他等我不来，先自回舍去了？即抽身转驿舍来问。

当下桂芳被那女使引到一所在，但见明楼大屋，朱门绣户，却是一个官府第宅。堂上坐一仕宦，见桂芳来到，便下阶迎进堂上赐坐，甚加礼敬。桂芳再三谦逊，其官宦道："足下远来，不必固辞。老夫避居此处十数年矣，人迹不到。君今相遇，事非偶然。吾有女年长，尚未许人，欲觅一佳婿不得，今愿以奉君，幸勿见阻。"桂芳正不知如何答应，那仕宦便吩咐使女，备筵席与秀士今夕毕礼。桂芳惶惧辞让，群女引之入室，锦帐绣帏，金碧辉煌，一美人出与相揖，遂谐伉俪。桂芳欢悦得此佳偶，真乃奇遇。自后再不见太守的面，但终日与群妇人拥簇嬉戏而已。

比及何达走回驿舍中，问家人许一："曾见桂官人回来否？"许一道："桂官人与主人一同出城未转。"何达惊疑，只恐在林中被大虫所伤。过了一宵，次日再往寺中访问，并无知者。何达至晚只得怏怏转回驿舍。停候十数日，并没消息，与家人商议，收拾回家。那往日官司未息，何隆访得达归，问及施桂芳没有下落，即以何达谋死桂芳情由具状告于本司。有司拘根其事，何达无辞相抵，遂被监禁狱中。何隆怀仇欲报，乘此机会，要问何达偿命。衙门上下用了贿赂，急推勘其事。何达受刑不过，只得招成了谋害之事，有司叠成文案，该正大辟，解赴西京决狱。

时值包公为护国张娘娘进香，跑到西京玉妃庙还愿。事毕经过街道，望见前面一道怨气冲天而起，便问公牌："前面人头簇簇，有何事故？"公牌禀道："有司官今日在法场上决罪人。"包公忖道：内中必有冤枉之人。即差公牌报知，罪人且将审实，方许处决。公牌急忙回复，监斩官不敢开刀，随即带犯人来见包公。包公根勘之，何达悲咽不止，将前事诉了一遍。包公听了口词，又拘其家人问之。家人亦诉并无谋死情由，只不知桂官人下落，难以分解。包公怪疑，令将何达散监狱中，再候根勘。

次日，包公吩咐封了府门，扮作青衣秀士，只与军牌薛霸、何达家人许一，共三人，竟来古寺中访问其事。恰值二僧正在方丈闲坐，见三人进来，即便起身迎入坐定。僧人问："秀士何来？"包公答道："从四川到此，程途劳倦，特扰宝刹，借宿一宵，明日即行。"僧人道："恐铺盖不周，寄宿尽可。"于是，包公独行廊下，见一童子出来，便道："你领我四处游玩一遍，与你铜钱买果子吃。"童子见包公面色异样，笑道："今年春间，两个秀才来寺中游玩，失落了一个，足下今有几位来？"包公正待根究此事，听童子所言，遂赔小心问之。童子叙其根由，乃引出山门用手指道："前面那茂林内，常出妖怪迷人。那日一秀士入林中游行，不知所在，至今未知下落。"包公记在心中，就于寺内过了一宿。次日同许一去林中行走，根究其事。但见四下荒寂，寒气侵人，没有一些动静。正疑惑间，忽听林中有笑声，包公冒荆棘而入，只见群女拥着一男子在石上作乐饮酒。包公近前叱呵之，群女皆走没了，只遗下施桂芳坐在林中石上，昏迷不省人事。包公令薛霸、许一扶之而归。过了数日，桂芳口中吐出恶涎数升，如梦方醒，略省人事。

包公乃开府衙坐入公案，命薛霸拘何隆一干人到阶下，审勘桂芳失落之由。桂芳遂将前情道知，言讫，呜咽不胜。包公道："吾若不亲到其地，焉知有此异事！"乃诘何隆道："汝未知人之生死，何妄告达谋杀桂芳？今桂芳尚在，汝当何罪？"何达泣诉道："隆因家业不明，连年结讼未决，致成深仇，特以此事欲置小人于死地。"包公信以为然。刑拷何隆，隆知情屈，遂一一招承。包公叠成文案，将何隆杖一百，发配沧州军，永不回乡；治下衙门官吏受何隆之贿赂，不明究其冤枉，诬令何达屈招者，俱革职役不恕；施桂芳、何达供明无罪，各放回家。

恶师误徒

话说人家教育子弟，择师为先，做先生的误了学生终身大事，真实可恨。东京有个姓张的先生，名字叫做大智，生来一字不通，只写得一本《百家姓》而已。那先生有一件好处，惯会谋人家好馆，处了三年五载，得了七两八贯，并不会教训一字，把学生大事误尽不顾。有个东家姓杨名梁，因见学生无成，死去告于包公台下：

告为恶师误徒事：易子而教，成人是望；夫子之患，在好为师。今某一丁不识，强谋人馆。束脩争多，何曾立教；误子无成，杀人不啻。乞正斯文，重扶名教。上告。

包公看罢，大怒道："做先生的误了学生，其罪不小。"唤鬼卒速拿恶师张大智来。不多时，张大智到。包公道："张大智，你如何误了人家学生？"张大智道："张某虽则不才，颇知教法。但凡教法要因人而施，学生生来下愚，叫做先生的也无可奈何。就是孔夫子有三千徒弟，哪里个个做得贤人？况做先生的就如做父母的一样，只要儿子好，哪里要儿子不好？还有一件，孔夫子说道：'自行束脩以上，吾未尝无诲焉。'又孟子说道：'待先生如此，其忠且敬也。'看来做主人家的也有难做处。因见杨某学生又蠢，礼数又疏，故未能造到大贤地位。"包公道："杨梁，你如何怠慢先生？"杨梁道："因见先生不善教诲，故此怠慢他也须有的。"张大智道："你见我不善教诲，何不辞了我另请别个？"杨梁道："你见我怠慢你，何不辞了我到别家去？"二人折辩多时。包公喝道："休得折辩，毕竟两家都有不是处。"张大智又补一诉词：

诉为诬师事：天因材笃焉，圣因人教哉。有朋自远方来，亦将有以利吾国乎？自行束脩以上，三月不知肉味。上大人容某禀告，化三千唯天可表。上诉。

包公看罢笑道："待我考试先生一番，就见主人家的意思。"遂出下一个题目来，先生就做，又一字不通。包公道："果然名不虚传，主人慢师情该有的；先生误了学生，罪同谋财杀命。但主人家既请了那先生，虽则不通，合当礼待，以终其事，不可坏了斯文体面。今罚先生为牛，替主人家耕田，还了宿债；罚主人为猪，今生舍不得礼待先生，来生割肉与人吃。"批道：

审得：师有师道，黑漆灯笼如何照得？弟有弟道，废朽樗栎[①]如何雕得？主有主道，一毛不拔如何成得？先生没教法，误了多少后生，罚牛非过；主人无道理，坏了天下斯文，做猪何辞。从此去劝先生，不要自家吃草；自今后语主人，勿得来世受屠。

批完，各杖去讫。

【注释】

①樗栎（chū lì）：《庄子·逍遥游》：“吾有大树，人谓之樗，其大本拥肿而不中绳墨，其小枝卷曲而不中规矩，立之涂，匠者不顾。”又《人间世》：“匠石之齐，至于曲辕见栎社树……散木也，以为舟则沉，以为棺椁则速腐，以为器则速毁，以为门户则液樠，以为柱则蠹。是不材之木也，无所可用。”后因以“樗栎”喻才能低下。

兽公私媳

话说西吴有姓施名行庆者，欲与媳宋氏私通，一日其子得知，遂自缢而死。行庆大喜，哪晓得其媳宋氏因痛夫身亡，越发不肯与行庆私通。只其子有一美妾，日夜与之交欢，声闻合郡，人都称为灰池。他有二孙，年纪尚幼，遂用厚礼聘下绝大孙媳，孙未有十岁，孙媳倒有十六岁，便接过门，尽自己受用。宋氏因丑声著扬，不忿而死。未几，行庆亦被恶鬼拿去，行庆反出状告：

告为不孝事：妇德善事公姑为首，孝道承顺意旨为先。媳妇宋氏骄悍异常，凶恶无比。欲求不遂，心事徒挂；反加恶名，致遭屈死。至亲宋存见证。孝义何在，合行严究。上告。

包公看罢，大怒道：“儿媳不孝，当得何罪？”再拘宋氏来审。鬼卒拘得宋氏来，宋氏亦诉道：

诉为新台事：告不孝，妾不敢辞其名；叫灰池，人如何崇其号？与其扒灰，宁甘不孝。上诉。

包公看罢大怒道：“原来有这样的事！人非禽兽，恶得如此！施行庆，你怎么做出这样勾当，还告人不孝？”行庆再三抵赖。包公道：“我也闻得你的灰号，如何抵赖？”宋氏又将家丑细说一番。包公道：“宋存又是何人？”宋氏道：“就是灰友了。”包公又叫拘宋存来，包公道：“宋存，我一见你便有些厌气，如何又与他做见证？可恶，可恶！先将宋存割去舌头，省得满嘴胡言。”又吩咐鬼卒割去行庆阳物，把火丸放在他二人口里，肌肉皆烂，吹一口孽风，又为人身。包公遂批道：

审得：经有新台之耻，俗有扒灰之羞。施行庆何人？敢肆然为之，不顾礼义，毫无羞耻，真禽兽之不若矣！乃反出词告媳不孝耶？天下有宋氏之不孝，几不识孝道矣。更有宋存作证，甚是无礼。此事何事，此人何人，而硬帮相证乎？且余又何等衙门，辄敢如此，特加重罚以儆。

批完道："施、宋二老，俱发去为龟；宋氏守节致死，来生做一卜龟先生，把二人的肚皮日夜火炙以报之。"各去。

狮儿巷

话说潮州潮水县孝廉坊铁邱村有一秀士，姓袁名文正，幼习儒业[1]，妻张氏，美貌而贤，生个儿子已有三岁。袁秀才听得东京将开南省，与妻子商议要去赴试。张氏道："家中贫寒，儿子又小，君若去后，教妾靠着谁人？"袁秀才答道："十年灯窗之苦，指望一举成名。既贤妻在家无靠，不如收拾同行。"两个路上晓行夜住，不一日到了东京城，投在王婆店中歇下，过了一宿。

次日，袁秀才梳洗饭罢，同妻子入城玩景，忽一声喝道前来，夫妻二人急躲在一边。看那马上坐着一位贵侯，不是别人，乃是曹国舅二皇亲。国舅马上看见张氏美貌非常，便动了心，着军牌请那秀才到府中说话。袁秀才闻得是国舅，哪里敢推辞，便同妻子入得曹府来。国舅亲自出迎，叙礼而坐，动问来历。袁秀才告知赴试的事，国舅大喜，先令使女引张氏入后堂相待去了，却令左右抬过齐整筵席，亲劝袁秀才饮得酩酊[2]大醉，密令左右扶向僻处用麻绳绞死，把那三岁孩儿亦打死了。可怜袁秀才满腹经纶未展，已做南柯一梦。比及张氏出来要同丈夫转店，国舅道："袁秀才饮已过醉，扶入房中睡去。"张氏心慌，不肯出府，欲待丈夫醒来。挨近黄昏，国舅令使女说与他知："说他丈夫已死的事，且劝他与我为夫人。"使女通知其事，张氏号啕大哭，要寻死路。国舅见他不从，令监在深房内，命使女劝谕不提。

且说包公到边庭赏劳三军，回朝复命已毕，即便回府。行过石桥边，忽马前起一阵狂风，旋绕不散。包公忖道：此必有冤枉事。便差手下王兴、李吉随此狂风跟去，看其下落。王、李二人领命，随风前来，那阵风直从曹国舅高衙中落下。两个公牌仰头看时，四边高墙，中间门上大书数字道："有人看者，割去眼睛；用手指者，砍去一掌。”两公牌一吓，回禀包公。公怒道：“彼又不是皇上宫殿，敢如此乱道！”遂亲自来看，果然是一座高院门，正不知是谁家贵宅。乃令军牌问一老人，老人禀道：“是皇亲曹国舅之府。”包公道：“便是皇亲亦无此高大，彼只是一个国舅，起甚这样府院？”老人叹了一声气道：“大人不问，小老哪里敢说！他的权势比当今皇上的还胜，有犯在他手里的，便是铁枷；人家妇女生得美貌，便拿去奸占，不从者便打死，不知害死几多人命。近日府中因害得人多，白日里出怪，国舅住不得，今合府移往他处去了。”包公听了，遂赏老人而去。回衙即令王兴、李吉近前，勾取马前旋风鬼来证状。

二人出门，思量无计，到晚间乃于曹府门首高叫：“冤鬼到包爷衙内去。”忽一阵风起，一冤魂手抱三岁孩儿，随公牌来见包公。包公见其披头散发，满身是血，将赴试被曹府谋死，弃尸在后花园井中的事，从头诉了一遍。包公又问：“既汝妻在，何不令他来告状？”文正道：“妻子被他带去郑州三个月，如何能够得见相公？”包公道：“汝且去，我与你准理。”说罢，依前化一阵风而去。次日升厅，集公牌吩咐道：“昨夜冤魂说，曹府后花园井里藏得有千两黄金，有人肯下去取来，分其一半。”王、李二公差回禀愿去。吊下井中，二人摸着一死尸，十分惊怕，回衙禀知包公。包公道：“我不信，就是尸身亦捞起来看。”二人复又吊下井去，取得尸身起来，抬入开封府衙。

包公令将尸放于东廊下，便问牌军曹国舅移居何处。牌军答道：“今移在狮儿巷内。”即令张千、李万备了羊酒前去作贺他。包公到得曹府，大国舅在朝未回，其母郡太夫人大怒，怪着包公不当贺礼。包公被夫人所辱，正转府，恰遇大国舅回来，见包公，下马叙问良久，因道知来贺被夫人羞叱。大国舅赔小心道：“休怪。”二人相别。国舅到府烦恼，对郡太夫人道：“适间包大人遇见儿子道来贺夫人，被夫人羞辱而去。今二弟做下逆理之事，倘被他知之，一命难保。”夫人笑道：“我女儿现为正宫皇后，怕他怎么？”国舅道：“今皇上若有过犯，他且不怕，怕甚皇后？不如写书与二弟，叫他将秀才之妻谋死，方绝后患。”

夫人依言，遂写书一封，差人送到郑州。二国舅看罢也没奈何，只得用酒灌醉张娘子，正待持刀入房要杀，看他容貌不忍下手，又出房来，遇见院子张公，道知前情。张公道：“国舅若杀之于此，则冤魂不散，又来作怪。我后花园有口古井，深不见底，莫若推于井中，岂不干净？”国舅大喜，遂赏张公花银十两，令他缚了张氏，抬到园来。那张公有心要救张娘子，只待他醒来。不一时张氏醒来，哭告其情，张公亦哀怜之，密开了后门，将十两花银与张娘子作路费，教他直上东京包大人那里去告状。

张氏拜谢出门，他是个闺中妇女，独自如何到得东京？悲哀怨气感动了太白金星，化作一个老翁，直引他到东京，化阵清风而去。张氏惊疑，抬起头望时，正是旧日王婆店门首。入去投宿，王婆认得，诉出前情，王婆亦为之下泪，乃道："今日五更，包大人去行香，待他回来，可截马头告状。"张氏请人写了状子完备，走出街来，正遇见一官到，去拦住马头叫屈。哪知这一位官不是包大人，却是大国舅，见了状子大惊，就问他一个冲马头的罪，登时用棍将张氏打昏了，搜检身上有银十两，亦夺得去，将尸身丢在僻巷里。王婆听得消息忙来看时，气尚未绝，连忙抱回店中救醒。过二三日，探听包大人在门首过，张氏跪截马头叫屈。包公接状，便令公差领张氏入府中去廊下认尸，果是其夫。又拘店主人王婆来问，审勘明白，令张氏入后堂，发放王婆回店。包公思忖：先捉大国舅再作理会。即诈病不起。

上闻公病，与群臣议往视之。曹国舅启奏："待微臣先往，陛下再去未迟。"上允奏。次日报入包府中，包公吩咐齐备，适国舅到府前下轿，包公出府迎入后堂坐定，叙慰良久，便令抬酒来。饮至半酣，包公起身道："国舅，下官前日接一纸状，有人告说丈夫、儿子被人打死，妻室被人谋了，后其妻子逃至东京，又被仇家打死，幸得王婆救醒，复在我手里又告。已准他的状子，正待请国舅商议，不知那官人姓甚名谁？"国舅听罢，毛发悚然。张氏从屏风后走出，哭指道："打死妾身正是此人。"国舅喝道："无故赖人，该得何罪？"包公大怒，令军牌捉下，去了衣冠，用长枷监于牢中。包公恐走漏消息，闭上了门，将随带来之人尽行拿下。思忖捉二国舅之计，遂写下假家书一封，已搜出大国舅身上图书，用朱印讫，差人星夜到郑州，道知郡太夫人病重，急速回来。二国舅见书认得兄长图书，即忙转回东京，未到府遇见包公，请入府中叙话。酒饮三杯，国舅起身道："家兄有书来，说道郡太病重，尚容另日领教。"忽厅后走出张氏，跪下哭诉前情。国舅一见张氏，面如土色，包公便令捉下，枷入牢中。

从人报知郡太夫人，夫人大惊，急来见曹娘娘说知其事。曹皇后奏知仁宗，仁宗亦不准理。皇后心慌，私出宫门来到开封府与二国舅说方便。包公道："国舅已犯大罪，娘娘私出宫门，明日为臣见圣上奏知。"皇后无语，只得复回宫中。次日，郡太夫人奏于仁宗，仁宗无奈，遣众大臣到开封府劝和。包公预知其来，吩咐军牌出示："彼各自有衙门，今日但入府者便与国舅同罪。"众大臣闻知，哪个敢入府来？上知包公决不容情，怎奈郡太夫人在金殿哀奏，皇上只得御驾亲到开封府，包公近前接驾，将玉带连咬三口奏道：“今又非祭天地劝农之日，圣上胡乱出朝，主天下有三年大旱。”仁宗道：“朕此来端为二皇亲之故，万事看朕分上恕了他罢！”包公道：“既陛下要救二皇亲，一道赦文足矣，何劳御驾亲临？今二国舅罪恶贯盈，若不依臣启奏判理，情愿纳还官诰归农。”仁宗回驾。包公令牢中押出二国舅赴法场处决。郡太夫人得知，复入朝哀恳圣上降赦书救二国舅。皇上允奏，即颁赦文，遣使臣到法场，包公跪听宣读，只赦东京罪人及二皇亲。包公道：“都是皇上百姓犯罪，偏不赦天下，赦只赦东京！先把二国舅斩讫，大国舅等待午时开刀。”郡太夫人听报斩了二国舅，忙来哭奏皇上。王丞相奏道：“陛下须通行颁赦天下，方可保大国舅。”皇上允奏，即草诏颁行天下，不论犯罪轻重，一齐赦宥。包公闻赦各处，乃当场开了大国舅长枷，放回府中。见了郡太夫人，相抱而哭。国舅道：“不肖深辱父母，今在死中复生。想母亲自有人侍奉，为儿情愿纳还官诰，入山修行。”郡太夫人劝留不住。后来曹国舅得遇真人点化，入了仙班，此是后话不提。

却说包公判明此段公案，令将袁文正尸首葬于南山之阳。库中给银三十两，赐与张氏，发回本乡。是时遇赦之家无不称颂包公仁德。包公此举，杀一国舅而文正之冤得伸，赦一国舅而天下罪囚皆释，真能以迅雷沛甘霖[③]之泽者也。

【注释】

①儒业：指儒学，儒家经学。

②酩酊（mǐng dǐng）：形容大醉。

③甘霖：指久旱以后所下的雨。

桑林镇

话说包公自赈济饥民，离任赴京来到桑林镇宿歇。吩咐道：“我借东岳庙歇马三朝，地方倘有不平之事，许来告首。”忽有一个住破窑婆子闻知，走来告状。包公见那婆子两目昏花，衣服垢恶，便问：“汝是何人，要告什么不平事？”那婆子连连骂道：“说起我名，便该死罪。”包公笑问其由。婆子道：“我的屈情事，除非是真包公方断得，恐你不是真的。”包公道：“你如何认得是真包公，假包公？”婆子道：“我眼看不见，要摸颈后有个肉块的，方是真包公，那时方伸得我的冤。”包公道：“任你来摸。”那婆子近前，抱住包公头伸手摸来，果有肉块，知是真的，在脸上打两个巴掌，左右公差皆失色。包公也不嗔怒[①]他，便问婆子：“有何事？你且说来。”那婆子道：“此事只好你我二人知之，须要遣去左右公差方才好说。”包公即屏去左右。婆子知前后无人，放声大哭道：“我家是亳州亳水县人，父亲姓李名宗华，曾为节度使。上无男子，单生我一女流。只因难养，年十三岁就入太清宫修行，尊为金冠道姑。一日，真宗皇帝到宫行香，见吾美丽，纳为偏妃。太平二年三月初三日生下小储君，是时南宫刘妃亦生一女。只因六宫大使郭槐作弊，将女儿来换我小储君而去，老身气闷在地，不觉误死女儿，被囚于冷宫。当得张院子知此事冤屈，六月初三日见太子游赏内苑，略说起情由，被郭大使报与刘后得知，用绢绞死了张院子，杀他一十八口。直待真宗晏驾，我儿接位，颁赦冷宫罪人，我方得出，只得来桑林镇觅食。万望奏于主上，伸妾之冤，使我母子相认。”包公道：“娘娘生下太子时，有何留记为验？”婆子道：“生下太子之时，两手不直，一宫人挽开看时，左手有山河二字，右手有社稷二字。”包公听了，即扶婆子坐于椅上跪拜道：“望乞娘娘恕罪。”令取过锦衣换了，带回东京。

及包公朝见仁宗，多有功绩，奏道：“臣蒙诏而回，路逢一道士连哭了三日三夜。臣问其所哭之由，彼道：‘山河社稷倒了。’臣怪而问之：‘为甚山河社稷倒了？’道士道：‘当今无真天子，故此山河社稷倒了。’”上笑道：“那道士诳言之甚。朕左手有山河二字，右手有社稷二字，如何不是真天子？”包公奏道：“望我主把与小臣看明，又有所议。”仁宗即开手与包公及众臣视之，果然不差。包公叩头奏道：“真命天子，可惜只做了草头王。”文武听了皆失色。上微怒道：“我太祖皇帝仁义而得天下，传至寡人，自来无愆，何谓是草头王？”包公奏道：“既陛下为嫡派之真主，如何不知亲生母所在？”上道：“朝阳殿刘皇后便是寡人亲生母。”包公又奏道：“臣已访知，陛下嫡母在桑林镇觅食。倘若圣上不信，但问两班文武便有知者。”上问群臣道：“包文拯所言可疑，朕果有此事乎？”王丞相奏道：“此陛下内事，除非是问六宫大使郭槐，可知端的。”上即宣过郭大使问之。大使道：“刘娘娘乃陛下嫡母，何用问焉？此乃包公妄生事端，欺罔我主。”上怒甚，要将包公押出市曹斩首。王丞相又奏：“文拯此情，内中必有缘故，望陛下将郭大使发下西台御史处勘问明白。”上允其奏，着御史王材根究其事。

当时刘后恐泄漏事情，密与徐监宫商议，将金宝买嘱王御史方便。不想王御史是个赃官，见徐监宫送来许多金宝，遂欢喜受了，放下郭大使，整酒款待徐监宫。正饮酒间，忽一黑脸汉撞入门来，王御史问是谁人，黑脸汉道："我是三十六宫四十五院都节史，今日是年节，特来大人处讨些节仪。"王御史吩咐门子与他十贯钱，赏以三碗酒。那黑汉吃了三碗酒，醉倒在阶前叫屈，人问其故，那醉汉道："天子不认亲娘是大屈，官府贪赃受贿是小屈。"王御史听得，喝道："天子不认亲娘，干你甚事？"令左右将黑汉吊起在衙里。左右正吊间，人报南衙包丞相来到。王材慌忙令郭大使复入牢中坐着，即出来迎接，不见包公，只有从人在外。王御史因问："包大人何在？"董超答道："大人言在王相公府里议事，我等特来伺候。"王御史惊疑。董超等一齐入内，见吊起者正是包公，董超众人一齐向前解了。包公发怒，令拿过王御史跪下，就府中搜出珍珠三斗，金银各十锭。包公道："你乃枉法赃官，当正典刑。"即令推出市曹斩首示众。

当下徐监宫已从后门走回宫中去，包公以其财物具奏天子。仁宗见了赃证，沉吟不决，乃问："此金宝谁人进用的？"包公奏道："臣访得是刘娘娘宫中使唤徐监宫送去。"仁宗乃宣徐监宫问之，徐监官难以隐瞒，只得当殿招认，是刘娘娘所遣。仁宗闻知，龙颜大怒道："既是我亲母，何用私赂买嘱？其中必有缘故！"乃下敕发配徐监宫边远充军，着令包公拷问郭大使根由。包公领旨，回转南衙，将郭大使严刑究问，郭槐苦不肯招，令押入牢中监禁。唤董超、薛霸二人吩咐道："汝二人如此如此，查出郭槐事因，自有重赏。"二人径入牢中，私开了郭槐枷锁，拿过一瓶好酒与之共饮，因密嘱道："刘娘娘传旨着你不要招认，事得脱后，自有重报。"郭大使不知是计，饮得酒醉了乃道："你二牌军善施方便，待回宫见刘娘娘说你二人之功，亦有重用。"董超觑透其机，引入内牢，重用刑拷勘道："郭大使，你分明知其情弊，好好招承，免受苦楚。"郭槐受苦难禁，只得将前情供招明白。

次日，董、薛两人呈知包公，包公大喜，执郭槐供状启奏仁宗。仁宗看罢，召郭槐当殿审之。槐又奏道："臣受苦难禁，只得胡乱招承，岂有此事？"仁宗以此事顾问包公道："此事难理。"包公奏道："陛下再将郭槐吊在张家园内，自有明白处。"上依奏，押出郭槐前去。包公预装下神机，先着董超、薛霸去张家园，将郭槐吊起审问。将近三更时候，包公祷告天地，忽然天昏地黑，星月无光，一阵狂风过处，已把郭槐捉将去。郭槐开目视之，见两边排下鬼兵，上面坐着的是阎罗天子。王问："张家一十八口当灭么？"旁边走过判官近前奏道："张家当灭。"王又问："郭槐当灭否？"判官奏道："郭大使尚有六年旺气。”郭槐闻说，叫声：“大王，若解得这场大事，我与刘娘娘说知，作无边功果致谢大王。”阎王道：“你将刘娘娘当初事情说得明白，我便饶你罪过。”郭槐一一诉出前情，左右录写得明白。皇上亲自听闻，乃喝道：“奸贼！今日还赖得过么？朕是真天子，非阎王也，判官乃包卿也。”郭槐吓得哑口无言，低着头只请快死而已。

上命整驾回殿。天色渐明，文武齐集，天子即命排整銮驾，迎接李娘娘到殿上相见。帝母二人悲喜交集，文武庆贺，乃令宫娥送入养老宫去讫。仁宗要将刘娘娘受油锅之刑以泄其忿。包公奏道：“王法无斩天子之剑，亦无煎皇后之锅。我主若要他死，着人将丈二白丝帕绞死，送入后花园中；郭槐当落鼎镬之刑[②]。”仁宗允奏，遂依包公决断。真可谓亘古一大奇事。

【注释】

①嗔怒：恼怒。

②鼎镬（huò）之刑：古代酷刑，把人投入盛着沸水的锅中煮死。

斗粟三升米

话说河南开封府陈州管下商水县，有一人姓梅名敬，少入郡庠，家道殷实，父母俱庆，只鲜兄弟，娶邻邑西华县姜氏为妻。后父母双亡，服满赴试，屡科不第，乃谓其妻道：“吾幼习儒业，将欲显祖耀亲，荣妻荫子，为天地间一伟人。奈何苍天不遂吾愿，使二亲不及见我成立大志已殁，诚天地间一罪人也！今辗转寻思，常忆古人有言：‘若要腰缠十万贯，除非骑鹤上扬州’。意欲弃儒就商，遨游四海，以伸其志，岂肯屈守田园，甘老丘林！不知贤妻意下如何？”姜氏道：“妾闻古人有云：‘在家从父，出嫁从夫’。君既有志为商，妾当听从，但愿君此去以千金之躯为重，保全父母遗体，休贪路柳墙花。若得稍获微利，即当快整归鞭。”梅敬听得妻言有理，遂收置货物，径往四川成都府经商，姜氏饯别而去。

梅敬一去六载未回，一日忽怀归计，遂收拾财物，竟入诸葛武侯庙中祈签。当祷祝已毕，求得一签云：

逢崖切莫宿，逢汤切莫浴。

斗粟三升米，解却一身曲。

梅敬祈得此签，茫然不晓其意，只得起程而回。这一日舟子将船泊于大崖之下，梅敬忽然想起签中“逢崖切莫宿”之句，遂自省悟，即令舟子移船别处，方移船时，大崖忽然崩下，陷了无限之物。梅敬心下大惊，方信签中之言有验。一路无碍至家，姜氏接入堂上，再尽夫妇之礼，略叙离别之情。时天色已晚，是夜昏黑无光，一时间姜氏烧汤水一盆，谓梅敬道：“贤夫路途劳苦，请去洗澡，方好歇息。”梅敬听了妻言，又大省悟，神签道“逢汤切莫浴”，遂乃推故对妻道：“吾今日偶不喜浴，不劳贤妻候问。”姜氏见夫言如此，遂不催促，即自去洗澡。姜氏正浴间，不防被一人预匿房中，将利枪从腹中一戳，可怜姜氏姣姿秀美，化作南柯一梦。其人溜躲房外去了。梅敬在外等候，见姜氏多久不出，执灯入往浴房唤之，方知被杀在地，哭得几次昏迷。次日正欲具状告理，又不知是何人所杀。却有街坊邻舍知之，忙往开封府首告梅敬无故自杀其妻。

包公看了状词，即拘梅敬审勘。梅敬遂以祈签之事告知。包公自思：“梅敬才回，决无自杀其妻的理。”乃对梅敬道：“你出六年不回，汝妻美貌，必有奸夫。想是奸夫起情造意要谋杀汝，汝因悟神签的话，故得脱免其祸。今详观神签中语云：‘斗粟三升米’，吾想官斗十升只得米三升，更有七升是糠[1]无疑。莫非这奸夫就是康七么？”梅敬道：“生员对邻果有一人名唤康七。”包公即令左右拘唤来审，康七亦不推赖，叩头供状道：“小人因见姜氏美貌，不合故起谋心，本意欲杀其夫，不知误伤其妻。相公明见万里，小人情愿伏罪。”包公押了供状，遂断其偿命，即令典刑。远近人人叹服。

【注释】

①糠：稻、麦、谷子等的籽实所脱落的壳或皮。

聿姓走东边

话说东京管下袁州有一人姓张名迟者，与弟张汉共堂居住。张迟娶妻周氏，生一子周岁。适周母有疾，着安童来报其女。周氏闻知母病，与夫商议要回家看母，过数日方与收拾回去。比及周氏到得母家，母病已痊[1]，留住一月有余。忽张迟有故人潘某在临安为县史，遣仆相请。张迟接得故人来书，次日先打发仆回报，许来相会。潘仆去后，迟与弟商议道：“临安县潘故人书来相请，我已许约而去，家下要人看理，汝当代我前往周家说知，就同嫂嫂回来。”弟应诺。

次日，张汉径出门来到周家，见了嫂嫂道知：“兄将远行，特命我来接嫂嫂回家。”周氏乃是贤惠妇人，甚是敬叔，吩咐备酒相待。张汉饮至数杯，乃道：“路途颇远，须趁早起身。”周氏遂辞别父母，随叔步行而回。行到高岭上，乃五月天气，日色酷热，周氏手里又抱着小孩儿，极是困苦难行，乃对叔道：“日正当午，望家里不远，且在林子内略坐片时，少避暑气再行。”张汉道：“既是行得烦难，少坐一时也好，不如先抱侄儿与我先去回报，令觅轿夫来接。”周氏道：“如此恰好。”即将孩儿与叔抱回来，正值兄在门首候望，汉说与兄知：“嫂行不得，须待人接。”迟即雇二轿夫前至半岭上，寻那妇人不见。轿夫回报，张迟大惊，同弟复来其坐息处寻之，不见。其弟亦疑谓兄道：“莫非嫂嫂有甚物事忘在母家，偶然记起，回转去取？兄再往周家看问一番。”迟然其言，径来周家问时，皆云：“自出门后已半日矣，哪曾见他转来？”张愈慌了，再来与弟穿林抹岭遍寻，寻到一幽僻处，见其妻死于林中，且无首矣。张迟哀哭不止。当日即与弟雇人抬尸，用棺木盛贮了。

次日，周氏母家得知此事，其兄周立极是个好讼之人，即扭张汉赴告于曹都宪，皆称张汉欲奸，嫂氏不从，恐回说知，故杀之以灭口。曹信其然，用严刑拷打，张汉终不肯诬服。曹令都官根究妇人首级，都官着人到岭上寻觅首级不得，便密地开一妇人坟墓，取出尸断其首级回报。曹再审勘，张汉如何肯招？受不过严刑，只得诬服，认做谋杀之情，监系狱中候决。

将近半年，正遇包大人巡审东京罪人，看及张汉一案，便唤张犯厅前问之。张诉前情，包公疑之：“当日彼夫寻觅其妇首级未有，待过数日，都官寻觅便有，此事可疑。”令散监张汉于狱中，遂唤张龙、薛霸二公牌吩咐道：“你二人前往南街头寻个卜卦人来。”适寻得张术士到，包公道：“令汝代推占一事，须虔诚[②]祷之。”术士道：“大人所占何事，敢问主意？”包公道：“你只管推占，主意自在我心。”推出一“天山遁”卦，报与包公道：“大人占得此卦，遁者，匿也，是问个幽阴之事。”包公道：“卦辞如何？”术士道：“卦辞意义渊深难明，须大人自测之。”其辞云：“遇卦天山遁，此义由君问。聿姓走东边，糠口米休论。”包公看了卦辞，沉吟半晌，正不知如何解说，便令取官米一斗结赏术士而去。唤过六房吏司，包公问道：“此处有糠口地名否？”众人皆答无此地名。

包公退入后堂，秉烛而坐，思忖其事，忽然悟来。次日升堂，唤过张、薛二公牌，拘得张迟邻人萧某来到，密吩咐道：“汝带二公人前到建康地方旅邸之间，限三日内要缉访张家事情来报。”萧某以事干系情重，难以缉访，虑有违限的罪，欲待推辞，见包公有怒色，只得随二公人出了府衙，一路访问张家杀死妇人情由，并无下落。正行到建康旅邸，欲炊晌午，店里坐着两个客商，领一个年少妇人在厨下炊火造饭。二客困倦，随身卧于床上。萧某悄视那妇人，面孔相熟，妇人见萧某亦觉相识，二人看视良久。那妇人愁眉不展，近前见萧某问道：“长者从哪里来？”萧某答道：“我萍乡人氏姓萧者便是。”妇人闻之是与夫同乡，便问：“长者所居曾识张某否？”萧某大惊道：“好似我乡里周娘子！”周氏潸然泪下道：“妾正是张迟妻也。”萧乃道知张汉为汝诬服在狱之故。周氏泣道：“冤哉！当日叔叔先抱孩儿回去，妾坐于林中候之。忽遇二客商挑着箬笼上山来，见妾独自坐着，四顾无人，即拔出利刀，逼我脱下衣服并鞋。妾惧怕，没奈何遂依他脱下。那二客商遂于笼中唤出一妇人，将妾衣并鞋与那妇人穿着，断取其头置笼中，抛其身子于林里，拿我入笼中，负担而行。沿途乞觅钱钞，受苦万端。今遇乡里，恰似青天开眼，望垂怜恤，报知吾夫急来救妾。”言罢，悲咽不止。萧某听了道：“今日包爷正因张汉狱事不明，特差我领公牌来此缉访，不想相遇。待我说与公牌知之，便送娘子回去。”周氏收泪进入里面，安顿那二客商。萧某来见二公牌，午饭正熟，萧某以其情说与二人知之。张、薛二人午饭罢，抢入店里面，正值二客与周氏亦在用饭。二公牌道：“包公有牌来拘你，可速去。”二客听说一声包爷，神魂惊散，走动不得，被二公牌绑缚了，连妇人直带回府衙报知。包公不胜大喜，即唤张迟来问，迟到衙会见其妻，相抱而哭。包公再审，周氏逐一告明前事，二客不能抵讳，只得招认。包公令取长枷监禁狱中，叠成案卷。包公以张汉之枉明白，再勘问都官得妇人首级情由，都官不能隐瞒，亦供招出。审实一干罪犯监候，具疏奏达朝廷。不数日，仁宗旨下：

二客谋杀惨酷，即问处决；原问狱官曹都宪并吏司决断不明，诬服冤枉，皆罢职为民；其客商赀帛赏赐邻人萧某；释放张汉；周氏仍归夫家；周立问诬告之罪，决配远方；都官盗开尸棺取妇人头，亦处死罪。

事毕，众书吏叩问包公，缘何占卜遂知此事？包公道：“阴阳之数，报应不差。卦辞前二句乃是助语，第三句‘聿姓走东边’，天下岂有姓聿者？犹如聿字加一走之，却不是个建字？‘糠口米休论’，必为糠口是个地名，及问之，又无此地名，想是糠字去了米，只是个单康字。离城九十里有建康驿名，那建康是往来冲要之所，客商并集，我亦疑此妇人被人带走，故命彼邻里有相识者往访之，当有下落，果然不出吾之所料。”众吏叩服包公神见。

【注释】

①痊：痊愈。

②虔（qián）诚：恭敬而有诚意。

地　窨[1]

话说河南汝宁府上蔡县，有巨富长者姓金名彦龙，娶周氏，生有一子，名唤金本荣，年二十五岁，娶妻江玉梅，年将二十，姣容美貌。忽一日，金本荣在长街市上算命，道有一百日血光之灾，除非是出路躲避方可免得。本荣自思：有契兄袁士扶在河南府洛阳经营，不若到他那里躲灾避难，二来到彼处经营。回家与父母说知其故。金彦龙曰：“既如此，我有玉连环一双，珍珠百颗，把与孩儿拿去哥哥家货卖，值价一十万贯。”金本荣听了父言，即便领诺。正话间，旁边走出媳妇江玉梅向前禀道：“公婆在上，丈夫在家终日只是饮酒，若带着许多金宝前去，诚恐路途有失，怎生放心叫他自去？妾想如今太平时节，媳妇与丈夫同去。”金彦龙道：“吾亦虑他好酒误事，若得媳妇同去最好。今日是个吉日，便可收拾起程。”即将珍珠、玉连环付与本荣，吩咐过了百日之后，便可回家，不可远游在外，使父母挂心。金本荣应诺，辞别父母离家，夫妇同行。

至晚，寻入酒店，略略杯酌。正饮之间，只见一个全真先生走入店来。那先生看着金本荣夫妇道：“贫道来此抄化一斋。”本荣平生敬奉玄帝，一心好道，便道：“先生请坐同饮。”先生道：“金本荣，你夫妇二人何往？”本荣大惊道：“先生所言，吾与你素不相识，何以知吾姓名？”先生道：“贫道久得真人传授，吉凶靡所不知。今观汝二人气色，目下必有大灾，切宜谨慎。”本荣道：“某等凡人，有眼无珠，不知趋避之方；况兼家有父母在堂。先生既知休咎，望乞怜而救之。”先生道：“贫道观汝夫妇行善已久，岂忍坐视不救！今赐汝两丸丹药，二人各服一丸，自然免除灾难；但汝身边宝物牢匿在身，如汝有难，可奔山中来寻雪涧师父。”道罢相别。

本荣在路夜宿晓行，不一日将近洛阳县。忽听得往来人等纷纷传说，西夏国王赵元昊兴兵犯界，居民各自逃生。本荣听了传说之言，思了半晌，乃谓其妻江玉梅道："某在家中交结个朋友，唤作李中立，此人在开封府郑州管下汜水县居住。他前岁来我县做买卖时，我曾多有恩于他，今既如此，不免去投奔他。"江玉梅从其言。本荣遂问了乡民路径，与妻直到李中立门首，先托人报知。李中立闻言，即忙出迎本荣夫妇入内。相见已毕，茶罢，中立问其来由，本荣即告以因算命出来躲灾之事，承父将珍珠、玉连环往洛阳经商，因闻西夏欲兴兵犯境，特来投奔兄弟。中立听了，细观本荣之妻生得美貌，心下生计，遂对本荣道："洛阳与本处同是东京管下，西夏国若有兵犯界，则我本处亦不能免。小弟本处有个地窖子，倘贼来时，只从地窖中躲避，管取太平无事。贤兄放心且住几时。"便叫家中置酒相待，又唤当值李四去接邻人王婆来家陪侍，李四领诺去了。移时王婆就来相见，请江玉梅到后堂，与李中立妻子款待已毕，至晚，收拾一间房子与他夫妻安歇。

过了数日，李中立见财色起心，暗地密唤李四吩咐道："吾去上蔡县做买卖时，被金本荣将本钱尽赖了去。今日来到我家，他身边有珍珠百颗，玉连环一对，你今替我报仇，可将此人引至无人处杀死，务要刀上有血，将此珠玉之物并头上头巾前来为证，我即养你一世，决不虚言。"李四见说，喜不自胜，二人商议已定。次日，李中立对金本荣道："吾有一所小庄，庄内有一窨在彼，贤兄可去一看。"本荣不知是计，遂应声道："贤弟既有庄所，吾即与李四同往一观。"当日乃与李四同去。原来金本荣宝物日夜随身。二人走到无人烟之处，李四腰间拔出利刀道："小人奉家主之命，说你在上蔡县时曾赖了他本钱，今日来到此处，叫我杀了你。并不干我的事，你休得埋怨于我。"遂执刀向前来杀。本荣见了，吓得魂飞天外，连忙跪在地下苦苦哀告道："李四哥听禀：他在上蔡时，我多有恩于他。他今日见我妻美貌，恩将仇报，图财害命，谋夫占妻，生此冤惨。乞怜我有七旬父母无人侍养，饶我残生，阴功莫大。"李四听了说道："只是我奉主命就要宝物回去，且问汝宝物现在何处？"本荣道："宝物随身在此，任君拿去，乞放残生。"李四见了宝物又道："吾闻图人财者，不害其命；今已有宝物，更要取你头巾为证，又要刀上见血迹方可回报，不然，吾亦难做人情。"本荣道："此事容易。"遂将头巾脱下，又咬破舌尖，喷血刀上。李四道："我今饶你性命，你可急往别处去躲。"本荣道："吾得性命，自当远离。"即拜辞而去。

当日李四得了宝物，急急回家与李中立交清楚。中立大喜，吩咐置酒，在后堂请嫂嫂江玉梅出来。玉梅见天色已晚，乃对中立道：“叔叔令丈夫去看庄所，缘何此时不见回来？”李中立道：“吾家亦颇富足，贤嫂与我成了夫妇，亦够快活一世，何必挂念丈夫？”玉梅道：“妾丈夫现在，叔叔何得出此牛马之言？岂不自耻！”李中立见玉梅秀美，乃向前搂住求欢。玉梅大怒，将中立推开道：“妾闻在家从父，出嫁从夫。妾夫又无弃妾之意，安肯伤风败俗，以污名节！”李中立道：“汝丈夫今已被我杀死，若不信时，吾将物事拿来你看，以绝念头。”言罢，即将数物丢在地下道：“娘子，你看这头巾，刀上有血，若不顺我时，想亦难免。”玉梅一见数物，哭倒在地。中立向前抱起道：“嫂嫂不须烦恼，汝丈夫已死，吾与汝成了夫妇，谅亦不玷辱了你，何故执迷太甚？”言罢，情不能忍，又强欲求欢。玉梅自思：“这贼将丈夫谋财杀命，又要谋我为妾，若不从，必遭其毒手。”遂对中立道：“妾有半年身孕，汝若要妾成夫妇，待妾分娩之后，再作区处；否则妾实甘一死，不愿与君为偶。”中立自思：“分娩之后，谅不能逃。”遂从其言。就唤王婆吩咐道：“汝同这娘子往深村中山神庙边，我有一所空房在彼，你可将他藏在此处，等他分娩之后，不论男女，将来丢了，待满月时报我知道。”当日，王婆依言领江玉梅去了。

话分两头。且说本荣父亲金彦龙，在家思念儿子、媳妇不归，音信并无，彦龙乃与妻将家私封记，收拾金银，沿路来寻不提。

不觉光阴似箭，日月如梭，江玉梅在山神庙旁空房内住了数月，忽一日肚疼，生下一个男儿。王婆近前道：“此子只好丢在水中，恐李长者得知，连累老身。”玉梅再三哀告道：“念他父亲痛遭横祸，看此儿亦投三光出世，望乞垂怜，待他满月，丢了未迟。”王婆见江玉梅情有可矜，心亦怜之，只得依从。不觉又是满月，玉梅写了生年月日，放在孩儿身上，丢在山神庙中候人抱去抚养，留其性命。遂与王婆抱至庙中，不料金彦龙夫妻正来这山神庙中问个吉凶，刚进庙来，却撞见江玉梅。公婆二人大惊，问其夫在何处，玉梅低声诉说前事，彦龙听了，苦不能忍，急急具状告理。

却值包公访察，缉知其事。次日，即差无情汉领了关文一道，径投郑州管下汜水县下了马，拘拿李中立起解到台，令左右将中立先责一百杖，暂且收监，未及审勘。王婆又欲充作证见，凭玉梅报谢。包公令金彦龙等在外伺候。

且说金本荣，自离了汜水县，无处安身，径来山中撞见雪涧师父，留在庵中修行出家，不知父母妻子下落，心中忧愁不乐。忽一日，师父与金本荣道：“我今日教你去开封府抄化，有你亲眷在彼，你可小心在意，回来教我知道。”金本荣拜辞了师父，径投开封府来，遂得与父母妻子相见，同到府前。正值包公升堂，彦龙父子即将前事又哭告一番。包公即令狱中取出李中立等审勘，李中立不敢抵赖，一一供招，贪财谋命是实，强占伊妻是真。包公叫取长枷脚镣[2]肘锁，送下死牢中去。将中立家财一半给赏李四，一半给赏王婆；追出宝物给还金本荣；李中立妻子发边远充军。闻者快心。

【注释】

①地窨（yìn）：地窖。

②脚镣：套在犯人脚腕子上使不能快走的刑具，由一条铁链连着两个铁箍做成。

龙 窟

话说东京离城五里，地名湘潭村，有一人姓邱名惇，家业殷实，娶本处陈旺之女为妻。陈氏甚是美貌，却是个水性妇人，因见其夫敦重，甚不相乐。时镇西有个牙侩[1]，姓汪名琦，生得清秀，是个风流浪子，常往来邱惇家，惇以契交兄弟情义待之。汪出入稔熟，常与陈氏交接言语。

一日，汪琦来到邱家，陈氏不胜欢喜，延入房中坐定，对汪道：“丈夫到庄上算田租，一时未还，难得今日你到此来，有句话当要对你说。且请坐着，待我到厨下便来。”汪琦正不知是何缘故，只得应诺，遂安坐等候。不多时陈氏整备得一席酒肴入房中来，与汪琦对饮。酒至半酣，那陈氏有心，向汪琦道：“闻得叔叔未娶婶婶，夜来独眠，岂不孤单？”汪答道：“小可命薄，姻缘迟缓，衾枕独眠，是所甘愿也。”陈氏笑道：“叔叔休瞒我，男子汉无有妻室，度夜如年。适言甘愿，乃不得已之情，非实意也。”汪琦初则以朋友分上，尚不敢乱言，及被陈氏将言语调戏，不觉心动，说道：“贤嫂既念小叔孤单，今日肯怜念我么？”陈氏道：“我倒有心怜你，只恐叔叔无心恋我。”二人戏谑良久，彼此乘兴，遂成云雨之交，正是色胆大如天。两下意投之后，情意稠密，但遇邱惇不在家，汪某遂留宿于陈氏房中，邱惇全不知觉。

邱之家仆颇知其事，欲报知于主人，又恐主人见怒；若不说知，甚觉不平。忽值那日邱惇正在庄所与佃户算账，宿于其家。夜半，邱惇对家仆道：“残秋天气，薄被生寒，未知家下亦若是否？”家仆答道：“只亏主人在外孤寒，家下夜夜自暖。”邱惇怪而疑之，便问：“你如何出此言语？”家仆初则不肯说，及至问得急切，乃直言主母与汪某往来交密之情。邱听此言，恨不得一时天晓。次日，回到家下，见陈氏面带春风，越疑其事。是夜，盘问汪某来往情由，陈氏故作遮掩模样道：“你若不在家时，便闭上内外门户，哪曾有人来我家？却将此言诬我！”邱道：“不要性急，日后自有端的。”那陈氏惧怕不语。

次日清早，邱惇又往庄所去了。汪某进来见陈氏不乐，问其故，陈氏不隐，遂以丈夫知觉情由告知。汪某道：“既如此，不须忧虑，从今我不来你家便无事了。”陈氏笑道：“我道你是个有为丈夫，故有心从汝，原来是个没志量的人。我今既与你情密，须图终身之计，缘何就说开交的话？”汪某道：“然则如之奈何？”陈氏道：“必须谋杀吾夫，可图久远。”汪沉吟半晌，没有计较处，忽计从心上来，乃道：“娘子的有实愿，我谋害之计有了。”陈氏问：“何计？”汪道：“本处有一极高山巅上原有龙窟，每见烟雾自窟中出则必雨；若不雨必主旱伤。目下乡人于此祈祷，汝夫亦与此会，候待其往，自有处置的计。”陈氏喜道：“若完事后，其余我自有调度。”汪宿了一夜而去。

次日，果是乡人鸣锣击鼓，径往山巅祈祷。邱惇亦与众人随登，汪琦就跟到窟前。不觉天色黄昏，众人祈祷毕先散去，独汪琦与邱惇在后。经过龙窟，汪戏道：“前面有龙露出爪来。”惇惊疑探看，被汪乘势一推，惇立脚不定，坠入窟中。当下汪某跑走回来，见陈氏说知其事。陈氏欢喜道：“想我今生原与你有缘。”自是汪某出入其家无忌，不顾人知。有亲戚问及邱某多时不见之故，陈氏掩讳，只告以出外未回。然其家仆见主人没下落，甚是忧疑，又见陈氏与汪某成了夫妇，越是不忿，欲告首于官，根究其事。陈氏密闻之，遂将家仆逐赶出去。

后将近一月余，忽邱惇复归家，正值陈氏与汪某围炉饮酒，见惇自外入，汪大惊，疑其是鬼，抽身入房中取出利刀呵叱，逐之出门。惇悲咽无所往，行到街前，遇见家仆，遂抱住主人问其来由。惇将当日被汪推落窟中的事说了一遍。家仆哭道：“自主不回，我即致疑，及见主母与汪某成亲，想他必然谋害于你。待诉之官，根究主人下落，竟被他赶出。不意吉人大相，复得相见，当以此情告于开封府，以雪此冤。”

惇依言，即具状赴开封府衙门。包公审问道：“既当日推落龙窟，焉得不死，复能归乎？”邱惇泣诉道：“正不知因何缘故。方推下的时节，窟旁皆茅苇，因傍茅苇而落，故得无伤。窟中甚黑，久而渐光，见一小蛇居中盘旋不动。

窟中干燥，但有一勺之水清甚，掬其水饮之，不复饥渴。想着那蛇必是龙也，常乞此蛇庇佑，蛇亦不见相伤，每于窟中轻移旋绕，则蛇渐大，头角峥嵘[②]，出窟而去，俄而雨下，如此者六七日。一日，因攀拿龙尾而上，至窟外则龙尾掉摇，坠于窟旁茅丛去了。因即归家，正见妻与汪琦同饮，被汪利刀赶逐而出。特来具告。”言讫不胜痛哭。

包公审实明白，即差公牌张龙、赵虎，到邱家捉拿汪琦、陈氏。是时汪琦正在疑惑此事，不提防邱某已再生回家，竟具状开封府，公牌拘到府衙对理。包公审问汪琦，琦诉道：“当时乡人祈祷，各自早散回家，邱至黄昏误落窟中，哪有谋害之情？又其家紧密，往来有数，哪有通奸之事？”此时汪某争辩不已，包公着令公牌去陈氏房中取得床上睡席来看，见有二人新睡痕迹。包公道：“既说彼家门户紧密，缘何有二人席痕？分明是你谋害，幸至不死，尚自抵赖！”即令严刑拷究，汪只得供招，将汪琦、陈氏皆定死罪；邱惇回家。见者欣喜。

【注释】

①牙侩（kuài）：商人。

②头角峥嵘（zhēng róng）：比喻青少年气概或才能不同寻常。

善恶罔报

话说：“善有善报，恶有恶报，莫道无报，只分迟早。”这几句话是阴间法令，也是口头常谈；哪晓得这几句也有时信不得。东京有个姚汤，是三代积善之家，周人之急，济人之危，斋僧布施，修桥补路，种种善行，不一而足。人人都说姚家必有好子孙在后头。西京有个赵伯仁，是宋家宗室，他倚了是金枝玉叶，谋人田地，占人妻子，种种恶端，不可胜数。人人都说赵伯仁倚了宗亲横行无状，阳间虽没奈何他，阴司必有冥报。哪晓得姚家积善倒养出不肖子孙，家私、门户，弄得一个如汤泼雪；赵家行恶倒养出绝好子孙，科第不绝，家声大震。因此姚汤死得不服，告状于阴间：

告为报应不明事：善恶分途，报应异用；阳间糊涂，阴间电照；迟早不同，施受岂爽。今某素行问天，存心对日，泼遭不肖子孙，荡覆祖宗门户。降罚不明，乞台查究。上告。

包公看完道："姚汤，怎的见你行善就屈了你？"姚汤道："我也曾周人之急，济人之危，也曾修过桥梁，也曾补过道路。"包公道："还有好处么？"姚汤道："还有说不尽处，大头脑不过这几件；只是赵伯仁作恶无比，不知何故子孙兴旺？"包公道："我晓得了，且待在一边。"再拘赵伯仁来审。不多时，鬼卒拘赵伯仁到。包公道："赵伯仁，你在阳世行得好事！如何敢来见我？"赵伯仁道："赵某在阳间虽不曾行善事，也是平常光景，亦不曾行甚恶事来！"包公道："现有对证在此，休得抵赖。带姚汤过来。"姚汤道："赵伯仁，你占人田地是有的，谋人妻女是有的，如何不行恶？"赵伯仁道："并没有此事，除非是李家奴所为。"包公道："想必是了。人家常有家奴不好，主人是个进士，他就是个状元一般；主人是个仓官、驿丞，他就是个枢密宰相一般；狐假虎威，借势行恶，极不好的。快拘李家奴来！"

不一时，李奴到。包公问道："李家奴，你如何在阳间行恶，连累主人有不善之名？"李奴终是心虚胆怯，见说实了，又且主人在面前，哪里还敢则声。包公道："不消究得了，是他做的一定无疑。"赵伯仁道："乞大人一究此奴，以为家人累主之戒。"包公道："我自有发落。"叫姚汤："你说一生行得好事，其实不曾存得好心。你说周人、济人、修桥、补路等项，不过舍几文铜钱要买一个好名色，其实心上割舍不得，暗里还要算计人，填补舍去的这项钱粮。正是暗室亏心，神目如电。大凡做好人只要心田为主；若不论心田，专论财帛，穷人没处积德了。心田若好，一文不舍，不害其为善；心田不好，日舍万文钱，不掩其为恶。你心田不好，怎教你子孙会学好？赵伯仁，你虽有不善的名色，其实本心存好，不过恶奴累了你的名头，因此你自家享尽富贵，子孙科第连芳。皇天报应，昭昭不爽。"仍将李恶奴发下油锅，余二人各去。这一段议论，包公真正发人之所未发也。

寿夭不均

话说阴间有个注寿官，注定哪一年上死，准定要死的；注定不该死，就死还要活转来。又道阴骘[①]可以延寿，人若在世上做得些好事，不免又在寿簿上添上几竖几画；人若在世上做得不好事，不免又在寿簿上去了几竖几画。若是这样说起来，信乎人的年数有寿夭不同，正因人生有善恶不同。哪晓得这句话也有时信不得。

山东有个冉道，持斋把素，一生常行好事，若损阴骘的，一无所为，人都叫他是个佛子；有个陈元，一生做尽不好事，夺人之财，食人之肝，人都唤他是个虎夜叉。依道理论起来，虎夜叉早死一日，人心畅快一日；佛子多活一日，人心欢喜一日。不期佛子倒活得不多年纪就夭亡了；虎夜叉倒活得九十余岁，得以无病善终，人心自然不服了。因此那冉佛子死到阴司之中告道：

告为寿夭不均事：阴骘延寿，作恶夭亡；冥府有权，下民是望。今某某等为善夭，为恶寿。佛子速赴于黄泉，虽在生者不敢念佛；虎叉久活于人世，恐祝寿者尽皆效虎。漫云夭死是为脱胎，在生一日胜死千年。上告。

包公见状即问道：“冉道，你怎么就怨到寿夭不均？”冉道道：“怨字不敢说，但是冉某平素好善，便要多活几年也不为过。恐怕阴司簿上偶然记差了，屈死了冉某也未可知。”包公道：“阴司不比阳间容易定人之罪，没人之善，况乎生死大事，怎么就好记差了？快唤善恶司并注寿官一齐查来。”不多时，鬼使报道：“他是口善心不善的。”包公道：“原来如此。”对冉道说：“大凡人生在世，心田不好，持斋把素[2]也是没用的；况如今阳间的人，偏是吃素的人心田愈毒，借了把素的名色，弄出拈枪的手段。俗语说得好，是个佛口蛇心。你这样人只好欺瞒世上有眼的瞎子，怎逃得阴司孽镜？你的罪比那不吃素的还重，如何还说不服早死？”冉道说：“冉某服罪了。但是陈元这样恶人，如何倒活得寿长？”包公即差鬼卒拘陈元对审。

陈元到了，包公道：“且不要问陈元口词，只去善恶簿上查明就是。”不多时，鬼吏报道：“不差，不差！”包公道：“怎么反不差？”鬼吏道：“他是三代积德之家。”包公道：“原来如此。一代积善，犹将十世宥之，何况三代？但是阳世作恶，虽是多活几年，免不得死后受地狱之苦。”遂批道：

审得：冉道以念佛而夭亡，遂怨陈元以作恶而长寿。岂知善不善在心田，不在口舌；哪晓恶不恶论积累，不论一端。口里吃素便要得长寿，将茹荤[3]者尽短命乎？一代积善，可延数世；彼小疵[4]者，能不宥乎？佛在口而蛇在心，更加重罪；行其恶而长其年，难免冥苦。毋得混淆，速宜回避。

批完，二人首服而去。

【注释】

①阴骘（zhì）：即“阴德”。

②持斋把素：谓信佛者遵守吃素，坚持戒律。

③茹荤：本指吃葱、韭等辛辣的蔬菜。后指吃鱼、肉等。

④疵（cī）：缺点；毛病。

三娘子

话说广东潮州府揭阳县有赵信者，与周义相交。义相约同往京中买布，先一日讨定张潮艄公船只，约次日黎明船上会。至期，赵信先到船，张潮见时值四更，路上无人，将船撑向深处去，将赵信推落水中而死，再撑船近岸，依然假睡。黎明，周义至，叫艄公，张潮方起。等至早饭过，不见赵信来，周义乃令艄公去催。张潮到信家，连叫几声，三娘子方出开门，盖因早起造饭，夫去后复睡，故反起迟。潮因问信妻孙氏道："汝三官人昨约周官人来船，今周官人等候已久，三官人缘何不来？"孙氏惊道："三官人出门甚早，如何尚未到船？"潮回报周义，义亦回去，与孙氏家遍寻四处，三日无踪。义思："信与我约同买卖，人所共知，今不见下落，恐人归罪于我。"因往县去首明，为急救人命事，外开干证艄公张潮，左右邻舍赵质、赵协及孙氏等。

知县朱一明准其状，拘一干人犯到官。先审孙氏称："夫已食早饭，带银出外，后事不知。"次审艄公，张潮道："前日周、赵二人同来讨船是的。次日，天未明，只周义到，赵信并未到，附帮数十船俱可证。及周义令我去催，我叫'三娘子'，彼方睡起，初开大门。"又审左右邻赵质、赵协，俱称："信前将往买卖，妻孙氏在家吵闹是实。其清早出门事，众俱未见。"又问原告道："此必赵信带银在身，汝谋财害命，故抢先糊涂来告此事。"周义道："我一人岂能谋得一人，又焉能埋没得尸身？且我家胜于彼家，又是至相好之友，尚欲代彼伸冤，岂有谋害之理？"孙氏亦称："义素与夫相善，决非此人谋害。但恐先到船，或艄公所谋。"张潮辩称："我一帮船几十只，何能在口岸头谋人，怎瞒得人过？且周义到船，天尚未明，叫醒我睡已有明证。彼道夫早出门，左右邻里并未知之，及我去叫，他睡未起，门未开，分明是他自己谋害。"朱知县将严刑拷勘孙氏，那妇人香姿弱体，怎当此刑？只说："我夫已死，我拚一死陪他。"遂招认"是我阻挡不从，因致谋死。"又拷究尸身下落，孙氏说："谋死者是我，若要讨他尸身，只将我身还他，何必更究？"再经府复审，并无变异。

次年秋谳，请决孙氏谋杀亲夫事，该至秋行刑。有一大理寺左任事杨清，明如冰鉴，极有见识，看孙氏一宗案卷，忽然察到。因批日：“敲门便叫三娘子，定知房内已无夫。”只此二句话，察出是艄公所谋，再发巡行官复审。

时包公遍巡天下，正值在潮州府，单拘艄公张潮问道：“周义命汝去催赵信，该叫三官人，缘何便叫三娘子？汝必知赵信已死了，故只叫其妻！”张潮闻此话，愕然失对。包公道：“明明是汝谋死，反陷其妻。”张潮不肯认，发打三十；不认，又夹打一百；又不认，乃监起。再拘当日水手来，一到，不问便打四十。包公道：“汝前年谋死赵信，张潮艄公诉说是你，今日汝该偿命无疑。”水手一一供招：“因见赵信四更到船，路上无人，帮船亦不觉，是艄公张潮移船深处推落水中，复撑船近岸，解衣假睡。天将亮周义乃到。此全是张潮谋人，安得陷我？”后取出张潮与水手对质，潮无言可答。将潮偿命，孙氏放回，罢朱知县为民。可谓狱无冤民，朝无昏吏矣。

贼总甲

话说平凉府有一术士，在府前看相，众人群聚围看。时有卖缎客毕茂，袖中藏帕，包银十余两，亦杂在人丛中看，被一光棍手托其银，从袖中而出，下坠于地。茂即知之，俯首下捡，其光棍来与相争。茂道：“此银是我袖中坠下的，与你何干？”光棍道：“此银不知何人所坠，我先见要捡，你安得自认？今不如与这众人，大家分一半有何不可？”众人见光棍说均分，都来帮助。毕茂哪里肯分，相扭到包公堂上去。

光棍道：“小的名罗钦，在府前看术士相人，不知谁失银一包在地，小的先捡得，他要来与我争。”毕茂道：“小的亦在此看相人，袖中银包坠下，遂自捡取，彼要与我分。看罗钦言谈似江湖光棍，或银被他剪绺[1]，因致坠下，不然我两手拱住，银何以坠？”罗钦道：“剪绺必割破衣袖，看他衣袖破否？况我同家人进贵在此卖锡，颇有本钱，现在南街李店住，怎是光棍？”包公亦会相面，罗钦相貌不良，立令公差往南街拿其家人并账目来看，果记有卖锡账目明白，乃不疑之。因问毕茂道：“银既是你的，可记得多少两数？”毕茂道：“此银身上用的，忘记数目了。”包公又命手下去府前混拿两个看相人来问之，二人同指罗钦身上去道：“此人先见。”再指毕茂道：“此人先捡得。”包公道：

"罗钦先见，还口说他捡么？"二人道："正是。听得罗钦说道：那里有个甚包。毕茂便先捡起来，见是银子，因此两下相争。"包公道："毕茂，你既不知银数多少，此必他人所失，理合与罗钦均分。"遂当堂分开，各得八两而去。

包公令门子俞基道："你密跟此二人去，看他如何说。"俞基回报道："毕茂回店埋怨老爷，他说被那光棍骗去；罗钦出去，那两个干证索他分银，跟在店中，不知后来如何。"包公又令一青年外郎任温道："你与俞基各去换假银五两，又兼好银几分，汝路上故与罗钦看见，然后往人闹处去，必有人来剪绺的，可拿将来，我自赏你。"

任温遂与俞基并行至南街，却遇罗钦来。任温故将银包解开买樱桃，俞基亦将银买，道："我还要买来请你。"二人都买过，随将樱桃食讫，径往东岳庙去看戏。俞基终是个小后生，袖中银子不知几时剪去，全然不知。任温眼虽看戏，只把心放在银上，要拿剪绺贼。少顷，身旁众人挨挤甚紧，背后一人以手托任温的袖，其银包从袖口中挨手而出，任温乃知剪绺的，便伸手向后拿道："有贼在此。"两旁二人益挨进，任温转身不得，那背后人即走了。任温扯住两旁二人道："包爷命我二人在此拿贼，今贼已走脱，你二人同我去回复。"其二人道："你叫有贼，我正翻身要拿，奈人挤住，拿不着。今贼已走，要我去见老爷何干？"任温道："非有他故，只要你做干证，见得非我不拿，只人丛中拿不得。"地方见是外郎、门子，遂来助他，将二人送到包公前，说知其故。

包公问二人姓名，一是张善，一是李良。包公道："你何故卖放此贼？今要你二人代罪。"张善道："看戏相挤人多，谁知他被剪绺，反归罪于我。望仁天详察。"包公道："看你二人姓张姓李，名善名良，便是盗贼假姓名矣。外郎拿你，岂不的当！"各打三十，拟徒二年，令手下立押去摆站。私以帖与驿丞道："李良、张善二犯到，可重索他礼物，其所得的原银，即差人送上，此嘱。"

邱驿丞得此帖，及李良、张善解到，即大排刑具，惊吓道："各打四十见风棒！"张善、李良道："小的被贼连累，代他受罪。这法度我也晓得，今日解到辛苦，乞饶蚁命。"即托驿书吏手将银四两献上，叫三日外即放他回。邱驿丞即将这银四两亲送到衙。包公令俞基来认之，基道："此假银即我前日在庙中被贼剪去的。"

包公发邱驿丞回，即以牌去提张善、李良到，问道："前日剪绺任温的贼可报名来，便免你罪。"张善道："小的若知，早已说出，岂肯以自己皮肉代他人枉受苦楚？”包公道：“任温银未被剪去，此亦罢了；但俞基银五两零被他剪去，衙门人的银岂肯罢休！你报这贼来也就罢。”李良道：“小的又非贼总甲，怎知哪个贼剪绺俞基的银子？”包公道：“银子我已查得了，只要得个贼名。”李良道：“既已得银两，即捕得贼，岂有贼是一人，用银又是一人？”包公以四两假银掷下去：“此银是你二人献与邱驿丞的，今早献来。俞基认是他的，则你二人是贼无疑。又放走剪任温银之贼，可速报来。”张善、李良见真情已露，只得从实供出：“小的做剪绺贼者有二十余人，共是一伙。昨放走者是林泰，更前日罗钦亦是，这回祸端由他而起。尚有其余诸人未犯法。小的贼有禁议，至死也不相扳。”再拘林泰、罗钦、进贵到，勒罗钦银八两与毕茂去讫。将三贼各拟徒二年；仍派此二人为贼总甲，凡被剪绺者仰差此二人身上赔偿。人皆叹异。

【注释】

①剪绺（liǔ）：扒窃。

江岸黑龙

话说西京有一姓程名永者，是个牙侩之家，通接往来商客，令家人张万管店，凡遇往来投宿的，若得经纪钱，皆记了簿书。一日，有成都幼僧姓江名龙，要往东京披剃给度牒[①]，那日恰行到大开坡，就投程永店中借歇。是夜，江僧独自一个于房中收拾衣服，将那带来银子铺于床上，正值程永在亲戚家饮酒回来，见窗内灯光露出，近前视之，就看见了银子。忖道：这和尚不知是哪里来的，带这许多银两？正是财物易动人心，不想程永就起了个恶念。夜深时候，取出一把快利尖刀，挨开僧人房门进去，喝声道：“你谋了人许多财物，怎不分我些？”江僧听了大惊，措手不及，被程永一刀刺死，就掘开床下土埋了尸首，收拾起那衣物银两，进房睡去。

次日起来，就将那僧人银两去做买卖。未数年，起成大家，娶了城中许二之女为妻，生下一子，取名程惜，容貌秀美，爱如掌上之珠。年纪稍长，不事诗书，专好游荡。程永以其只得一个儿子，不甚拘管他；或好言劝之，其子反怒恨而去。

一日，程惜央匠人打一把鼠尾尖刀，蓦地来到父亲的相好严正家来。严正见是程惜，心下甚喜，便令黄氏妻安顿酒食，引惜至偏舍款待。严正问道：“贤侄难得到此，父亲安否？”惜听得问及父亲，不觉怒目反视，欲说又难于启口。严怪而问道：“侄有何事？但说无妨。”惜道：“我父是个贼人，侄儿必要刺杀之。已准备利刀在此，特来通知叔叔，明日便下手。”严正听了此言，吓得魂飞天外，乃道：“侄儿，父子至亲，休要说此大逆之话。倘若外人知道，非同小可。”惜道：“叔叔休管，管教他身上掘个窟窿。”言罢，抽身走起去了。

严正惊慌不已，将其事与黄氏说知。黄氏道：“此非小可，彼未曾与夫说知，或有不测，尚可无疑；今既来我家说知，久后事露如何分说？”严正道：“然则如之奈何？”黄氏道：“为今之计，莫若先去告首官府，方免受累。”严正依其言。次日，具状到包公衙内首告。

包公审状，甚觉不平，乃道：“世间哪有此等逆子？”即拘其父母来问，程永直告其子果有谋弑[2]之心；究其母，母亦道：“不肖子常在我面前说要弑父亲，屡屡被我责谴，彼不肯休。”拘其子来根勘之，程惜低头不答；再唤程之邻里数人，逐一审问，邻里皆道其子有弑父的意，身上不时藏有利刀。包公令公人搜惜身上，并无利刀。其父复道：“必是留在睡房中。”包公差张龙前到程惜睡房搜检，果于席下搜出一把鼠尾尖刀，回衙呈上。包公以刀审问程惜，程惜无语。包公不能决，将邻里一干人犯都收监中，退入后堂。自忖道：“彼嫡亲父子，并无他故，如何其子如此行凶？此事深有可疑。”思量半夜，辗转出神。将近四更，忽得一梦：正待唤渡艄过江，忽江中现出一条黑龙，背上坐一神君，手执牙笏，身穿红袍，来见包公道：“包大人休怪其子不肖，此乃是二十年前之事。”道罢竟随龙而没。包公俄而惊觉，思忖梦中之事，颇悟其意。

次日升堂，先令狱中取出程某一干人审问。唤程永近前问道：“你成的家私还是祖上遗下的，还是自己创起的？”程永答道：“当初曾做经纪，招接往来客商，得牙钱成家。”包公道：“出入是自己管理么？”程永道：“管簿书皆由家人张万之手。”包公即差人拘张万来，取簿书视之，从头一一细看，中间却写有一人姓江名龙，是个和尚，于某月日来宿其家，甚注得明白。包公忆昨夜梦见江龙渡江之事，豁然明白，就独令程永进屏风后说与永道：“你子大逆，依律该处死，只汝之罪亦所难逃。你将当年之事从直供招，免累众人。”程永答道：“吾子不孝，既蒙处死，此乃甘心。小人别无甚事可招。”包公道：“我已得知多时，尚想瞒我？江龙幼僧告你二十年前之事，你还记得么？”程永听了“二十年前幼僧”一句，毛发悚然，仓皇失措，不能抵饰，只得直吐供招。包公审实，复出升堂，差军牌至程家客舍睡房床下，果然掘出一僧人尸首，骸骨已朽烂，唯面肉尚留些。

包公将程永监收狱中，邻里干证并行释放。因思其子必是幼僧后身，冤魂不散，特来投胎取债。乃唤其子再审道：“彼为你的父亲，你何故欲杀之？”其子又无话说。包公道：“赦你的罪，回去别做生计，不见你父如何？”程惜道：“某不会做甚生计。”包公道：“你若愿做什么生理，我自与你一千贯钱去。”惜道：“若得千贯钱，我便买张度牒出家为僧罢了。”包公的信其然，乃道：“你且去，我自有处置。”次日，委官将程永家产变卖千贯与程惜去，遂将程永发去辽阳充军，其子竟出家为僧。冤怨相报，毫发不爽。

【注释】

①度牒：旧时官府发给和尚、尼姑的证明身份的文书。也叫戒牒。

②弑（shì）：指子杀父。

牌下土地

话说郑州离城十五里王家村，有兄弟二人，常出外为商。行至本州地名小张村五里牌，遇着个客人，乃是湖南人，姓郑名才，身边多带得有银两，被王家弟兄看见，小心陪行，到晚边将郑才谋杀，搜得银十斤，遂将尸首埋在松树下。兄弟商量，身边有十斤银子，带得艰难，趁此无人看见，不如将银埋在五里牌下，待为商回来，却取分之。二人商议已定，遂埋了银子而去。

后又过着六年，恰回家又到五里牌下李家店安住。次日清早，去牌下掘开泥土取那银子，却不见了。兄弟思量：“当时埋这银子，四下并无人见，如何今日失了？”烦恼一番，思忖只有包待制见事如神，遂同来东京安抚衙陈状，告知失去银两事情。包公当下看状，又没个对头，只说五里牌偷盗，想此二人必是狂夫，不准他状子。王客兄弟啼哭不肯去。包公道：“限一个月，总须要寻个着落与你。”兄弟乃去。

又候月余，更无分晓，王客复来陈诉。遂唤陈青吩咐道：“来日差你去追一个凶身。今与你酒一瓶、钱一贯省家，来日领文引。”陈青欢喜而回，将酒饮了，钱收拾得好。次日，当堂领得公文去郑州小张村追捉五里牌。陈青复禀：“相公，若是追人，即时可到；若是追五里牌，他不会行走，又不会说话，如何追得？望老爷差别人去。”包公大怒道：“官中文引，你苦推托不去，即问你违限的罪。”

陈青不得已只得前去，遂到郑州小张村李家店安歇，其夜，去五里牌下坐一会儿，并不见个动静。思量无计奈何，遂买一炷香钱，至第二夜来焚献牌下土地，叩祝道：“奉安抚文引，为王客来告五里牌取银子十斤，今差我来此追捉，土地有灵，望以梦报。”其夜，陈青遂宿于牌下，将近二更时候，果梦见一老人前来，称是牌下土地。老人道：“王客兄弟没天理，他岂有银寄此？原系湖南客人郑才银子十斤，与王客同行，被他兄弟谋杀，其尸首现埋在松树下，望即将郑才骸骨并银子带去，告相公为他伸冤。”言罢，老人便去。陈青一梦醒来，记得明白。

次日，遂与店主人借锄掘开松树下，果有枯骨，其边有银十斤。陈青遂将枯骨、银两俱来报安抚。包公便唤客人理问，客人不肯招认，遂将枯骨、银子放于厅前，只听冤魂空中叫道：“王客兄弟须还我性命！”厅上公吏听见，人人失色；枯骨自然跳跃起来。再将王客兄弟根勘，抵赖不得，遂一一招认。案卷既成，将王客兄弟问拟谋财害命，押赴市曹处斩；郑才枉死无亲人，买地安葬，余银入官。土地搬运报冤，亦甚奇矣。

木　印

话说包公一日与从人巡行，往河南进发，行到一处地方名横坑，那三十里程途都是山僻小路，没有人烟。当午时候，忽有一群蝇蚋[①]逐风而来，将包公马头团团围了三匝，用马鞭挥之，才起而又复合，如是者数次。包公忖道：蝇蚋尝恋死人之尸，今来马头绕集，莫非此地有不明的事？即唤过李宝喝声道：“蝇蚋集我马首不散，莫非有冤枉事？汝随前去根究明白，即来报我。”道罢，那一群蝇蚋一齐飞起，引着李宝前去。行不上三里，到一岭畔松树下，直钻入去。李宝知其故，即回复包公。

包公同众人亲到其处，着李宝掘开二尺土，见一死尸，面色不改，似死未久的。反复看他身上，别无伤痕，唯阳囊碎裂如粉，肿尚未消。包公知被人谋死。忽见衣带上系一个木刻小小印子，却是卖布的记号，包公令取下，藏于袖中，仍令将尸掩了而去。到晚边，只见亭子上一伙老人并公吏在彼迎候。包公问众人："何处来的？"公吏禀道："河南府管下陈留县宰，闻得贤侯经过本县，特差小人等在此迎候。"包公听了，吩咐："明日开厅与我坐二三日，有公事发放。"公吏等领诺，随马入城，本县官接至馆驿中歇息。

次日，打点衙门与包公升堂干事。包公思忖：路上被谋死尸离城郭不远，且死者只在近日，想谋人贼必未离此。乃召本县公吏吩咐道："汝此处有经纪卖上好布的唤来，我要买几匹。"公吏领命，即来南街领得大经纪张恺来见。包公问道："汝做经纪，卖的哪一路布？"恺复道："河南地方俱出好布，小人是经纪之家，来者即卖，不拘所出。"包公道："汝将众人各样布各拣一匹来我看，中意者即发价买。"张恺应诺而出，将家里布各选一匹好的来交。堂上公吏人等哪个知得包公心事，只说真是要买布用。比及包公逐一看过，最后看到一匹，与前小印字号暗合。包公遂道："别者皆不要，只用得此样布二十匹。"张恺道："此布日前太康县客人李三带来，尚未货卖，既大人用得，就奉二十匹。"包公道："可着客人一同将布来见。"

张恺领诺，到店中同卖布客人李三拿了二十匹精细上好的布送入。包公复取木印记对之，一些不差。乃道："布且收起。汝卖布客伴还有几人？"李三答道："共有四人。"包公道："都在店里否？"李三道："今日正要发布出卖，听得大人要布，故未起身，都在店里。"包公即时差人唤得那三个来，跪在一堂。包公用手捻着须微笑道："汝这起劫贼，有人在此告首，日前谋杀布客，埋在横坑半岭松树下，可快招来！"李三听说即变了颜色，强口辩道："此布小人自买来的，哪有谋劫之理？"包公即取印记着公吏与布号一一合之，不差毫厘。强贼尚自抵赖，喝令用长枷将四人枷了，收下狱中根勘。四人神魂惊散，不敢抵赖，只得将谋杀布商劫取情由，招认明白，叠成案卷。判下为首谋者合该偿命，将李三处决；为从三人发配边远充军；经纪家供明无罪。判讫，死商之子得知其事，径来诉冤。包公遂以布匹给还尸主。其子感泣，拜谢包公，将父之尸骸带回家去。可谓生死沾恩。

【注释】

①蝇蜹（ruì）：苍蝇和蚊子。

石碑

话说浙江杭州府仁和县，有一人姓柴名胜，少习儒业，家亦富足，父母双全，娶妻梁氏，孝事舅姑。胜弟柴祖，年已二八，俱各成婚。一日，父母呼柴胜近前教训道："吾家虽略丰足，每思成立之难如升天，覆坠[①]之易如燎毛，言之痛心，不能安寝。今名卿士[②]大夫的子孙，但知穿华丽衣，甘美食，谀其言语，骄傲其物，邀游宴乐，交朋集友，不以财物为重，轻费妄用，不知己身所以耀润者，皆乃祖乃父平日勤营刻苦所得。汝等不要守株待兔，吾今欲令次儿柴祖守家，令汝出外经商，得获微利，以添用度。不知汝意如何？"柴胜道："承大人教诲，不敢违命。只不知大人要儿往何处？"父道："吾闻东京开封府极好卖布，汝可将些本钱就在杭州贩买几挑，前往开封府，不消一年半载，自可还家。"

柴胜遵了父言，遂将银两贩布三担，辞了父母妻子兄弟而行。在路夜住晓行，不消几日，来到开封府，寻在东门城外吴子琛店里安下发卖。未及两三日，柴胜自觉不乐，即令家童沽酒散闷，贪饮几杯，俱各酒醉。不防吴子琛近邻有一夏日酷，即于是夜三更时候，将布三担尽行盗去。次日天明，柴胜酒醒起来，方知布被盗去，惊得面如土色。就叫店主吴子琛近前告诉道："你是有眼主人，吾是无眼孤客；在家靠父，出外靠主。何得昨夜见吾醉饮几杯，行此不良之意，串盗来偷吾布？你今不根究来还，我必与汝兴讼[③]。"吴子琛辩说道："吾为店主，以客来为衣食之本，安有串盗偷货之理？"柴胜并不肯听，一直径到包公台前首告。

包公道："捉贼见赃，方好断理；今既无赃，如何可断？"不准状词。柴胜再三哀告，包公即将子琛当堂勘问，吴子琛辩说如前。包公即唤左右将柴胜、子琛收监。次日，吩咐左右，径往城隍庙行香，意欲求神灵验，判断其事。

却说夏日酷当夜盗得布匹，已藏在村僻去处，即将那布首尾记号尽行涂抹，更以自己印记印上，使人难辨。然后零碎往城中去卖，多落在徽州客商汪成铺中，夏贼得银八十，并无一人知觉。

包公在城隍庙一连行香三日，毫无报应，无可奈何。忽然生出一计，令张龙、赵虎将衙前一个石碑抬入二门之下，要问石碑取布还客。其时府前众人听得，皆来聚观。包公见人来看，乃高声喝问："这石碑如此可恶！"喝令左右打他二十。包公喝打已毕，无将别状来问。移时，又将石碑来打，如此三次，直把石碑扛到阶下。是时众人聚观者越多，包公即喝令左右将府门闭上，把内中为首者四人捉下，观者皆不知其故。包公作怒道："吾在此判事，不许闲人混杂。汝等何故不遵礼法，无故擅入公堂？实难饶你罪责！今着汝四人将内中看者报其姓名，粜米者即罚他米，卖肉者罚肉，卖布者罚布，俱各随其所卖者行罚。限定时刻，汝四人即要拘齐来秤。”当下四人领命。移时之间，各样皆有，四人进府交纳。包公看时，内有布一担，就唤四人吩咐道：“这布权留在此，待等明日发还，其余米、肉各样，汝等俱领出去退还原主，不许克落违误。”四人领诺而出。

包公即令左右提唤柴胜、吴子琛来。包公恐柴胜妄认其布，即将自己夫人所织家机两匹试之，故意问道：“汝认此布是你的否？”柴胜看了告道：“此布不是，小客不敢妄认。”包公见其诚实，复从一担布内抽出两匹，令其复认。柴胜看了叩首告道：“此实是小人的布，不知相公何处得之？”包公道：“此布首尾印记不同，你这客人缘何认得？”柴胜道：“其布首尾印记虽被他换过，小人中间还有尺寸暗记可验。相公不信，可将丈尺量过，如若不同，小人甘当认罪。”包公如其言，果然毫末不差。随令左右唤前四人到府，看认此布是何人所出。四人即出究问，知徽州汪成铺内得之。包公即便拘汪成究问，汪成指是夏日酷所卖。包公又差人拘夏贼审勘，包公喝令左右将夏贼打得皮开肉绽，体无完肤。夏贼一一招认，不合盗客布三担，止卖去一担，更有二担寄在僻处乡村人家。包公令公牌跟去追究，柴胜、吴子琛二人感谢而去。包公又见地方、邻里俱来具结，夏日酷平日做贼害人。包公即时拟发边远充军，民害乃除。

【注释】

①覆坠：倾覆坠落。

②卿士：指卿、大夫。后用以泛指官吏。

③兴讼：发生诉讼，打官司。

屈杀英才

话说西京有个饱学生员，姓孙名徹，生来绝世聪明，又且苦志读书，经史无所不精，文章立地而就，吟诗答对，无所不通，人人道他是个才子，科场中有这样人，就中他头名状元也不为过。哪晓得近来考试，文章全做不得准，多有一字不通的，试官反取了他；三场精通的，试官反不取他。正是“不愿文章服天下，只愿文章中试官”。若中了试官的意，精臭屁也是好的；不中试官意，便锦绣也是没用。怎奈做试官的自中了进士之后，眼睛被簿书看昏了，心肝被金银遮迷了，哪里还像穷秀才在灯窗下看得文字明白？遇了考试，不觉颠之倒之，也不管人死活。因此，孙彻虽则一肚锦绣，难怪连年不捷。

一日，知贡举官姓丁名谈，正是奸臣丁谓一党。这一科取士，比别科又甚不同。论门第不论文章，论钱财不论文才，也虽说道粘卷糊名，其实是私通关节，把心上人都收尽了，又信手抽几卷填满了榜，就是一场考试完了。可怜孙彻又做孙山外人。有一同窗友姓王名年，平昔一字不通，反高中了，不怕不气杀人。因此孙彻竟郁郁而死，来到阎罗案下告明：

告为屈杀英才事：皇天无眼，误生一肚才华；试官有私，屈杀七篇锦绣；科第不足重轻，文章当论高下。糠秕前扬，珠玉沉埋；如此而生，不如不生；如此而死，怎肯服死？阳无法眼，阴有公道。上告。

当日阎罗见了状词大怒道："孙彻，你有什么大才，试官就屈了你？"孙彻道："大才不敢称，往往见中的没有什么大才。若是试官肯开了眼，平了心，孙彻当不在王年之下。原卷现在，求阎君龙目观看。"阎君道："毕竟是你文字深奥了，因此试官不识得。我做阎君的原不曾从几句文字考上来，我不敢像阳世一字不通的，胡乱看人文字；除非是老包来看你的，就见明白。他原是天上文曲星，决没有不识文章的理。"

当日就请包公来断，包公把状词看了一看，便叹道："科场一事，受屈尽多。"孙彻又将原卷呈上，包公细看道："果是奇才。试官是什么人？就不取你！"孙彻道："就是丁谈。"包公道："这厮原不识文字的，如何做得试官？"孙彻道："但看王年这一个中了，怎么叫人心服？"包公吩咐鬼卒道："快拘二人来审。"鬼卒道："他二人现为阳世尊官，如何轻易拘得他？"包公道："他的尊官要坏在这一出上了，快拘来！"

不多时，二人拘到。包公道："丁谈，你做试官的如何屈杀了孙彻的英才？"丁谈道："文章有一日之长短，孙彻试卷不合，故不曾取他。"包公道："他的原卷现在，你再看来。"说罢，便将原卷掷下来。丁谈看了，面皮通红起来，缓缓道："下官当日眼昏，偶然不曾看得仔细。"包公道："不看文字，如何取士？孙彻不取，王年不通，取了，可知你有弊。查你阳数尚有一纪，今因屈杀英才，当作屈杀人命论，罚你减寿一纪；如推眼昏看错文字，罚你来世做个双瞽[①]算命先生；如果卖字眼关节，罚你来世做个双瞽沿街叫化，凭你自去认识变化。王年以不通幸取科第，罚你来世做牛吃草过日子，以为报应。孙彻你今生读书不曾受用，来生早登科第，连中三元。”说罢，各各顿首无言。独有王年道：“我虽文理不通，兀自[②]写得几句，还有一句写不出来的。今要罚年吃草，阳世吃草的不亦多乎？”包公道：“正要你去做一个榜样。”即批道：

审得试官丁谈，称文章有一日之短长，实钱财有轻重之分别。不公不明，暗通关节；携张补李，屈杀英才。阳世或听嘱托，可存缙绅体面；阴司不徇人情，罚做双瞽算命。王年变村牛而不枉，孙彻掇巍科亦应当。

批完，做成案卷，把孙彻的原卷一并粘上，连人一齐解往十殿各司去看验。

【注释】

①瞽（gǔ）：瞎眼。

②兀自：仍旧。

侵冒大功

话说朝廷因杨文广征边，包公奉旨犒赏[①]三军，马头过处，忽一阵旋风吹得包公毛骨悚然[②]，中有悲号之声。包公道：“此地必有冤枉。”即叫左右拽住马头，宿于公馆，登赴阴床。忽见一群小卒，共有九名，纷纷告功，凄惨之状，怨气冲天：

告为侵冒大功事：兵凶战危[③]，自古为然。将官亡身许国，士卒轻生赴敌，如为虎食之供，犹人枭羹之沸。生祈官赏半爵，故不惜万死；死冀褒[④]封片纸，故不求一生。今总兵游某，夺人之功，杀人之头，了人之命，灭人之口。坐帷幄何颜折冲，杀犬鹰空思获兽。痛身等执戟荷戈，止送自己性命；拼身冒死，反肥主帅身家。颈血淋漓，愿肉骨于幽司；刀痕惨毒，请斧诛于冥道。烧寒灰而复照，在此日也；烟冰窟以生阳，更谁望哉！上告。

包公看罢道：“你九名小卒，怎能杀退三千鞑子？”小卒道：“正因说来不信，故此游总兵将我们的功劳录在自己名下去了。就如包老爷这样一个青天，兀自不肯轻信。”包公带笑道：“你从直说来。”小卒道：“当初鞑子势甚凶猛，游总兵领小卒五百人直撞过去，杀败而回。夜来小卒们不忿，便思量去劫寨营，共是九名，一更时分摸去，四下放起火来，三千鞑子一个不留。回到本营，指望论功升赏；莫说是不升我们的官，就是留我们的头还好。哪晓得游总兵将此功竟做在自己的名下，又将我们九人杀却以灭口。可怜做小卒的，有苦是小卒吃，有功是别人的；没功也要切头，有功又要切头。”包公听了道：“有这样的事！”唤鬼卒快拿游总兵来审问。

不移时，游总兵到，包公道：“好一个有功总兵！你如何把九名小卒的功做了自己的功？既没了他们的功，饶了他们性命也罢了，怎么又杀了他们？你只道杀了他们就灭了口，哪晓得没了头还要来首告。”吩咐鬼卒将极刑根勘，总兵一款招认道：“是游某一时差处，不合冒认他们功，又杀了他们，乞放还人间，旌表九人。”包公大怒道：“你今生休想放回阳间，叫你吃不尽地狱之苦。”须臾，一鬼卒将一粒丸丹放入总兵口中，遍身火发，肌肉销烂，不见人形。鬼卒吹一口孽风，复化为人。总兵道：“早知今日受这般苦，就把总兵之位让与小卒，也是情愿的。”小卒在旁道：“快活快活！不想今日也有出气的日子。”

正说话间，忽然门外喊声大震，一个个啼哭不住，山云黯淡，天日无光。鬼卒报道：“门外喊的喊，哭的哭，都是边上百姓，个个口内称冤，不下数千余人。”包公道：“只放几名进来，余俱门外听候。”鬼卒遂引二名边民到公厅跪下。包公道：“有何冤枉，从直诉来。”边民道：“只为今日阎君勘问游总兵事，特来诉冤。小人等是近边百姓，常遭胡马掳掠，哪晓得这样还是小事，一日胡马过来，杀败而去，游总兵乘胜追赶，倒把我们自家百姓杀上几千，割下首级来受封受赏，可怜可怜！这样苦情不在阎君案下告，叫我们在哪里去告？”包公道：“有此异事，游总兵永世不得人身了！”鬼卒复拿一粒丸丹放在总兵口中，须臾，血流满地，骨肉如泥。鬼卒吹一口孽风，又化为人形。边民道：“快活快活！但一人万割也抵不得几千民命。”包公道：“传语你们同受冤的百姓，既为胡虏[⑤]受冤，休想报总兵一人之冤，可去做几千厉鬼杀贼，九名小卒做厉鬼首领，杀得贼来，我自有报效处。着游总兵，永堕一十八重地狱不得出世。”执笔批道：

审得：为将贵立大功，立功在能杀敌。今游某为将而不自立功，对敌而不能杀敌。没人之功，并杀有功之人以灭其口；不能杀敌，多杀边民首级以假作敌。有仁心者，因如是乎？今即杀游一人之身，不足以偿九人之命，而况枉杀边人数千之命乎？总之，死有余辜，永沉沦于地狱；报有未尽，宜罚及于子孙。

批完，押总兵入地狱去。仍以好言好语慰小卒并百姓人等，安心杀贼。两项人各欢喜而去。

【注释】

①犒赏：犒劳赏赐。

②毛骨悚然：汗毛竖起，脊梁骨发冷。形容十分恐惧。

③兵凶战危：语出汉晁错《言兵事疏》："虽然，兵，凶器；战，危事也。故以大为小，以强为弱，在俯印之间耳。"后以兵凶战危谓战事凶险可怕。

④褒：赞扬；给予好的评价。

⑤胡虏：汉时称匈奴为胡虏，后世用为与中原敌对的北方部族之通称。

箕帚带入

话说河南登州府霞照县有民黄士良，娶妻李秀姐，性妒多疑。弟士美，娶妻张月英，性淑知耻。兄弟同居，妯娌轮日打扫，箕帚逐日交割。忽黄士美往庄取苗，及重阳日，李氏在小姨家饮酒，只有士良与弟妇张氏在家，其日轮该张氏扫地，张氏将地扫完，即将箕帚送入伯母房中，意欲明日免得临期交付。此时士良已出外，绝不晓得。及晚，李氏归见箕帚在己房内，心上道："今日婶娘扫地，箕帚该在伊房，何故在我房中？想是我男人扯他来奸，故随手带入，事后却忘记拿去。"晚来问其夫道："你今干甚事来？可对我说。"夫道："我未干甚事。"李氏道："你今奸弟妇，何故瞒我？"士良道："胡说，你今日酒醉，可是发酒疯了？"李氏道："我未酒疯，只怕你风骚忒甚，明日断送你这老头皮，休连累我。"士良心无此事，便骂道："这泼贱人说出没忖度的话来！讨个证见来便罢，若是悬空诬捏[①]，便活活打死你这贱妇！"李氏道："你干出无耻事，还要打骂我，我便讨个证见与你。今日婶娘扫地，箕帚该在他房，何故在我房中？岂不是你扯他奸淫，故随手带入？"士良道："他送箕帚入我房，那时我在外去，亦不知何时送来，怎以此事证得？你不要说这无耻的话，恐惹旁人取笑。"李氏见夫赔软，越疑是真，大声呵骂。士良发起怒性，扯倒乱打，李氏又骂及婶娘身上去。

张氏闻伯与母终夜吵闹，潜起听之，乃是骂己与大伯有奸。意欲辩之，想：彼二人方暴怒，必激其厮打。又退入房去，却自思道：适我开门，伯母已闻，又不辩而退，彼必以我为真有奸，故不敢辩。欲再去说明，他又平素是个多疑妒忌的人，反触其怒，终身被他臭口。且是我自错，不该送箕帚在他房去，此疑难洗，污了我名，不如死以明志。遂自缢死。

次早饭熟，张氏未起，推门视之，见缢死梁上。士良计无所措，李氏道："你说无奸何怕羞而死？"士良难以与辩，只跑去庄上报弟知。及士美回问妻死之故，哥嫂答以夜中无故彼自缢死。士美不信，赴县告为生死不明事。陈知县拘士良来问："张氏因何缢死？"士良道："弟妇偶沾心痛之疾，不少苦痛，自忿缢死。"士美道："小的妻子素无此症，若有此病，怎不叫人医治？此不足信。"李氏道："婶娘性急，夫不在家，又不肯叫人医，只轻生自死。"士美道："小人妻性不急，此亦不信。"陈公将士良、李氏夹起，士良不认，李氏受刑不过，乃说出扫地之故，因疑男人扯婶入房，两人自口角厮打，夜间婶娘缢死，不知何故。士美道："原来如此！"陈公喝道："若无奸情，彼不缢死。欺奸弟妇，士良你就该死的了。"勒逼招承定罪。

正值包公巡行审重犯之狱，及阅欺奸弟妇这卷，黄士良上诉道："今年之死该屈了我。人生世上，王侯将相终归于不免，死何足惜？但受恶名而死，虽死不甘。"包公道："你经几番录了，今日更有何冤？"士良道："小人本与弟妇无奸，可剖心以示天日。今卒陷如此，使我受污名；弟妇有污节；我弟疑兄、疑妻之心不释。一狱三冤，何谓无冤？"包公将文卷前后反复看过，乃审李氏道："你以箕帚证出夫奸，是你明白了。且问你当日扫地，其地都扫完否？"李氏道："前后都扫完了。"又问道："其粪箕放在你房，亦有粪草否？"李氏道："已倾干净，并无渣草。"包公又道："地已扫完，渣草已倾，此是张氏自己以箕帚送入伯母房内，以免来日临期交付，非干士良扯他去奸也。若是士良扯奸，他未必扫完而后扯，粪箕必有渣草；若已倾渣草而扯，又不必带箕帚入房。此可明其绝无奸矣。其后自缢者，以自己不该送箕帚入伯母房内，启其疑端。辩不能明，污名难洗，此妇必畏事知耻的人，故自甘一死而明志，非以有奸而惭。李氏陷夫于不赦之罪，诬婶以难明之辱，致叔有不释之疑，皆由泼妇无良，故逼无辜郁死，合以威逼拟绞；士良该省发。"士美磕头道："吾兄平日朴实，嫂氏素性妒忌，亡妻生平知耻。小的昔日告状，只疑妻与嫂氏争忿而死，及推入我兄奸上去，使我蓄疑不决。今老爷此辩极明，真是生城隍，一可解我心之疑，二可雪吾兄之冤，三可白亡妻之节，四可正妒妇之罪。愿万代公侯。"李氏道："当日丈夫不似老爷这样辩，故我疑有奸；若早些辩明，我亦不与他打骂。老爷既赦我夫之罪，愿同赦妾之罪。"士美道："死者不能复生，亡妻死得明白，我心亦无恨，要他偿命何益？"包公道："论法应死，吾岂能生之！"此为妒妇之儆戒。

【注释】

①诬捏：诬赖捏造。

房门谁开

话说有民晏谁宾，污贱无耻。生男从义，为之娶妇束氏，谁宾屡挑之，束氏初拒不从，后积久难却，乃勉强从之。每男外出，则夜必入妇房奸宿。一日，从义往贺岳丈寿，束氏心恨其翁，料夜必来，乃哄翁之女金娘道："你兄今日出外去，我独自宿，心内惊怕，你陪我睡可好？"金娘许之。其夜，翁果来弹门，束氏潜起开门，躲入暗处，翁遂登床行奸。金娘乃道："父亲是我也，不是嫂嫂。"谁宾方知是错，悔无及矣，便跳身走去。

次日早饭，女不肯出同餐，母不知其故，其父心知之，先饭而出。母再去叫，女已缢死在嫂嫂房内。束氏心中害怕，即回娘家达知其事。束氏之兄束棠道："他家没伦理，当去告首他绝亲，接妹归来另行改嫁，方不为彼所染。"遂赴县呈告。包公即令差人去拘，晏谁宾情知恶逆，天地不容，即自缢死。后拘众干证到官，束棠道："晏谁宾自知大恶弥天，王法不容，已自缢死；晏从义恶人孽子，不敢结亲，愿将束氏改嫁，例有定议，各服其罪。余人俱系干证，与他无干，小的已告诉得实，乞都赐省发，众人感激。"

包公见状中情甚可恶，且将来审问道："束氏原与翁有奸否？"束棠道："并无。"包公道："既与翁无奸，今翁已死，何再求改嫁？"束棠道："禽兽之门，恶人之子，不愿与之结亲，故敢恳求改嫁。"包公道："金娘在束氏房中睡，房门必闭，是谁开门？"束棠道："那晏贼已躲房中在先。"包公道："晏贼意在要奸谁？"束棠道："不知。"束氏道："彼意在我，误及于女。"包公道："你二人相伴，何不喊叫起来？"束氏道："小妾怕羞，且未及我，何故喊起？"包公终不信，将束氏夹起道："必你先与翁有奸，那一夜你睡姑床，姑睡你床，故陷翁于错误。"束氏受刑不过，乃从直招认。包公道："你与翁通奸，罪本该死；你叫姑伴睡，又自躲开，陷翁于误，陷姑于死，皆由于你，死有余辜。"本秋将束氏处决，又移文去拆毁晏谁宾之宅，以其地开潴水之池，意晏贼之肉犬豕不屑食之。

图文资讯

开阔阅读视野。拓展书籍内容，

拓展视频

激发阅读兴趣。观看在线视频，

趣味测评

获取阅读建议。测评阅读习惯，

阅读分享

碰撞思维火花。分享阅读心得，

扫码进入

线上

阅读空间

ONLINE READING SPACE

让知识照耀人生